Syd Atlas wurde in Brooklyn, New York, geboren. Sie studierte Theaterwissenschaften an der Brown University. Mitte der 1990er-Jahre zog sie nach Berlin, wo sie inzwischen lebt. Seit mehr als zehn Jahren coacht Atlas Manager in Rhetorik und Kommunikation. Nebenbei moderiert sie auf der Frankfurter Buchmesse oder den Internationalen Filmfestspielen. Ihr erstes Buch «Das Jahr ohne Worte» ist ein Memoir. Mit «Es war einmal in Brooklyn» legt Syd Atlas ihren Debütroman vor.

Silke Jellinghaus, geboren 1975, ist Übersetzerin, Autorin und Lektorin und lebt in Hamburg. Unter anderem hat sie Jojo Moyes und Olivia Manning übersetzt.

«Ein Buch wie das Leben selbst. Voller Humor, Kraft, Gefühl, Melancholie.» *Frank Menden, Deutschlandfunk Kultur*

«Ein rührendes, ein dichtes, ein atmosphärisches, ein wunderbares Buch.» *NDR, eat.READ.sleep*

«Bittersüß, mit viel New-York-Flair: ein berührender Roman übers Erwachsenwerden und das Ende einer Freundschaft.» *Für Sie*

«So nostalgisch, charmant, liebevoll, empathisch, herzzerreißend und tieftraurig habe ich schon lange nicht mehr über das Erwachsenwerden und die erste große Liebe gelesen.» *Florian Valerius, literarischernerd*

SYD ATLAS

ES WAR EINMAL IN BROOKLYN

ROMAN

Aus dem Englischen von
Silke Jellinghaus

ROWOHLT
TASCHENBUCH VERLAG

Die englische Originalausgabe erschien 2023
unter dem Titel «The Darlings».

Veröffentlicht im Rowohlt Taschenbuch Verlag,
Hamburg, Dezember 2024
Copyright © 2023 by Rowohlt Verlag GmbH, Hamburg
«The Darlings» Copyright © 2023 by Syd Atlas
Redaktion Susann Rehlein
Die Nutzung unserer Werke für Text- und Data-Mining
im Sinne von § 44b UrhG behalten wir uns explizit vor.
Covergestaltung FAVORITBUERO, München
Coverabbildung Shutterstock
Satz aus der Calluna bei CPI books GmbH, Leck
Druck und Bindung GGP Media GmbH, Pößneck
ISBN 978-3-499-01134-4

In Erinnerung an Gil Feldman,
einen großen Latein- und Griechischgelehrten
und einen noch größeren Vater.

*Ich werde Ihnen eine Geschichte erzählen, eine Liebesgeschichte –
was sonst?*

Am 13. Juli 1977 um 18 Uhr schloss Roy Assisi seinen Laden ab
und ließ vor *Tom, Dick and Harry's FURNITURE* das Rolltor herunter. Es war Roy juniors Geburtstag, und er musste nach Hause,
wo alle schon auf ihn warteten. Er konnte ja nicht ahnen, dass
das Tor vier Stunden später mit einem Brecheisen aufgestemmt
und der Laden komplett ausgeräumt werden würde: Kanapees
im Kolonialstil, Sessel, Zweiersofas, Couchtische mit fünf Lackschichten, alles bis auf einen Lampenschirm würde weg sein.

Bei den *Daily News* flatterte Kolumnist Jimmy Breslin ein Brief
auf den Tisch. Der Absender lautete «Son of Sam».

*Ich sende Ihnen Grüße aus dem Rinnstein von New York
City, in dem Hundekot, Erbrochenes, billiger Wein, Urin und
Blut fließen. Ich sende Ihnen Grüße aus der Kanalisation von
New York City, die diese Köstlichkeiten aufnimmt, wenn die
Kehrmaschinen mit ihnen fertig sind. Ich sende Grüße aus den
Rissen im Asphalt der Bürgersteige und von den Ameisen, die
in diesen Rissen hausen und sich von dem getrockneten Blut
der Toten ernähren, das sich darin abgesetzt hat. J. B., ich
schreibe Ihnen heute ein paar Zeilen, um Sie wissen zu lassen,
dass ich Ihr Interesse an diesen entsetzlichen .44er-Morden
zu schätzen weiß. Ich möchte Ihnen auch sagen, dass ich Ihre
Kolumne täglich lese und recht informativ finde. Was glauben
Sie, Jim, worüber Sie am 29. Juli schreiben werden? Wie soll
ich es ausdrücken: Sam ist ein durstiger Mann und wird mich*

nicht aufhören lassen zu töten, ehe er sich nicht an Blut satt getrunken hat. Mr Breslin, Sir, nur weil Sie eine Weile nichts von mir gehört haben, heißt das noch lange nicht, dass ich schlafe. Nein, im Gegenteil, ich bin hier. Ein Geist, der die Nacht durchstreift. Durstig, hungrig, selten nur rastend, stets darauf bedacht, Sam zu gefallen. Ich liebe meine Arbeit.
Son of Sam

An der Ecke Valentine und 183rd Street in der South Bronx legte Grandmaster Caz die zweite Platte auf den Plattenteller. Die Männer tanzten eng auf der Straße und reichten Flaschen mit Olde English Malt Liquor herum, die Frauen reckten ihre Arme in den Nachthimmel, goldene Kreolen schwangen, die Luft war von Wassertropfen durchsetzt, weil Kinder durch den Strahl aus dem geöffneten Hydranten rannten, der Geruch von Marihuana war vermischt mit Dunst aus Müll, Hitze, Klebrigkeit, Sex, Schweiß, Freude.

Gerade als Grandmaster Caz mit Mittel- und Ringfinger sanft über das Vinyl streichen wollte, wurde der Plattenteller langsamer, er wurde sehr, sehr langsam und hörte dann auf, sich zu drehen, die Verstärker fielen aus, die Anlage war tot. Die Straßenlaterne über ihnen ging aus, und dann erlosch, wie Kerzen, die ausgepustet werden, pfff, eine Laterne nach der anderen, pfff, pfff, pfff, bis die ganze Straße im Dunkeln lag.

Und irgendwo weit, weit entfernt in einem dunklen Raum lag Juliette Darling auf dem Bettsofa im Keller ihres Elternhauses, bevor nur wenige Augenblicke später die Hölle losbrach.

Verliebt sein und betrunken sein ist dasselbe:
Es macht die Menschen warm und fröhlich und locker.

PLUTARCH

TEIL I

1

Juliette Darling steckt in Schwierigkeiten. In betrunkenen
Schwierigkeiten. Sie kniet auf dem babyblauen Badvorleger,
umklammert die kalte Kloschüssel und blickt tief in das Wasser
darin. Türkis. Die Farbe ferner Orte wie dem auf der Postkarte,
die Tante Lois und Onkel Lenny ihr geschickt haben, als sie in
Acapulco waren. Die beiden kommen ihr vor wie ein gutes Paar.
Sie sehen sich sogar ähnlich, haben die winzigen Hände und
Füße von Waldtieren, beide die gleichen Gesten, die gleichen
Falten im Gesicht. Man sagt, dass Paare, die lange zusammen-
leben, anfangen, einander ähnlich zu sehen. Dadurch bleiben
sie angeblich länger zusammen. Man sagt auch, dass Hunde und
ihre Besitzer sich ähneln.

Als Juliette den Kopf hebt, wird ihr schwindelig, zum Kotzen
schwindelig, was nie ein gutes Zeichen ist. Sie kann das Erbro-
chene bereits im Hals schmecken, was ein sehr schlechtes Zeichen ist. Nur Sekunden später würgt sie die vier köstlichen Sloe
Gin Fizzes wieder heraus. Nach einer kurzen Pause geht es von
vorne los, quasi ein Nachbeben nach dem eigentlichen Erdbeben. Heftig. Aber nicht überraschend. «Woher weiß man, wann
ein Erdbeben vorbei ist?», hat Juliette ihren besten Freund David
gefragt, der alles weiß. «Es ist nie vorbei», erklärte er ihr sachlich.
«Die Nachbeben können ein Leben lang anhalten.»

Chrissy, Juliettes ehemals beste Freundin aus der sechsten
Klasse, hat ihr einen Sloe Gin Fizz in die Hand gedrückt, und
der hat so köstlich süß und einladend geschmeckt. Chrissy trug
einen vollen Behälter mit fertig angemischter Flüssigkeit auf
einem Tablett herum, das sie sich umgehängt hatte wie diese
Süßigkeitenverkäuferinnen in den 1950er-Jahren, die immer

«Zigarren, Zigaretten!» riefen. Sogar einen albernen Pillbox-Hut hatte sie aufgesetzt, aber Chrissy kann buchstäblich alles tragen, denn sie hat große Brüste wie Farrah Fawcett, und mit achtzehn ist das alles, was zählt.

Der erste Sloe Gin Fizz schmeckte wie ein Zaubertrank. Juliette hatte das Gefühl zu schrumpfen. Zum ersten Mal im Leben überragte sie nicht mehr alle anderen. Der zweite flößte ihr Wärme und tiefe Liebe für die Welt um sie herum ein. Das letzte Mal, dass sie sich so gefühlt hatte, war sie im Kindergarten gewesen und hatte die Windpocken bekommen. Ihr Vater hatte den kleinen Schwarz-Weiß-Fernseher in ihr Zimmer getragen, ihre Mutter hatte ihr gebutterte Toastdreiecke gebracht. Ihr älterer Bruder George hatte ihr ein paar Ausgaben des *Highlights Magazine* unter der Zimmertür durchgeschoben. Nach dem dritten Sloe Gin Fizz nahm Juliette ihren Körper nicht mehr als Einheit wahr, sondern in Einzelteilen – sind das meine Hüften? Chrissy und Susan kamen rüber, um mit ihr zu reden. Ihnen gefielen ihre Jeans. Sie mochten ihren Gürtel. Dein Shirt sieht gut aus, wenn du es in die Hose steckst. Sie standen so dicht vor Juliette, dass sie den Alkohol in ihrem Atem riechen konnte, gemischt mit Himbeerlipgloss. Sie stellten Fragen – was hatte sie diesen Sommer vor? War sie aufgeregt, weil sie bald aufs College gehen würde?

War sie aufgeregt? Juliette hatte, um in der Pause nicht allein in der Cafeteria sitzen zu müssen, so oft auf dem Klodeckel gehockt und ihr Pausenbrot gegessen, dass sie reflexhaft schon beim Rauschen einer Klospülung Erdnussbutter und Marmelade schmeckte.

«Ja, ich bin richtig aufgeregt», antwortete Juliette ihnen. Sie gurrten und gackerten.

Beim vierten Drink hatte Juliette das Gefühl dazuzugehören. So fühlt es sich also an, wenn man dazugehört, lächelte sie, und auf ihren Zähnen blitzte die Zahnspange, obwohl der Kiefer-orthopäde ihr versprochen hatte, dass sie ihren Schulabschluss ohne Spange machen würde. «Ich gebe dir mein Wort», hatte er zu ihr gesagt. Worte bedeuten nichts.

Mark und Doug stießen zu dem Grüppchen, das sich um Juliette gebildet hatte. Mark war der Klassensprecher, Doug der Bully, beide waren auf ihre je eigene Art gleich mächtig. Wenn Mark einen anlächelte, fühlte man sich auserwählt. Bei Doug gab man sich Mühe, unter seinem Radar zu fliegen. Er konnte charmant sein, so charmant, dass man unvorsichtig wurde, und dann schlug er zu. Heutzutage würde man wahrscheinlich sagen, dass er austeilte, weil sein Vater ihn verprügelte, aber damals war das nichts Außergewöhnliches. An diesem Abend wirkte sogar Doug aufrichtig. Alle lachten und redeten durcheinander, beendeten gegenseitig ihre Sätze. Juliette dachte, vielleicht sind wir, nach-dem wir so viele Jahre zusammen zur Schule gegangen sind, doch noch Freunde geworden. Ich werde sie vermissen, wenn ich aufs College gehe.

«Juliette, es gibt da etwas, was ich dich schon immer fragen wollte.» Doug beugte sich zu ihr vor.

Wird er mich gleich küssen?, fragte sie sich.

«Törnen dich tote Dinge an?» Wie ein Comedian machte er eine strategische Pause, bevor er fortfuhr. «Ich glaube nämlich, dass im Garten ein totes Eichhörnchen liegt.» Jetzt lachte er und fuhr sich mit der Zunge von Mundwinkel zu Mundwinkel.

Im Nachhinein ist für Juliette offensichtlich, dass er sich über sie lustig gemacht hat. Vor den vier Sloe Gin Fizzes war Juliette Zielscheibe vieler Witze (die nicht so gemein gewesen sind, dass man hätte Mobbing dazu sagen können, zumal Mobbing erst Jahre später zum Begriff wurde). Sie ist einfach zu groß, hat im-mer noch eine Zahnspange und liebt Latein. Drei Merkmale, die garantiert gegen einen verwendet werden, wobei schon ein einziges davon ausreichen würde, um aufzufallen. Juliette, mit der man so viel Spaß haben kann, wenn man sie gut kennt, ist für die meisten ihrer Mitschüler eine Fremde geblieben.

«Buchstabiere Schildkröte rückwärts», lautete Davids Ratschlag, wann immer sie ihm von einer Doug-Geschichte berichtete. «Vor mich hinstarren und buchstabieren, das klappt bei mir immer.» Über David haben sie sich auch lustig gemacht, weil er ein Genie ist und superdünn, aber nur so lange, bis sie erfahren haben, dass er krank ist. Jetzt lassen ihn alle außer Doug in Ruhe.

Nach den vier Sloe Gin Fizzes kam es ihr so vor, als hätten sich die Regeln geändert. Die Gruppe lachte, und sie durfte mitlachen.

Als Doug das sah, konnte er sich nicht verkneifen hinzuzufügen: «Ich meine wegen der toten Sprache, die du so liebst, und deinem halb toten Freund.»

Gespanntes Schweigen. Die Runde wartete, wie sie reagieren würde.

«Je toter, desto besser», antwortete Juliette wie eine eifrige Erstklässlerin.

Sie begegnete starren Blicken und Schweigen. Juliette hatte gerade für einen Lacher ihre Seele verkauft und ihn nicht einmal bekommen.

«Er ist übrigens nicht *mein Freund*», sagte sie zu den abgewandten Gesichtern der anderen. Die Clique hatte bereits angefangen, über etwas anderes zu reden.

«Wir sind bloß *Freunde*.»

Sie sah Doug an. Er zwinkerte ihr zu und ging weg, tanzen.

«Ich muss pinkeln», rief Juliette in die Lücke, die eben noch ihr Rudel gewesen war.

Sie schloss hinter sich ab und lehnte sich mit geschlossenen Augen gegen die Tür. Wie von weit her drangen gedämpft Musik und Stimmen herein, die unvorstellbarerweise bloß von der anderen Seite der Tür kamen. Sie atmete tief durch, ich hätte nicht herkommen sollen. Ich hätte zu Hause bleiben und mir mit David das Spiel anschauen sollen. Als sie die Augen öffnete, drehte sich das Badezimmer. Sie schaffte es gerade noch rechtzeitig, die flauschige blaue Toilettensitzabdeckung hochzuklappen, bevor sich ihr Körper des sirupsüßen Mischgetränks entledigte.

Sie ist sich nicht sicher, wie lange ihr Kopf schon in der Toilette steckt. Ein paar Sekunden? Ein paar Tage? Die Zeit macht irgendwelche Salti. Juliette steht auf und fühlt sich sofort besser. Fühlt sich großartig. Sie hat diesen Initiationsritus überstanden, check. Jetzt muss sie noch den Führerschein machen und ihre Jungfräulichkeit verlieren. Dann wird sie eine vollwertige Erwachsene sein.

Zur Schadenskontrolle wirft sie einen Blick in den Spiegel. Das Zusammenspiel von feuchtwarmem Wetter und Kopf nach unten halten hat dafür gesorgt, dass ihr braunes Haar aufgeplustert ist. Sie öffnet den Medikamentenschrank. Darin sieht es genauso aus wie in dem bei ihr zu Hause: Aspirin, Old Spice, Wick Vaporub, eine pinke Pepto-Bismol-Flasche, Secret-Deodorant, «stark genug für den Mann, gemacht für die Frau». Sie schnüffelt an ihren Achselhöhlen und sprüht. Excedrin, BIC-Rasierer, Halspastillen mit Menthol.

Sie starrt das Bild auf der grünen Plastikflasche des Clairol-Kräutershampoos an. Die nymphenhafte Schönheit mit wallendem Blondhaar, zwei schwarze Punkte, die ihre Nasenlöcher andeuten. Sie ist körperlos. Ihr Kopf schwimmt in einem hellblauen Teich, darunter schlanke Arme und zarte Hände, umhüllt von rosa und blauen Blumen. Ätherisch, anmutig, zerbrechlich, was Juliette mit ihren 1,77 niemals sein wird. Sie drückt sich Crest-Zahnpasta auf den Finger und rubbelt sich damit durch den Mund. Hallo, Minze, tschüs, Kotze. Sie spuckt aus.

Juliette hört es draußen an der Tür klingeln. Geschrei und Gelächter. «Die Pizza ist da. Hey, wer hat Pizza bestellt? Der Pizzatyp ist da!», schallt es herein.

Ich muss mal wieder da rausgehen, denkt Juliette. Was ist der Plan? Alle werden sich fragen, was ich so lange gemacht habe. Was soll ich sagen?

Ganz hinten im Medizinschrank versteckt sich ein Flakon *Charlie*. «Gerüche bestimmen unser soziales Leben und unser Sexualleben», hat ihre Mutter ihr einmal zu einem unpassenden Zeitpunkt und an einem unpassenden Ort gesagt. Juliette sprüht sich wie in der Werbung etwas Parfüm auf die Handgelenke und den Hals. Pfirsich- und Zitrusnoten. Dann stößt sie die Tür auf und geht einfach raus.

Aber da ist niemand. Alle sind entweder oben in der Küche, oder sie tanzen. Keiner hat auch nur bemerkt, dass sie weg war. Juliette sieht sich noch einmal um, sagt in die Luft: «Ich glaube, ich gehe jetzt mal.» Sie hält einen Moment inne in der Hoffnung, dass jemand antworten wird: Nein, noch nicht. Bleib hier. Noch einmal, lauter diesmal: «Doch, ich mache mich jetzt auf den Weg. Tschüs, es war soooo ein Spaß.» Sie verstummt und öffnet die Tür.

Dort steht der Pizzabote mit sechs Pizzen auf dem Arm.

«Ich läute hier schon seit zehn Minuten. Hast du Pizza bestellt?», fragt er wütend.

«Ich?»

«Nein, der Typ hinter dir.»

Juliette dreht sich suchend um.

«Hör mal, die Pizza wird kalt. Bist du Chrissy White?»

«Ich bin Juliette Darling.»

«Und ich bin Romeo, Süße. Wo zum Teufel steckt Chrissy?»

«Chrissy? Die ist da drin.»

Und damit geht Juliette an ihm vorbei. Ihr Körper hat dieselbe

Temperatur wie die schwere Nachtluft, mit der er sogleich verschmilzt. Ätherisch wie die Clairol-Frau auf der Shampooflasche schwebt sie an den großzügig angelegten Rasenflächen und der Doppelgarage vorbei zum Ende der Auffahrt, wo zu beiden Seiten je ein steinerner Löwe Wache steht. Chrissy ist reich. Ihr Vater ist im Autohandel tätig und lose mit der Mafia assoziiert. Er trägt eine dunkle, umlaufende Sonnenbrille. Später wird er achtzehn Monate im Bundesgefängnis absitzen, weil das FBI eine halbe Million in Hundertern aus einem Versicherungsbetrug aufgerollt in seiner Duschstange findet, was Chrissys Beliebtheit beeinträchtigt. Wenn Juliette damals gewusst hätte, dass Beliebtheit in der Highschool in etwa so zuverlässig auf künftiges Lebensglück verweist wie die Kenntnis des Alphabets im Kindergarten darauf, dass man mal einen Pulitzerpreis bekommt, dann hätte sie es deutlich leichter gehabt.

Juliette geht die 82. Straße hinunter. Fort von der Löwenburg, fort von den Häusern mit doppeltürigen Garagen, fort von den mit altem und mit neuem Geld gekauften Villen. Innerhalb von nur zwei Blocks werden die Häuser bescheidener, es gibt viele Doppelhaushälften, einige aus Backstein, einige mit Aluminiumverkleidung. Ein Lieferwagen fährt langsam neben ihr her. Ihr Magen verkrampft sich. Sie dreht sich um und liest *Heiß! Heiß! Heiß! Genau, wie du sie haben willst* in dickbauchiger Schrift neben einer aufgemalten roten Flamme. Ach so, Pizzatyp.

«He, willst du mitfahren?»

«Nein, ist schon okay.»

Pizzatyp schaltet im Wagen das Licht an. «Du solltest nicht allein nach Hause gehen, solange sich dieser Verrückte da draußen rumtreibt. Du musst niemandem was beweisen.»

«Und woher weiß ich, dass du nicht der Son of Sam bist?»

«Der arbeitet nicht am Wochenende.»

Juliette weiß alles über den Son of Sam. Wie auch nicht, wo

doch alle ständig über ihn reden, als wollten sie ihr absichtlich den letzten Sommer vor dem College versauen.

Erst zwei Monate später, im Psychologiegrundkurs in Yale, wird ihr klar werden, dass sie an einer narzisstischen Persönlichkeitsstörung leiden muss. Aber als der Professor diejenigen der Kursteilnehmer auffordert, die Hand zu heben, die diese Störung zu haben meinen, tun das fast alle der egozentrischen und jungen Erwachsenen. Der Professor wird den Studierenden erläutern, dass es jedes Jahr dasselbe sei. Sie litten an nichts anderem als daran, jung und dumm zu sein. Im selben Kurs wird Juliette darüber nachsinnen, dass David, der nicht nur Statistiken über jedes Yankee-Spiel, sondern auch eine detaillierte Tabelle der «Son of Sam»-Morde führte und Juliette bat, sich die Haare blond zu färben («Der Mörder mag nur Brünette»), wahrscheinlich unter einer Zwangsneurose litt. Juliette wird viele weitere Jahre brauchen, um zu erkennen, dass David einfach nur versuchte, sich von der Tatsache abzulenken, dass er sterbenskrank war.

Juliette überquert den Ridge Boulevard, ohne nach rechts und links zu schauen. Es ist spät. Sie ist betrunken. Pizzatyp wendet und hupt, um sie auf sich aufmerksam zu machen.

«Nee, das gefällt mir nicht, du willst nicht einsteigen, das ist dein Problem.»

Der Trunkenheitsnebel lichtet sich etwas, doch als Juliette sich zu ihm umdreht, sieht sie zwei heiße Typen, die zurückstarren.

«Vergiss nicht, dein Leben ist das Ergebnis deiner Entscheidungen. Ich fahre hier neben dir her, bis du sicher zu Hause bist.»

«Zu Hause ist aber praktisch nicht mehr zu Hause. Ich gehe in sechs Wochen weg, aufs College.»

«Aufs College? Schön für dich. Wohin denn?»

«Nach Connecticut», sie schluckt, «Yale.»

«Oh, là, là, nobel geht die Welt zugrunde.»

Juliette hat gerade ihren Abschluss an der Poly Prep Country Day School gemacht, einer teuren Privatschule in Bay Ridge, der einzigen nicht katholischen, so weit man Ave-Maria schreien kann. Die Gegend wird hauptsächlich von Italienern und Iren bewohnt, einer Handvoll Norwegern, einigen Polen und Griechen. Deshalb gibt es jede Menge katholischer Schulen. Fontbonne, St. Anselm, St. Patrick, St. Ephrem, Visitation Academy, eine von Nonnen geführte Mädchenschule, deren Campus von einer sechs Meter hohen Stein- und Betonmauer umgeben ist, dann sind da noch die Xaverian High School und die Our Lady of Perpetual Health Catholic Academy.

Auf der Poly Prep gab es eine Kleiderordnung. Blazer, Hemd und Krawatte für Jungen. Für Mädchen Blazer und Hose oder Rock mit Bluse. Man hat dort so getan, als wäre man eine Schule in Connecticut. Nein, in England. Die Freshmen wurden Klasse III genannt, Seniors Klasse VI. Man verwendete römische Zahlen, viele Eltern wussten gar nicht, in welcher Stufe ihr Kind nun eigentlich war.

Der Campus war weitläufig, sechsundzwanzig Hektar groß. Zwei Teiche. Sechs Enten. Und diese sensationelle Naturlandschaft lag tatsächlich mitten in Bay Ridge, Brooklyn, nur ein paar Straßen entfernt von dem Ort, wo *Saturday Night Fever* gedreht wurde und der dafür bekannt war, dass es mehr Bars und Schönheitssalons pro Quadratmeter gab als irgendwo sonst auf der Welt. Aus frisierten Autos schallte laut Musik, und die Männer trugen genauso viel Gold wie die Frauen.

Juliettes Eltern konnten sich die Schule nicht leisten, denn das Geld war knapp. Das Geld war knapp, weil Jack Darling das Glücksspiel immer geliebt hatte. Die Liebe zum Glücksspiel ist nur dann ein Problem, wenn man nicht damit aufhören kann. Und er konnte definitiv nicht aufhören. Also bezahlten Juliettes Großeltern die Schulrechnung.

Der Pizzawagen schleicht langsam neben ihr her, als wollte er sie zum Tanzen auffordern. Es ist eine klare Nacht. In der Ferne lärmen Grillen oder vielleicht Feuerwerkskörper, die von der Feier zum 4. Juli übrig sind.

«Yale, verstehe», sagt Pizzatyp. «Die Hauptstadt ist Hartford, falls du dich das fragst. Und Connecticut ist von einem alten indianischen Wort abgeleitet, das ‹Land am langen Gezeitenfluss› bedeutet. Man nennt es den Muskatnuss-Staat, den Staat der Verfassung oder das Land der festen Gewohnheiten. Ich nenne es die Tri-State Area. Connecticut. Scheißschwer zu buchstabieren.»

Pizzatyp mochte schon immer gerne Landkarten. Als er klein war, hatte er ein Tischset mit den Vereinigten Staaten von Amerika darauf und eine Globuslampe. Als das Licht im Globus kaputtging, warf seine Mutter ihn weg. Das machte nichts, weil sich die Welt ohnehin ständig veränderte. Aber da Amerika sich nicht veränderte, benutzte er das Tischset weiter.

Juliette geht neben dem Pizzawagen her, die Straßen entlang, die jetzt von kleinen Doppelhäusern gesäumt sind. Sie kommt an Häusern vorbei, in denen Mittelschichtler im Wohnzimmer eine Lampe brennen lassen, um Einbrecher abzuschrecken, die aber nie auftauchen. Betrunken läuft Juliette durch die heiße Sommernacht und fühlt sich körperlos und sorgenlos. Steigende Kriminalitätsrate in New York? Ihr doch egal. Unerbittliche Hitzewelle? Es ist Sommer. Serienmörder auf freiem Fuß? Wahrscheinlicher ist, dass man in der Badewanne oder an einem Herzinfarkt stirbt.

Wenn es etwas gibt, das Juliette wirklich beunruhigt, dann ist es die Tatsache, dass sie noch Jungfrau ist und es wahrscheinlich für den Rest ihres gottverdammten Lebens bleiben wird. Eine verdammte alte Jungfer wie die verfluchte Jane Austen. Nie wird ein Mann sie berühren, ihr Haar anheben und ihren Nacken küssen, sie draußen im Regen gegen eine Wand pressen. Nein, nicht im Regen. In einem Maisfeld, wo seine Hände ihren Körper erforschen, fieberhaft, weil seine Leidenschaft nicht zu bändigen ist. Sie würde sich ihm unter dem sternenklaren Sternenhimmel hingeben. Nein, das wird nie passieren. Wäre sie nicht Jüdin, könnte sie genauso gut Nonne werden.

Erst vor ein paar Monaten, am Silvesterabend, sind David und sie im Cannonball Park an der Shore Road gewesen und haben sich eine halb leere oder halb volle Flasche Southern Comfort geteilt, je nachdem, wie man zum Leben steht. Eigentlich hatten sie in die City fahren wollen, zum Times Square, aber David war erkältet und hatte Husten, also blieben sie in der Nähe ihres Viertels und betranken sich. Als das Feuerwerk um Mitternacht die Dunkelheit erhellte, umarmten sie sich durch ihre dicken Wintermäntel und die anderen Schichten auf ihren Körpern hindurch. «Frohes neues Jahr!» – «Frohes neues Jahr!» Sie tätschelten sich gegenseitig den Rücken. Um sie herum Geschrei und Heiterkeit, Fremde, die sich um den Hals fielen. Mit dem flüssigen Mut des Alkohols im Blut schlossen sie den Pakt, ihre Jungfräulichkeit aneinander zu verlieren, bevor sie aufs College gehen würden. Ja, sie waren bloß Freunde, aber genau für so was waren Freunde ja da. Es wäre eine Win-win-Situation. Das College würde ein Neuanfang sein. Juliette in Yale, David in Harvard. Sie wollten, dass die anderen Studenten ihr wissendes Nicken als ein «Ja, ich habe von der fleischlichen Lust gekostet» erkannten und sie auf die wichtigen Partys einluden. Der nach Aprikose schmeckende, scharfe Whiskey brannte in ihren Kehlen, erfüllte sie aber mit der Hoffnung, dass das Leben besser und immer besser werden würde.

Ein paar Monate danach, kurz nach Davids Diagnose, platzte Juliette in sein Zimmer. Es war das einzige Mal, dass sie ihn jemals weinen sah. Er saß da und hatte den Kopf zwischen den Knien wie bei einem Flugzeugabsturz.

Er blickte zu ihr auf, Rotz lief ihm aus der Nase, seine Augen waren rot und verquollen. «Ich schätze, unser Versprechen gilt dann auch nicht mehr.»

Nicht nur, dass sein Leben nun plötzlich kürzer sein würde, er würde auch noch Jungfrau bleiben. Sie tätschelte ihrem Freund die Schulter, klopf, klopf – sie war nicht daran gewöhnt, jemanden absichtlich zu berühren.

«Versprochen ist versprochen», sagte sie.

«Echt?» Er blickte hoffnungsvoll zu ihr auf.

«Echt», sagte sie, weil David ihr Freund und das hier sein letzter Wunsch war.

Am Eingang der Auffahrt wedelt sie mit den Armen und ruft zu dem Typen im Pizzawagen rüber: «Hier ist es.»

«He, komm mal kurz her.» Er hält an.

Sie tritt an das geöffnete Seitenfenster.

«Ich habe eine sehr spezifische Frage an dich. Es geht um etwas, wobei du, weil du ja nach Yale gehst und so weiter, mir vielleicht helfen kannst.»

Sie beugt sich vor, will das hören.

«Lebe frei oder stirb. Warum ist das wohl das Motto von New Hampshire?»

Unwillentlich entfährt ihr ein Grunzen, und sie bedeckt Nase und Mund schnell mit der Hand, als hätte sie geniest. Sie hat nicht gedacht, dass jemand, der süß ist, zudem noch Humor haben könnte. Zurzeit bringt niemand außer David sie zum Lachen. Früher hat ihr älterer Bruder George das gemacht, er hat sie immer unter den Achseln und am Bauch gekitzelt. Sie weiß noch, dass sie sich nie entscheiden konnte, ob er damit aufhören oder nicht aufhören sollte.

«Juliette Darling, was bist du?»

«Wie meinst du das?»

«Also zum Beispiel irisch, italienisch, chinesisch? Was bist du?»

«Ich bin jüdisch.»

«Ja, das habe ich mir gedacht, ich wollte dich nicht beleidigen, aber ich mag Juden besonders gern.»

Das Letzte, was Juliette sein möchte, ist anders, besonders. Juliette möchte nicht gesehen werden. Unsichtbar sein, das wär's. Sie glaubt nicht, dass sie irgendwo reinpasst, nicht einmal in ihren Körper. *Besonders* nicht in ihren Körper. Es ist schwer zu erklären, aber sie fühlt sich, als ob sie nicht in ihren Körper gehöre, falls das irgendwie Sinn ergibt.

Egal in welchem Winkel zu dem einen Ganzkörperspiegel bei ihnen zu Hause Juliette sich aufstellt, sie sieht ihren Körper nie in einem Stück. Sie ist zu groß. Sie kann ihren Körper wahlweise ohne Kopf oder ohne Füße sehen. Der Spiegel ist für ihre Mutter aufgehängt worden, die natürlich niedlich und klein ist. Bevor Juliette in die Pubertät kam, schien ihr Körper keine Rolle zu spielen, er war einfach da. Aber jetzt ist er etwas, das sie mit sich herumschleppt.

«Hey», er rutscht auf den Beifahrersitz, zu ihr ans Seitenfenster, sodass sich ihre Gesichter beinahe berühren, «schau mich mal kurz an.»

Sie blickt auf, ihre Blicke treffen sich.

«Willst du mal mit mir rumfahren?»

«In deinem Pizzawagen?»

Er holt tief und hörbar Luft, bevor er antwortet. «Jetzt bist *du* plötzlich witzig? Glaubst du, das ist der einzige Wagen, den ich fahre?»

«Ich weiß nicht.»

«Tja, wenn du es weißt, Juliette Darling, lass es mich wissen.

Du findest mich hier.» Er schlägt gegen das Gehäuse des Pizza-
wagens, wo auf einer knallroten Pizza die Adresse steht.

Juliette geht die Auffahrt hoch und zur Seitentür. Sie schließt
auf. Sie hört den Motor leise brummen. Er wartet. Sie geht rein
und macht beinahe einen Luftsprung. Das war der beste Abend
meines Lebens, denkt sie. Sie will nachsehen, ob bei David noch
Licht brennt, und ihm alles erzählen, entscheidet sich dann aber
dagegen.

DAVID

David kaut auf seinem schwarzen BIC-Stift herum und schreibt
auf seinem gelben Notizblock. Erst Yankees-Statistiken, seinen
Namen mit der rechten und linken Hand gleichzeitig, dann
macht er eine Timeline, wo der Son of Sam zugeschlagen hat.
Daten, Namen, Adressen in dem Versuch, ein Muster zu finden.

Die Nacht ist die einzige Zeit, in der David sich frei fühlt, be-
freit vom wachsamen Blick seiner Eltern, die a) darauf achten,
was er isst. Wie viel hast du gegessen? Wie viele Kalorien? Zu wenige Kalorien, zu viele Kalorien. b) Sieht er besser oder schlechter
aus als am Tag zuvor? c) Ist er müde? Nein. Natürlich ist er müde.
Er ist immer müde, also hat er angefangen zu lügen. d) Warum
hat er dunkle Ringe unter den Augen? (Siehe vorherige Frage.)
Für zusätzliche Punkte fülle bitte folgende Felder aus _____.
Hm, vielleicht weil ich Krebs habe? Pssst. Sprich dieses Wort
nicht aus! Sagt seine Mutter mahnend. e) Keins von den oben
Genannten.

Er kommt sich vor wie ein Käfer unter einer Lupe, kurz davor,
von der Sonne verschmurgelt zu werden.

In diesem Moment hört er das Motorengeräusch vor seinem
Fenster. Er kniet sich auf den Boden und beobachtet durch die

Ritzen in der Jalousie, wie Juliette von dem Pizzawagen weggeht und dann zurückkehrt. Sie beugt sich hinein, spricht mit jemandem. Dann dreht sie sich um und kommt die Einfahrt herauf. Der Typ im Pizzawagen wartet und beobachtet sie. David spürt einen stechenden Schmerz hinter den Augen, als hätte jemand plötzlich das ganze Blut aus seinem Gehirn gesaugt. Er drückt sich die Finger in die Schläfen, um sich zu konzentrieren. Nein, Mama, ich habe keinen Hunger, und ich muss mich nicht ausruhen. Und nein, Papa, ich muss mich nicht bemühen, die verdammte Anzahl an roten Blutkörperchen zu erhöhen. Leber und Aprikosenkerne essen, auf die sein Vater schwört und von denen er glaubt, dass sie helfen werden. Natürlich nur in Kombination mit dem sensationellen Buch *Von Krebs geheilt*, aus dem sein Vater der Familie laut vorliest wie ein Sektenführer.

Er schreibt sich das Nummernschild 426-KQL auf. An Juliettes Gang kann man sehen, dass sie getrunken haben muss. Wirkt sogar so, als wäre sie besoffen. Juliette, das Mädchen seiner Träume, das Mädchen, das er zu seiner Seelenverwandten erkoren hat, seit er sie im Alter von fünf Jahren zum ersten Mal gesehen hat, stolpert von einer Party nach Hause. Er hat das Gefühl, als würden ihm die Eingeweide mit einem Skalpell aus dem Leib gekratzt. Er zuckt zusammen. Er schließt die Augen. Deshalb ist sie also heute Abend nicht gekommen. Er ist nicht bereit, sie damit zu konfrontieren, noch nicht.

RICO

Rico sieht zu, wie Juliette ihr Haus betritt. Er lässt den Kopf auf das Lenkrad sinken. In einem verdammten Pizzawagen. Warum hat sie das gesagt? Komm schon, Rico, das hast du nicht nötig, sagt er sich und drückt auf die Play-Taste des Kassettenrekorders.

Die beruhigende Stimme erfüllt den Wagen: «Ich habe die Kontrolle über mein Leben und kann alles erreichen, was ich will. Ich lasse mich nicht von negativen Gedanken entmutigen. Heute ist ein großartiger Tag, morgen wird noch besser.»

Er fährt die Straße hinunter und biegt links auf die Shore Road ein, die schnurgerade am Wasser entlang zum Belt Parkway führt. Im Hintergrund die Verrazano-Brücke, die elegante doppelstöckige Hängebrücke voller Potenzial, die aber nur nach Staten Island führt. Normalerweise ist die Shore Road voll mit Autos, aber um diese Zeit ist sie leer. Er ist der König der Straße. Er liebt das Autofahren.

Als er seine Fahrprüfung ohne einen einzigen Fehler bestanden hatte, wusste er, dass er ein guter Fahrer ist. «Das passiert nur einmal alle paar Jahre», hat ihm der Mann von der Zulassungsstelle gesagt. Sein Vater hat lauthals gelacht, als er das hörte. «Jeder Idiot besteht.»

Er dreht die Lautstärke auf. «Sich in sich selbst zu verlieben, ist der Schlüssel zum Glück.»

Er schaltet die Scheinwerfer aus und fährt mit hoher Geschwindigkeit die Straße hinunter ins Nirgendwo. In der Dunkelheit fühlt er sich frei.

2

Freitagmorgen acht Uhr ist in Bay Ridge eine tote Zeit. Das Frühstück ist vorbei, der Rasensprenger angestellt, die Männer sind bei der Arbeit, die Mütter räumen das Geschirr ab und beten darum, wenigstens für eine verdammte Sekunde ihre Ruhe zu haben.

Juliette ist in ihrem hübschen rosa Kinderzimmer aufgewacht, sie liegt in ihrem Barbiemädchen-Himmelbett, das ihre Mutter unbedingt kaufen wollte, um den Anschein einer märchenhaften Kindheit zu erwecken. Was ihre Mutter dabei vergessen hat, ist, dass es in Märchen keine biologischen Mütter gibt. Vielleicht ist sie adoptiert. Bitte, lieber Gott, lass mich meine richtigen Eltern finden. Lass meine echten Eltern cool sein.

Sie ist in ihren Sachen eingeschlafen. Sie ist buchstäblich einfach auf ihr Bett gefallen und acht Stunden später mit dem Abdruck der Tagesdecke im Gesicht wieder aufgewacht. Juliette hat keine Erinnerung daran, wie sie in ihr Zimmer gekommen ist. Weder hat sie Kopfschmerzen, noch ist ihr übel. Sie horcht auf die Stille im Haus. Es ist sicher, sich hinauszuschleichen. Auf Zehenspitzen trippelt sie ins Bad und füllt ihren Plastikzahnputzbecher fünfmal mit Wasser, trinkt ihn aus.

Die Luft ist voller Rauschen. Es ist nicht das Rauschen, an das Juliette gewöhnt ist: unauffällig, gleichmäßig, beständig. Es ist nicht das statische Knistern und Zischen, das man manchmal im Telefon hört oder wenn das verdammte Radio oder der verdammte Fernseher miesen Empfang hat. BAM! Heute spürt Juliette beim Aufwachen Elektrizität in der Luft. Als sie ihren Türknauf berührt, bekommt sie einen Stromschlag.

Juliette holt sich *Römisches Arkadien* und ihr Album mit Yankees-Baseballkarten. Ja, sie verbringt ihren Sommer damit, Bücher auf Latein zu lesen. Doug hat jedes Recht, sich über sie lustig zu machen. Aber sie kann nichts dafür, dass die Konstruktion lateinischer Sätze sie erregt. Wie Subjekt und Verb getrennt werden können und etwas völlig anderes bedeuten, das verursacht in ihrem Körper ein Kribbeln. Die Befriedigung beim Zusammenpuzzeln der Zeilen ist unvergleichlich. Manchmal kann sie die Geister toter Dichter heraufbeschwören, und sie sagen ihr, was gemeint ist. Für jemanden wie sie muss es ein Wort geben. Nerd. Freak. Idiot. Absolut. Total. Bekloppt.

Mit zwei großen Schritten überquert sie die Auffahrt hinüber zu den Haddads. Die Haddads sind die einzige libanesische Familie in der Nachbarschaft, die Darlings die einzige jüdische. «Als wollten sie, dass wir den Nahostkonflikt in unserer gemeinsamen Auffahrt lösen», sagt Dr. Darling oft in der Hoffnung auf einen Lacher.

Es ist dieselbe Einfahrt, auf der Juliette und David ihren rosa Springball gegen die Wand geworfen haben. Obwohl David ein Junge war, spielte er mit Juliette, was sie wollte.

Miss Susie hat ein Schiff,
das Schiff, das fährt mit Schwung.
Es stößt auf ein Geröll.
Miss Susie fährt in'n Himmel,
der Dampfer fährt zur Höll.

Ihre Hände trafen im Takt aufeinander, wieder und wieder.

Lieber Angler,
fang mir 'nen Barsch.
Wenn du mir keinen fängst,
tret ich dich in den …

Einmal Luft holen und dann ...

Vor dem Kühlschrank
lag ein Ei, es war roh.
Miss Susie rutschte aus
Und knallte auf den ...

Ohne dass sie nachdenken mussten, bewegten sich ihre Hände immer schneller, klatschten, für ihre Hirne kaum mehr nach- zuvollziehen.

Frag nicht, wie und wo,
so ist's auf jeden Fall:
Die Jungs, die sind im Klo
Und öffnen ihren Hosen...

Schneller und schneller, es war wie ein Rausch, sie spürten, dass sie gleich am Ende angelangt sein würden.

Fliegen in der Stadt,
Bienen auf dem Land,
Miss Susie und ihr Freund,
die küssen sich im Schrank.

Handfläche an Handfläche. Handrücken an Handfläche an Handrücken.

SCH-R-A-N-K
SCH-R-A-N-K
SCH-R-A-N-K
Schrank, Schrank, Schrank.

Sie malten mit Pastellkreide eine Welt auf den Weg: eine Schule, ein Haus, eine Scheune, der Pool kam an die Stelle, wo aus der Klimaanlage vor dem Wohnzimmer der Darlings Wasser tropfte.

Natürlich war da auch das unvergessliche Grillfest am 4. Juli, als Juliette und David sieben Jahre alt waren. Unvergesslich nicht, weil Vietnam immer noch brannte und Amerika zwischen Kriegsfanatikern und Friedensbewegung erbittert gespalten war. Unvergesslich nicht, weil Martin Luther King und Robert Kennedy ermordet worden waren. Unvergesslich nicht, weil die Demonstranten auf den Straßen verprügelt und mit Tränengas angegriffen wurden.

Unvergesslich, weil an diesem Tag Juliettes Barbie und Davids T-Rex heirateten. Als gerade niemand hinsah, legten sie die beiden heimlich auf den heißen Grill neben die Burger und Würstchen, um zu sehen, was passieren würde. Unter dem wolkenlosen blauen Himmel geschah das Wunder der Vereinigung. Das pfirsichfarbene Plastik von Barbies Haut brutzelte Seite an Seite mit den fetttriefenden Burgern. T-Rex schmolz hinüber in Richtung Würstchen, versuchte verzweifelt, sie mit seinen viel zu kurzen Armen zu erreichen.

Es wäre mit Sicherheit ein ganz außergewöhnliches Grillfest geworden, wäre da nicht ihr neugieriger Nachbar Captain Donovan gewesen, Feuerwehrmann im Ruhestand. Schnüffelnd nahm seine Nase die giftigen Dämpfe auf wie die feinen Aromen eines guten Bordeaux. Er sprang über den Zaun (rüstig, rüstig) und strahlte alles mit dem Feuerlöscher ab, den er zu jeder Zeit neben seiner Tür aufbewahrte.

Die Nachbarn schüttelten hinter verschlossenen Türen die Köpfe. Wie erziehen die ihre Kinder? «Kein Erwachsener weit und breit, der sie im Blick hatte.»

David und Juliette wurden auf ihre Zimmer geschickt. Das

hielt sie nicht davon ab, sich in der Nacht hinauszuschleichen, um ihre deformierten Freunde aus der Mülltonne zu befreien.

Bis dass der Tod sie scheidet – Barbie und T-Rex waren zu einem Klumpen aus Plastik und Hamburgerfett verschmolzen. Sie würden nun für immer zusammen sein. Juliette und David begruben sie unter dem Rhododendronbusch der Haddads. Noch Jahre später, wenn Mr Haddad den Strauch beschnitt und seine Schönheit bewunderte, wechselten David und Juliette verstohlene Blicke: «Das muss am Dünger liegen, Papa.»

Die Haddads kamen aus dem Libanon. Wo zum Teufel ist der Libanon?, sagten die Leute. Eine Woche nach Unterzeichnung des Immigration and Nationality Act durch Präsident Johnson 1964 waren Joseph Haddad, fünfunddreißig Jahre alt, seine Frau Myriam, achtundzwanzig Jahre alt, und ihr vierjähriger Sohn David von Beirut nach Amerika emigriert. Joseph liebte Amerika, seit er *Singin' in the Rain* im Kino gesehen hatte. Sein Traum war wahr geworden.

Juliette klingelt, obwohl sie weiß, dass offen ist. Seit Beginn der Son-of-Sam-Morde haben die meisten Leute, auch die Darlings, angefangen, ihre Türen abzuschließen. Von einem Tag auf den anderen hatte Juliette einen Schlüssel um den Hals hängen. Die Haddads wollten davon nichts wissen. «Wenn ich abschließe, dann brauche ich einen Schlüssel. Was passiert, wenn ich den verliere? Dann kann ich nicht nach Hause. Mein reicher Cousin im Libanon hatte ein riesiges Haus mit Sicherheitstoren und Wachhunden und wurde dreimal ausgeraubt.»

«Juliette, es ist offen!», ruft Mrs Haddad.

Der Duft von Zitrusfrüchten und Lammhaxen, Pfannen, in denen Knoblauch und Kichererbsen rösten, um zu Hummus zu werden (lange, bevor es Hummus bei Walmart zu kaufen gab), empfängt sie schon an der Tür. Es ist, als würde man eine andere Welt betreten.

«Ich bin hier!», ruft Mrs Haddad aus der Küche.

Juliette zieht im Flur ihre Schuhe aus. «Sie zwingen dich, die Schuhe auszuziehen? Wie seltsam», lautete der Kommentar ihrer Mutter. «Wenn sie meine Socken riechen könnten, würden sie mich anflehen, sie anzubehalten», witzelte ihr Vater. Dieses Hin und Her, Ping und Pong. Das war es, was die beiden am Laufen hielt wie ein physikalisches Gesetz.

Mrs Haddads überbordender Körper in einem Tunikakleid – knalliger Lippenstift, das dunkle Haar zu einem lockeren Dutt aufgesteckt – zieht Juliette fest an sich. Von Mrs Haddad umarmt zu werden, ist das, was Juliette sich unter Wiedergeburt vorstellt. Ihr Kopf wird seitlich an den großen Busen gepresst. Juliette fühlt sich klein und gewärmt und kann Mrs Haddads Herz schlagen hören. Oder ist es ihr eigenes?

«Willst du probieren? David braucht noch einen Moment.» Und schon steht Mrs Haddad mit einem Holzlöffel in der Hand aufrecht vor ihr, und Juliette fragt sich, ob sie sich die Umarmung nur eingebildet hat.

«Nein danke, Mrs Haddad, ich habe keinen Hunger, ich habe gerade gefrühstückt.»

«Das ist Kibbeh, dabei geht es nicht darum, ob du hungrig bist.»

Auf dem Tresen steht Kuchen. Da sind Fliegen. Daneben verschreibungspflichtige Flaschen und Vitamine. In Einmachgläsern dieses ekelerregende Gebräu, das Gesundheit und Vitalität bringen und Übelkeit lindern soll. Früher waren die Gläser in den Regalen versteckt, aber jetzt stehen sie überall. Juliette wird übel.

Im März hat David einen Tag in der Schule gefehlt. «Er hat Grippe», hat Mr Haddad ihr gesagt. Er fehlte die ganze Woche und die darauffolgende Woche auch. Die Jalousien blieben geschlossen. Immer wenn sie klingelte, sagten Mr oder Mrs Haddad, er liege im Bett. Sie hörte die Gerüchte zuerst in der Schule, dann sprach sie ihre Eltern eines Abends beim Abendessen darauf an.

«Wisst ihr, was mit David los ist?»

Ihr Vater hielt inne und sah zu ihrer Mutter hinüber. «Leukämie», entgegnete er.

«Wie meinst du das? Krebs?», fragte Juliette.

Keiner antwortete.

«Wird er sterben?», hakte Juliette nach.

«Juliette, wir essen jetzt zu Abend», sagte ihre Mutter und legte ihr halbes Brötchen zurück auf den Teller, «und bitte erwähne es ihnen gegenüber nicht, wenn du sie siehst, es ist eine Privatangelegenheit.»

«Auf das Leben, auf das Leben, L'chaim!», singsangte ihr Vater und hob sein Wasserglas.

«Jack, sei nicht geschmacklos.»

«Inwiefern ist das geschmacklos?»

An diesem Abend kam es zwischen ihren Eltern zu einem weiteren Streit.

Es war das Jahr 1977. Heutzutage sind Geschichten über unglückliche Familien gang und gäbe. Aber 1977 musste man davon ausgehen, dass man mit seinem Elend allein war. Denn jeden Abend sah man im Fernsehen glückliche Familien und Paare, die, selbst wenn sie aufeinander herumhackten, Lacher aus der Konserve kriegten.

3

Die sieben besten Arten, sich umzubringen, sind: Erhängen, Überdosis, Pulsadern aufschneiden, von einer Brücke springen, Erschießen, Ersticken, Ertränken. Es gibt natürlich noch weitere. Die Kreativität der Menschen kennt keine Grenzen, wenn es um Leben und Tod geht, aber diese sieben sind die durchführbarsten Methoden, die David für seinen Freitod ausgewählt hat. Er ist nur nicht sicher, für welche er sich entscheiden soll.

Einer Sache dagegen ist sich David allerdings sehr sicher: Er wird nicht zulassen, dass er zu einem erbärmlichen Skelett mit riesigen Panda-Augen verkümmert, das um Mitleid winselt. So viel steht fest.

Jede Methode hat ihre Vor- und Nachteile, einige machen zusätzliche Schritte erforderlich. Wie soll er an eine Waffe kommen? Er will auf keinen Fall eine Sauerei hinterlassen, denn er weiß, das würde seine Eltern gleich mit umbringen. Er liebt seine Eltern. Er hat ein schlechtes Gewissen wegen alledem, selbst wegen der Krebserkrankung. Also ein dickes, fettes Nein, was das Aufschlitzen seiner Handgelenke und das Erhängen angeht. Ganz zu schweigen davon, dass Erhängen ihm übertrieben und klischeehaft vorkommt, von der Decke oder in einer Scheune baumeln, nein danke. Außerdem ist David sich auch nicht sicher, ob die billige Stuckdecke ihres 1924 gebauten Doppelhauses ihn aushalten würde. Irgendwie kommt es ihm unfair vor, ein riesiges Loch und zusätzliche Kosten zu verursachen. Nein, sie sind gute Menschen, das haben sie nicht verdient. Sie haben das alles nicht verdient.

Es muss also eine Überdosis werden.

Die Iden des März, der Tag, an dem Julius Cäsar erstochen wurde, war der Tag, an dem er DIE DIAGNOSE gekriegt hat. Es ist wahr, wenn sie sagen, dass man in einer Woche Jahre altern kann. Innerhalb von acht Tagen sah seine Mutter aus wie seine alte Teta im Libanon. Sein Vater war zehn Zentimeter geschrumpft.

Monatelang war David so müde gewesen, dass er morgens kaum aus dem Bett kam.

«Teenager!», lachten die Haddads.

Mr Haddad kaufte ihm seinen eigenen Wecker: «Es wird Zeit, dass du lernst, Verantwortung zu übernehmen, mein Sohn.»

Doch Mrs Haddad schlich sich immer zu ihm herein, bevor der Wecker klingelte, um ihn wach zu küssen. Wozu hat man denn ein Kind, wenn nicht, um es morgens zu wecken?

Seit Weihnachten hatte David eine hartnäckige Erkältung mit Husten, wie seine halbe Klasse auch.

Im Januar bei der Routinekontrolle in Dr. Darlings Zahnarztpraxis blutete sein Zahnfleisch übermäßig. «Vergiss nicht, Zahnseide zu benutzen», ermahnte Dr. Darling ihn und gab ihm eine Packung Zahnseide «aufs Haus».

Aber nach dem demütigenden Leichtathletikwettkampf Anfang März gegen Horace Mann begann David zu vermuten, dass mit ihm etwas nicht stimmte. Zuerst lief er die hundertzehn Meter, darin war er immer super und flog auch jetzt mit Leichtigkeit über die Hürden. Nicht ohne Grund nannte man ihn den «Mann mit Flügeln». Aber zehn Meter vor der Ziellinie stolperte er plötzlich vor Erschöpfung. Er schaffte es halb gehend über die Ziellinie, als Letzter. Zusätzlich zu dem Schmerz darüber, sich komplett zum Idioten gemacht zu haben, hatte er sich eine kleine Schürfwunde am Knie zugezogen, die dreißig, beinahe fünfundvierzig Minuten lang blutete.

Wenn Sie an diesem Tag auf dem Weg zu Dr. Mandell ein beliebiges Mitglied der Familie Haddad gefragt hätten, ob es sich

Sorgen mache, hätte es Sie verdattert angesehen. Es war Grippesaison; das Haus war zu kalt.

Im farbenfrohen Wartezimmer des Kinderarztes saßen die Haddads inmitten von Bauklötzen und Plastikstühlchen und Tischchen für Kleinkinder. David wurde aufgerufen. Dr. Mandell führte die Erstuntersuchung durch, Herzfrequenz, Blutdruck, Blutentnahme, und stellte ihm ein paar Fragen.

Danach sagte Dr. Mandell den Haddads, dass es sich um Mononukleose handeln könnte, besser bekannt als Pfeiffersches Drüsenfieber oder Studentenkuss-Krankheit. Mr und Mrs Haddad und Dr. Mandell lächelten sich wissend an. Davids Gesicht versteinerte. Die letzte Person, die er geküsst hatte, war John Coltrane gewesen, auf dem Cover des Albums *A Love Supreme*.

«Wir sollten die Blutwerte morgen, spätestens Donnerstag, bekommen, und dann sehen wir weiter.»

Erst als Dr. Mandell, der David schon seit seiner Kindheit kannte, zwei Tage später die Ergebnisse der Blutuntersuchung erhielt, schlug die Stimmung um. Die Autofahrt zur Arztpraxis an einem Spätnachmittag im März, dessen Licht schon den Frühling ankündigte, dessen Luft jedoch noch kalt war, verlief schweigend. «Lass die schlechten Gedanken nicht zu», hätte Mrs Haddad gesagt, wenn man sie gefragt hätte. Mr Haddad hätte seiner Frau zugestimmt, wenn er dazu aufgefordert worden wäre. Seine und ihre Gedanken waren eng miteinander verwoben. David fühlte sich einfach nur mies.

Dr. Mandell, ein rundlicher, heiterer Mann Anfang fünfzig, begrüßte sie herzlich und sagte: «Gehen wir nach hinten durch, in mein Büro.»

Sie setzten sich alle, und Dr. Mandell hinter seinem Schreibtisch blickte auf ein Stück Papier. Doch dann kam er um den Tisch herum zu ihnen und schwang sich auf die Tischplatte, seine Beine baumelten in der Luft wie bei einem Kind.

«Wir haben jetzt die Ergebnisse des großen Blutbildes, und die Werte zeigen, dass die Anzahl der Blutplättchen, die für die Blutgerinnung verantwortlich sind, ziemlich niedrig ist. Das würde die ewig blutende Wunde erklären, von der David mir kürzlich erzählt hat. Das Zahnfleischbluten auch.»

Okay, nickten die Haddads wortlos und warteten.

«Die Anzahl der roten Blutkörperchen ist ebenfalls niedrig. Er hat erwähnt, er sei oft müde.»

«Ich bin auch oft müde», gab Mr Haddad zu bedenken.

Mrs Haddad pflichtete ihm nickend bei.

«Die weißen Blutkörperchen übernehmen die Aufgabe, das Immunsystem aufzubauen und Infektionen zu bekämpfen. Tja, und dieser Wert ist ein wenig höher als normal.»

David beobachtete ihn. Dr. Mandell hatte David nicht ein einziges Mal angeschaut, seit sie den Raum betreten hatten.

«Was ist schon normal», sagte Mr Haddad philosophisch und hob die Arme.

«Normal wären fünf- bis zehntausend», ergänzte Dr. Mandell. «Davids Werte liegen zwischen fünfzig- und fünfundsiebzigtausend.» Fast enthusiastisch und mit dröhnender Stimme fügte er hinzu: «Die weißen Blutkörperchen spielen völlig verrückt und verdrängen die normalen roten und die Blutplättchen.»

Pause. Seine Beine hörten auf zu baumeln, sie hingen nur noch herunter wie nasse Socken.

«Ich habe ein bisschen rumtelefoniert, und die tolle Nachricht ist, wir haben für heute Abend einen Termin im Memorial Sloan Kettering.»

Die drei Haddads nahmen Haltung an. Die nächsten Stunden, die nächsten Tage waren ein einziges Kuddelmuddel. Wann sind sie nach Hause gefahren und haben seine Sachen geholt, seine Zahnbürste?

David kam ins Krankenhaus. Er legte sich auf die Seite. Die Krankenschwester zog den Gummizug seiner weißen Fruit-of-the-Loom-Unterhose herunter, um ihm eine Spritze zu geben. Hätte er damals schon gewusst, welche Demütigungen er in Zukunft würde über sich ergehen lassen müssen, er wäre mit Sicherheit aus dem Fenster gesprungen. Sie steckten eine Nadel in seine Hüfte, um ihm Knochenmark zu entnehmen. Genau so hatte es der Arzt ausgedrückt. David dachte an abgenagte Hähnchenkeulen.

Dreißig Minuten später bekam er ein großes blaues Kinderpflaster für sein Aua. Drei unerträglich langweilige Krankenhaustage später hatte der Arzt die Ergebnisse, Dr. Shufflebarger, ein dürrer Mann in den Sechzigern, dessen glänzendes Gesicht und altmodische Brille einem die Gewissheit gaben, dass ihm mehr an seinen Patienten gelegen war als an seinem Aussehen.

Dass er fragte, ob David bei dem Gespräch anwesend sein solle, empfanden die Haddads als absurd, da sie praktisch nie etwas ohne ihn machten. Alle für einen, einer für alle. Schales Gelächter erfüllte den Raum.

Der Arzt warf David einen Blick zu und sprach dann doch nur mit den Eltern. «Wir haben im Knochenmark abnorme Zellen gefunden. Eine Infiltration in das normale Gewebe. Das Knochenmark funktioniert wie eine Fabrik zur Herstellung von Zellen. Nach allem, was wir hier sehen, werden die Signalstoffe falsch empfangen», fuhr er fort. «Soweit wir das bis jetzt beurteilen können, handelt es sich um eine akute myeloische Leukämie.»

Keiner sagte etwas.

«Krebs des Blutes und des Knochenmarks», fuhr Dr. Shufflebarger fort, unsicher, ob sie ihn verstanden hatten.

Mr Haddad ergriff schließlich das Wort: «Danke, Doktor.»

Mrs Haddad, die unbeweglich auf ihrem Stuhl gesessen hatte,

beugte sich vor und stellte eine der Fragen, die sie in Amerika gelernt hatte und gern gebrauchte: «Können wir eine zweite Meinung einholen?»

«Sicher, natürlich. Ich hatte die Gelegenheit, mir das Blut unter dem Mikroskop anzusehen, und die Blastenzellen sind ziemlich präsent, unreife weiße Zellen mit missgebildeten Kernen, groß und hässlich. Sie verhindern die Bildung von roten Blutkörperchen und Blutplättchen. Das Ergebnis ist stimmig. Ich habe keinerlei Zweifel.»

Die Stille war ohrenbetäubend.

«Wie stehen seine Chancen?», fragte Mr Haddad, ohne den Blickkontakt mit dem Arzt auch nur eine Sekunde zu unterbrechen.

Die Klinge der Guillotine wurde in ihre höchste Position gebracht und ...

«Nur fünfzehn Prozent leben länger als fünf Jahre.»

Die Klinge sauste nach unten und schnitt *srrrrrrr* durch die Luft.

Sie saßen da wie erstarrt.

Schließlich ergriff David das Wort, obwohl ihn niemand auch nur ein Mal angesehen hatte.

Er wählte seine Worte mit Bedacht: «Na ja, ich glaube, ein paar Chancen werde ich schon haben, denn jeder Mensch ist eine Realität für sich und keine Statistik.»

Plötzlich wurde Dr. Shufflebarger auf David aufmerksam.

«Bist du Baseballfan?»

«Ja.»

«Yankees? Mets?»

«Yankees.»

«Ich bin selbst Yankees-Fan. Im Baseball gibt es einen Spielzug, den man Pickle nennt, kennt man auch als Hotbox oder Rundown, bei dem sitzt man echt in der Klemme, kennst du den?»

David nickte. «Das ist, wenn ein Baserunner zwischen zwei Bases gestrandet ist, während der Ball noch im Infield ist. Man muss sich nicht mit Baseball auskennen, um das zu verstehen. Zum Beispiel: Ein Spieler verlässt die zweite Base und versucht, zur dritten Base zu gelangen. Er rennt zwischen den Bases hin und her, um nicht berührt zu werden. Er sitzt in diesem Raum zwischen den Bases fest, der auch als Niemandsland bezeichnet wird. Ein hoher Prozentsatz der Spieler entkommt dem Tag-Out nicht, aber einige schaffen es eben doch. Es ist nicht unmöglich. Ich würde sagen, du befindest dich gerade in einem Pickle, David.»

«Verstehe. Danke, Doktor.»

«Sie drei müssen das alles erst mal verdauen, ich weiß. Und es ist gut, dass Sie David zu dieser Besprechung mitgebracht haben. Sie sind wirklich hervorragende Eltern. Ich werde Sie jetzt in Ruhe lassen. Morgen beginnen wir mit dem Behandlungsplan.»

Der erste Zyklus der Chemotherapie begann am nächsten Tag und dauerte einen Monat. Die Behandlung sollte alle Blutzellen auslöschen und einen Neuanfang ermöglichen.

Montag: Chemo, schlafen, erbrechen. Dienstag: schlafen, Nasenbluten. Mittwoch: Ingwer kauen, ein paar Löffel von der Suppe schlürfen, die seine Mutter ihm gebracht hatte. Donnerstag: Bluttransfusionen. Freitag: Ein fröhliches Gesicht aufsetzen. Die Eltern machen beide einen ziemlich mitgenommenen Eindruck. Ein noch fröhlicheres Gesicht aufsetzen. Samstag: dito. Sonntag: ein mulmiges Gefühl, weil am nächsten Tag alles wieder von vorne losgeht.

Mrs Haddad hatte Blutgruppe 0. Sie konnte David, der auch Blutgruppe 0 hatte, Blut spenden. Mr Haddad, Blutgruppe A, fühlte sich ausgeschlossen. Durch Blut getrennt.

Mrs Haddad konnte David Blut spenden. Das war in Mrs Haddads Woche der schönste Moment. Drei Stunden am Stück saßen sie nebeneinander, waren wieder miteinander verbunden. Das Blut wanderte aus der Vene ihres linken Arms in die Vene in Davids rechtem Arm. Darum geht es beim Leben-Schenken. Die anderen Stunden der Woche waren von Hilflosigkeit geprägt. Hinterher immer Pflaster. Saft. Kekse. David konnte nicht essen. Sie aß seinen Keks für ihn.

Innerhalb der ersten zwei Wochen fiel ihm sein Kopfhaar aus, in der darauffolgenden Woche verlor er die restlichen Haare an seinem Körper. Es war ihm völlig egal.

Nach einem Monat Chemotherapie entließen die Ärzte ihn nach Hause, wo er sich erholen sollte. Nun galt es, die Ergebnisse abzuwarten, zu sehen, ob die sich neu bildenden Zellen Leukämiezellen oder gesunde Zellen waren.

Er fühlte sich so schwach. Er wollte sterben.

Hinsichtlich seines Selbstmords setzte David den Aufwand, das Ergebnis und die Aufräumarbeiten zueinander ins Verhältnis. Die Überdosis siegte eindeutig. Er reihte all seine Tabletten auf, seltsamerweise nach Größe geordnet, der Apfel fällt tatsächlich nicht weit vom Stamm. Er dachte sich, er könnte einfach all die verschreibungspflichtigen Fläschchen, auf denen sein Name stand – irre, meinen Namen gedruckt zu sehen –, und die, die er aus dem Arzneischrank geklaut hatte, in sich hineinschütten und auf einmal runterspülen mit dem Schluck Scotch, den er in sein Zimmer geschmuggelt hatte, und dann leb wohl, schöne Welt.

Seine Pläne wurden jedoch dadurch vereitelt, dass Juliette hereinplatzte. Sie sah die aufgereihten Pillen nicht, die hatte er eilig mit einem Kissen verdeckt. Er war so erschrocken, dass er anfing zu weinen, er weinte, weil er eigentlich nicht sterben wollte, weinte, weil er nicht sterben wollte, ohne Sex gehabt zu haben, und außerdem weinte er, weil er bei ihrem Anblick begriff, warum er leben wollte. Er wollte für sie leben. Sie rettete ihm das Leben. Ganz sachlich teilte ihm Juliette mit, dass ihr Deal, nämlich ihre Jungfräulichkeit aneinander zu verlieren, immer noch galt. Sie rettete ihm das Leben. Und das war nicht das erste Mal.

Das erste Mal war mit fünf gewesen, als David vor Langeweile fast gestorben war. Er war mit einem neuen Wort aus dem Kindergarten nach Hause gekommen. Ficken. Als seine Eltern ihn fragten, was sie im Kindergarten gemacht hatten, antwortete er: «Wir haben Ficke, Facke, Hühnerkacke gerufen.»

«Sag das nie wieder, das ist ein böses, böses Wort», kreischte seine Mutter, als hätte man sie geohrfeigt.

«Warum darf ich nicht Ficken sagen?», fragte er interessiert nach.

Sie versohlte ihm den Hintern, das einzige Mal, soweit er sich erinnern konnte, und wollte ihm den Mund mit Seife auswaschen, aber sein Vater redete ihr gut zu und empfahl die moderne Methode: eine Auszeit. David musste auf der Treppe sitzen und darüber nachdenken, was er falsch gemacht hatte.

«Fuck, wenn ich das nur wüsste», murmelte er vor sich hin.

Er saß also dort draußen und glaubte, vor Langeweile zu sterben. Da öffnete sich nebenan die Tür, und Juliette erschien. Sie setzte sich auf ihren Treppenabsatz auf der gegenüberliegenden Seite der Einfahrt. Er fragte sich, ob sie wohl auch eine Auszeit bekommen hatte und ob es nicht das Allerbeste wäre, die Auszeit gemeinsam zu verbringen.

Wenn er an das erste Mal denkt, dass er sie erblickte, sieht er ein Leuchten vor sich. Und es war nicht die tief stehende Nachmittagssonne auf ihrem gelben Spielzeugtelefon aus Plastik. Es war auch nichts Albernes wie eine Schwärmerei oder Kinderliebe. Es war kein Blitzschlag und auch kein elektrischer Funke.

Er hatte keine Schmetterlinge im Bauch, sein Herz raste nicht. Es war so, wie sich eine Bluttransfusion anfühlt, etwas, das er später nur allzu genau kennenlernen würde. Er fühlte sich, als würde Leben in ihn hineingepumpt. Er glaubte, auf seine Seelenverwandte getroffen zu sein und zu wissen, dass sie für immer zusammenbleiben würden.

In den ersten Jahren, mit fünf, sechs, sieben, verbrachten sie die meiste Zeit mit Rollenspielen und Kichern. Sie spielten Lehrer und Schule, sie spielten Vietnam, sie spielten Mutter und Kind.

Später, als sie etwas älter waren, zehn, elf, vielleicht auch noch mit zwölf, veränderten sich die Spiele. Sie wurden zu ausgeklügelten Abläufen, bei denen sie zum Beispiel wahllos Leute aus dem Telefonbuch anriefen und Telefonumfragen durchführten.

Sie schrieben ganze Drehbücher auf Davids Notizblock und verstellten ihre Stimmen.

1. Kann ich bitte mit ... sprechen?
Die Umfrage wird ungefähr fünf Minuten in Anspruch nehmen. Wir bitten nicht um Geld und wollen nichts verkaufen.
2. Hätten Sie ein paar Minuten Zeit für eine kurze Umfrage?
3. Wenn ein Kind ans Telefon geht, sofort umschwenken auf: Läuft euer Kühlschrank aus? Oder habt ihr Johnnie Walker in der Flasche? Na dann, LASS IHN RAUS.
Hahaha.

Danach ging es los. Sie stellten Fragen wie:

Wie heißen Sie?
Wie alt sind Sie?
Welches Shampoo benutzen Sie?
Sind Sie Fan der Yankees oder der Mets?

Haben Sie für Richard Nixon gestimmt?
(wenn ja, gefolgt von) Sind Sie enttäuscht?
(wenn nein, gefolgt von) Sind Sie überrascht?

Sogar ein Tonbandgerät kauften sie, um die Antworten auf-zuzeichnen und auszuwerten, was, wie sie später erfuhren, dem Verfahren von Tricky Dicky entsprach. Leute, die sofort wussten, welches Shampoo sie benutzten, mochten normalerweise Nixon nicht, aber da sie es nur vier- oder fünfmal machten, konnten sie keine Schlussfolgerungen daraus ziehen.

David wurde am 13. Juli 1973 dreizehn Jahre alt. Am 13. drei-zehn werden – das passiert nur ein Mal im Leben, dachte er.

«Jetzt bist du ein Mann, mein Sohn. Was willst du heute un-ternehmen?», fragte sein Vater.

«Bowlen gehen.»

«Aber es ist ein besonderer Tag!», erwiderte sein Vater.

«Dann vielleicht ein Haus und zwei Autos kaufen, zweiein-halb Kinder kriegen, ein stabiles Einkommen und eine gesunde Altersvorsorge erwirtschaften?»

David musste ein bisschen warten, bis sein freundlicher, aber ernsthafter Vater begriff, dass er einen Witz gemacht hatte.

Dann lachte Mr Haddad laut auf. «Zweieinhalb Kinder, guter Witz.»

Als Juliette und er an diesem Nachmittag vom Bowling nach Hause kamen, stimmte eindeutig etwas nicht. Davids Vater saß im Wohnzimmer auf dem Boden und hatte noch seine Schuhe an. Er hielt sich die Hand vor den Mund, als müsste er sich über-geben. Seine Mutter rang die Hände.

Joseph Haddad wurde gerade Zeuge, wie sein Held Richard Nixon vor seinen Augen zu Staub zerfiel. David sah, wie die Liebe aus den Augen seines Vaters wich und sich in ihnen erst Ungläubigkeit spiegelte, dann Scham, die zu Abscheu wurde und schließlich zu Niedergeschlagenheit. Mrs Haddad kam mit einer Decke ins Zimmer geeilt. Sie alle aßen wie bei einem Picknick auf dem Fußboden und verfolgten die Aussage von Alexander Butterfield, dem stellvertretenden Assistenten von Nixon, einem äußerst durchschnittlichen Mann, dem die Aufgabe zugefallen war, das Team des Geheimdienstes zu beaufsichtigen, das für die Installation des Abhörsystems im Weißen Haus zuständig war – einschließlich der fünf versteckten Mikrofone in Nixons Schreibtisch im Oval Office. Deren Aufnahmen wurden später als Watergate-Bänder bekannt und als der Anfang vom Ende von Nixon.

Mr Haddads braune Augen füllten sich mit Tränen. Er liebte Nixon. Er benutzte sogar das Wort Liebe, das normalerweise für seine Frau und seinen Sohn reserviert war, und selbst in diesem Zusammenhang wurde es nur selten gebraucht. «Ein starker Mann, ein guter Mann, er gibt nicht auf. Ich liebe diesen Mann.»

Nixon hatte 1960 die Präsidentschaftskandidatur gegen JFK verloren und dann erneut die Gouverneurswahl in seiner Heimat Kalifornien. Die Welt war davon ausgegangen, dass dies Nixons Ende bedeutete. Doch acht Jahre später wurde Nixon zum Präsidenten gewählt. Arbeite hart und gib deinen Traum nicht auf, das war der Charakterzug von ihm, den Joseph Haddad am meisten bewunderte.

Im Jahr 1964, als Nixon lediglich «der ehemalige Vizepräsident» gewesen war, war er nach Beirut im Libanon gereist. Sein Besuch hatte große Aufmerksamkeit erregt, was Joseph Haddads Traum besiegelt hatte, nach Amerika zu gehen. Der Traum war bekanntlich zehn Jahre zuvor im Roxy-Theater geboren worden. Er hatte auf einem der tausend Samtsitze gesessen und sich berauscht *Singin' in the Rain* angesehen. Aufregend. Unendlicher Spaß. Berauschende Freude. Das war es, was Amerika Joseph versprach. Nach zwei weiteren Matineen und fünf Abendvorstellungen in Folge kannte Joseph Haddad den Film in- und auswendig.

Er bezog sich auf *Singin' in the Rain* mit derselben Häufigkeit, mit der man etwa den Bauernkalender zurate ziehen würde, um nachzuschlagen, wann die günstigsten Tage für die Aussaat von Hackfrüchten sind.

Ich schätze, man könnte das Besessenheit nennen.

Kam eine Mutter mit ihrem fiebrigen Kind in seine Apotheke, gab er ihnen Baby-Aspirin von Bayer. Dann erzählte er den beiden, wie Gene Kelly mit vierzig Grad Fieber seinen legendären Tanz aufgeführt hatte.

«Ihr Kind wird im Handumdrehen wieder auf den Beinen sein und tanzen.»

Eines Tages tat David, was selten vorkam, sich selbst leid. Er steckte mitten im zweiten Chemo-Zyklus, und der bringt einen schier um, obwohl er eigentlich das Gegenteil bewirken sollte. Davids Vater erzählte ihm von Donald O'Connor, dem Sänger und Tänzer von *Make 'em Laugh,* einem Song aus *Singin' in the Rain.*

«Mr Donald O'Connor hatte es nicht leicht im Leben, mein Sohn. Als er zwei Jahre alt war, ging er mit seiner siebenjährigen Schwester über die Straße, und sie wurden von einem Auto angefahren. Sie starb, er überlebte. Sein Vater starb ein paar Wochen darauf. Sein Bruder Billy starb an Scharlach. Heute vermeidbar mit Penicillin. Dann starb der älteste Bruder des armen Donald O'Connor an Alkoholismus, und seine drei anderen Geschwister starben bei der Geburt. Aber wenn man ihn auf dem Bildschirm sieht, denkt man, was für ein lustiger Mann. Man kann einen Menschen niemals wirklich kennen. Lass die Umstände deines Lebens niemals bestimmen, wie es sein wird.»

4

Wie konnte es sein, dass Juliette als Letzte von Davids Krankheit erfuhr? Warum war sie immer der letzte Mensch, der Bescheid wusste? Jahr für Jahr, immer und immer wieder derselbe Blödsinn.

Der Schnee fiel in riesigen Flocken, Juliette zog sich an. Oh, es schneit heute, es ist schulfrei, wusstest du das nicht?

Susan und Doug sind jetzt zusammen. Ich dachte, du wüsstest das.

Susan und Doug haben sich getrennt. Das weiß doch jeder.

Die Chemiearbeit ist verschoben worden. Wusstest du das nicht?

Chrissy hatte Sex. Ich meine, du hättest gesagt, du hast es schon gehört.

Mrs Donovan steht auf Frauen. Die ganze Welt weiß das.

Der Spitzahorn vor dem Küchenfenster, der hohe Baum mit dem schlanken Stamm bei ihnen im Garten, der Baum, in dem die Eichhörnchen herumflitzen und im Frühling Vögel ihre Nester bauen, der Baum, der im Sommer aussieht wie ein riesiger gelber Bommel, der Baum, an den sich Juliette beim Lesen gerne anlehnt. Ach so, der wird abgeholzt. Er ist krank, das weißt du doch.

Aus Angst, irgendwelche falschen Gefühle auszudrücken, hat Juliette gelernt, gleich alle miteinander zu unterdrücken. Antihistaminika wirken auf dieselbe Weise.

Warum hat David ihr nichts gesagt? Beste Freunde tun das doch. Wenn David stirbt, wird er der erste Tote sein, den sie gekannt hat. Gamma und Tata sind noch am Leben, auch wenn sie alt sind. Die Eltern ihrer Mutter waren schon tot, bevor sie geboren wurde, zählen also nicht. Die gerahmten Schwarz-Weiß-Fotos auf dem Nachtschrank ihrer Mutter bedeuten ihr nicht mehr als der Bleistiftanspitzer in Form einer Lincoln-Büste. Du hast keine Kontrolle darüber, wie die Leute nach deinem Tod deiner gedenken.

Vor siebenundachtzig Jahren gründeten unsere Väter auf diesem Kontinent eine neue Nation, auf Freiheit fußend und dem Gedanken geweiht, dass alle Menschen eines Tages zu Bleistiftanspitzern werden.

Ein Kopf ohne Körper, genau wie ich, dachte Juliette.

Sie ging die Treppe hinunter in den Keller. Das war, Monate bevor sie ihr Zimmer hierhin verlegte und Jahre nachdem dort Kinder zu hören gewesen waren, die Verstecken oder mit Plastikpistolen spielten. Jetzt beherbergte der Keller nur noch verwaiste Brettspiele mit fehlenden roten Hotels und platt gedrückten Pappdeckeln. Der Keller war ein klammes Heim für die 22-bändige Enzyklopädie, die Rainy Darling als Willkommensgeschenk erhalten hatte, als sie ihr gesamtes Erbe in Sparbriefen der Hamilton Savings Bank angelegt hatte.

Juliette löffelte Erdnussbutter aus dem Glas und blätterte einen Band der Enzyklopädie durch, dessen Seiten Goldschnitt aufwiesen, aber auch Fingerabdrücke vergangener Erdnussbutter-Eskapaden. Lexika gaben Juliette das Gefühl, dass alles in Ordnung kommen würde. Da waren Seiten über Seiten voller Informationen und Fakten. Es gab auf alles eine Antwort, und hier konnte man sie finden.

Juliette hielt den Löffel senkrecht wie ein Eis am Stiel und blätterte zu Krebs vor. Krebs kam direkt vor Krebs à deux, das waren Karzinome, die bei zwei zusammenlebenden Personen etwa zeitgleich oder ziemlich dicht hintereinander auftraten. Ob sie es wohl auch bekommen würde?, fragte sie sich.

Seiten über Seiten Krebs mit Verweisen auf Unterabschnitte

in anderen Bänden. Für jeden Buchstaben des Alphabets gab es eine andere Krebsart, außer für J, Q, X und Z.

A für Analkrebs, B für Brustkrebs, D für Dickdarmkrebs. E für Eierstockkrebs?! Kommt schon, das Leben kann doch unmöglich so furchtbar sein?

Juliette schob sich extraviel Erdnussbutter in den Mund und fing bei Krebs im Jugendalter zu lesen an.

In den USA erhalten jedes Jahr 5000 bis 6000 Jugendliche (im Alter zwischen 15 und 19 Jahren) die Diagnose Krebs. 500 bis 600 Heranwachsende sterben. Zehn Prozent nur, das ist gut, dachte Juliette.

Krebs ist die vierthäufigste Todesursache in dieser Altersgruppe, nur Unfälle, Selbstmord und Mord kommen häufiger vor. Bei der Olympiade gibt es keine Viertplatzierten. Man könnte genauso gut Hai-Angriffe dazuzählen.

Die Überlebensrate bei Krebs im Teenageralter ist in den letzten Jahrzehnten nicht so stark gestiegen wie bei Krebserkrankungen von Kindern, obwohl die Überlebensraten aktuell dicht beieinanderliegen. – Das ist schon weniger ermutigend.

Die Krankheitsphasen werden als unbehandelt, Remission oder als Rezidiv bezeichnet. Es finden sich keine zwei Patienten, bei denen sie völlig gleich verlaufen. Und ich dachte die ganze Zeit, zwei Patienten könnten völlig gleich sein. Lächerlich. Überhaupt nicht hilfreich. Was soll ich jetzt machen?, dachte sie.

Das erste Mal, dass Juliette David wiedersah, war drei Wochen nach Beginn seiner Chemotherapie. So lange waren sie noch nie voneinander getrennt gewesen. Sie war wütend.

«Wozu habe ich einen besten Freund, wenn ich von meinen verdammten Eltern erfahren muss, dass du Krebs hast?»

«Tut mir leid, Jules. Das wird schon wieder. Er kann in Remission gehen.»

«Ich weiß, und das sollte er auch besser machen, wenn ich nämlich die Abschlussprüfungen und die nächsten drei Monate in der Highschool ohne dich überstehen muss, sterbe ich.»

Sie schleuderte ein Kissen gegen ihn. Er fing es lässig auf. Federn und Staubkörnchen tanzten im Licht des späten Nachmittags. Fifi, der Pudel der Russos gegenüber, drehte durch.

«David, ich will ja nicht taktlos sein …»

«Oha, das ist die beste Eröffnung, die ich je gehört habe …»

«Meinst du, die Handleserin hat unsere Zukünfte verwechselt?»

«Willst du damit sagen, du glaubst, du hast eine quadratische Handfläche?»

Der Tag, an dem David und Juliette in die City gefahren waren, ging später als Wahrsasam (Wahrsagersamstag) in ihre Geschichte ein. Der 17. April 1976 war der heißeste Tag in der Geschichte von New York City. Brütende sechsunddreißig Grad. Der Plan war folgender: Den R-Zug bis zur 59. Straße nehmen, von dort mit der Subway zum Union Square. Im unklimatisierten Nahverkehrszug wären sie eingegangen.

Sie teilten sich die *New York Times*, lasen jeder für sich und einander vor. Zuerst die Nachrufe, dann Sport, Titelseite und Feuilleton. Beide waren sie fasziniert davon, wie sich das gesamte Leben eines Menschen auf ein paar Zentimeter zusammenpressen ließ. Fürsorglich, geliebt, verehrt, hinterblieben. Mehr war da nicht.

Auf Seite einundzwanzig zogen Science-Fiction-hafte Zeichnungen mit der Überschrift *Krieg der Witterung* sie in ihren Bann. Forschungen hatten ergeben, dass das Wetter auf der Erde vom Weltraum aus steuerbar war, man konnte die Gezeiten verändern und den Meeresspiegel anheben. Die Kernaussage des Artikels lautete, die USA und die Sowjetunion befänden sich in einem Wettlauf um die Entwicklung von Umweltwaffen.

«Ist es deshalb so verdammt heiß heute?», fragte Juliette.

David las vor: « Johnson und später Nixon ordneten als Präsidenten zwischen 1967 und 1972 Regenmaßnahmen in Südostasien an. Sie bewilligten jährlich 3,6 Millionen Dollar für geheime Wolkenimpfungen über Nord- und Südvietnam, Laos und Kambodscha, um dort die Wege zu verschlammen und Feindbewegungen zu verlangsamen. Das Pentagon verteidigte das Vorgehen als humane Maßnahme mit den Worten, Regentropfen würden keine Menschen töten, Bomben hingegen schon. (Das Verteidigungsministerium bestreitet, dass 1971 über Nordvietnam Wolken geimpft wurden, obwohl Vietnam die schwersten Regenfälle seit 1945 erlebte und eine Million Vietnamesen wegen der Überschwemmungen und daraus resultierenden Hungersnöte starben.)»

Er fuhr fort: «Kann sich eine Nation, die in das natürliche Gleichgewicht eingreift, der Verantwortung für die Folgen entziehen? Senator Claiborne Pell unternahm bereits 1973 den Versuch, eine Resolution einzubringen, die einen internationalen Vertrag zum Verbot von Wetterbeeinflussung als Mittel der Kriegsführung bezweckte. Die Climate Dynamics, eine Forschergruppe, die Computermodelle der Ozeane und der Atmosphäre ...»

«Dynamics klingt ganz schön schnell und schnittig», fiel Juliette ihm ins Wort, worauf sich ein kurzer Schlagabtausch über bessere Namen für die Forschergruppe entspann, der von «Draufgänger» zu «Heißblüter mit Unternehmergeist» reichte, wobei sie abwechselnd Sprechweisen von Henry Fonda bis Gilda Radner imitierten.

David wandte sich wieder dem Artikel zu. «Hör zu, Jules, das hier ist *muy importanto* – ‹sie haben Möglichkeiten erforscht, die Polarkappen zu schmelzen, zerstörerische Stürme zu erzeugen und insgesamt Instabilitäten der Umwelt zu nutzen, um riesige Mengen an Energie freizusetzen. Sie haben herausgefunden, wie die Vereinigten Staaten heimlich vom Weltraum aus die Sowjetunion mit schlechtem Wetter überziehen könnten, um auf diese Weise Ernten zu vernichten und das Land von Getreideimporten abhängig zu machen.›»

«Wie viele jüdische Mütter braucht man, um eine Glühbirne einzuschrauben?», wechselte Juliette knallhart das Thema.

Aber David las weiter: «1975 berichtete die Akademie der Wissenschaften, es sei keineswegs auszuschließen, dass es wegen der seit den 1940er-Jahren andauernden Abkühlung der nördlichen Hemisphäre innerhalb von einhundert Jahren zu einer neuen Eiszeit kommen könnte.»

Sie stiegen aus und gingen die Treppe hinauf. Würden es die Yankees dieses Jahr in die World Series schaffen? Der vielversprechende neue Manager Billy Martin, die Eröffnung des Yankee-Stadions. Lauter gute Anzeichen.

Als sie oben auf dem Bürgersteig ankamen, merkten sie, dass sie eine Haltestelle zu früh ausgestiegen waren. Es war nicht das erste Mal, dass sie so ins Gespräch vertieft gewesen waren, dass sie alles um sich herum übersehen hatten. Zum Beispiel auch, dass sie als Letzte noch in einem Restaurant gesessen hatten, bis die Kellnerin sie höflich aufgefordert hatte, sich zu verpissen.

Sie gingen die 8th Street hinunter, als sie auf ein Schild stießen:

Wahrsagung – *Handlesungen und hellsichtige Beratung.*

Darunter stand handschriftlich:

hilft bei ALLEN Problemen – nur $1!!! Sonderlesung $1.50.

Sie gingen hinein. Ihr einziges Problem waren die Yankees.

Eine übergewichtige Frau mit langen dunklen Haaren, vielleicht fünfunddreißig Jahre alt, vielleicht auch sechzig, das war schwer zu sagen, nahm sie in Empfang. Sie hatte fleischige, mit Armreifen behängte Arme und an den Ohren goldene Kreolen. Alles im Raum war lila, es roch nach Kerzen, Weihrauch und schweißigem Körper.

«Wer von euch will zuerst?», fragte sie mit einem seltsamen Akzent, nicht unfreundlich, nur sehr direkt.

David setzte sich vor sie. Die Frau griff nach seiner linken Hand und blickte auf seine Handfläche.

«Du hast eine quadratische Handfläche», sagte sie zu ihm.

Juliette versuchte vergeblich, ihr Lachen zu unterdrücken.

«Ist das was Schlimmes?», fragte David.

«Das ist weder schlecht noch gut, es ist einfach, wie es ist. Soll ich weitermachen?»

«Ja, bitte.» David signalisierte Juliette mit den Augen, sie solle aufhören.

«Du hast das Zeug dazu, Arzt, Anwalt, Ingenieur oder Professor zu werden.»

«Haben meine Eltern Sie dafür bezahlt, das zu sagen?», fragte David.

Das brachte Juliette wieder zum Lachen.

Die Handleserin war nett zu den Rotzlöffeln. Warum auch nicht, sie wurde bezahlt. Hinterher würde sie sich *American Bandstand* ansehen und einen Joint rauchen.

«Du wirst dich von etwas trennen müssen, um deine Ziele zu erreichen. Das wird schmerzhaft sein», sagte sie zu David, der aufmerksam zuhörte. Sie drehte seine Hand hin und her.

«Deine Daumen verraten, dass du ein hartnäckiger Mensch mit einem großen Herzen bist. Das hier ist deine Lebenslinie. Du wirst dreiundachtzig Jahre alt, achte auf deinen Cholesterinspiegel. Das ist deine Herzlinie. Du wirst mit siebenundzwanzig heiraten, wenn du das verpasst, dann mit fünfunddreißig oder gar nicht. Du wirst aus Liebe heiraten, nicht wegen Geld. Wenn du heiratest, wirst du drei Kinder bekommen. Kauf dir kein Auto. Kauf dir kein schwarzes Auto. Das ist keine günstige Farbe für dich.»

Sie ließ seine Hand los und lehnte sich auf ihrem Gartenstuhl zurück.

«Das war's?», fragte David.

«Du willst mehr? Bezahl mehr.»

«Nein, schon gut, vielen Dank.»

Er stand auf. Juliette setzte sich. Sie lächelte die Handleserin höflich an. Die Handleserin zog Juliettes Handfläche zu sich heran. Drückte sie ein paarmal flach, wie um Falten herauszustreichen. Sie räusperte sich und blickte auf, musterte Juliettes Gesicht. Sie blickte wieder runter, dann stand sie plötzlich auf. «Ich sehe keine klare Zukunft.»

«Heißt das, Sie können die Zukunft nicht klar sehen, oder gibt es keine Zukunft?», fragte Juliette alarmiert.

«Es heißt, du musst nichts bezahlen. Meine Augen sind müde.»

Sie ging nach hinten in Richtung der kleinen Küche, wo Suppe und Zaubertränke köchelten. Ringelnatternfilet, Molchaugen.

Sie hatte jetzt zu tun. Tschüs, Kinder.

«Aber warten Sie, wieso?», protestierten sie beide.

«Die Zeit ist um.»

«Können Sie uns wenigstens sagen, ob die Yankees dieses Jahr die World Series gewinnen?»

Sie holte tief Luft, na gut, für diese kleinen Stinker tat sie es. Sie atmete mit geöffnetem Mund aus. Ihre Augen verdrehten sich nach hinten, sodass das Weiße zum Vorschein kam, Juliette roch Zigaretten in ihrem Atem.

«Ja», sagte sie. «Dafür berechne ich euch nichts, aber Trinkgeld ist willkommen.»

Sie verließen den düsteren kleinen Keller lachend. Diese Dame war eindeutig unzurechnungsfähig, die Yankees hatten seit 1962 nicht mehr gewonnen. Trotzdem konnte Juliette nicht ganz abschütteln, dass sie keine Zukunft haben sollte, eine zukunftlose Zukunft, wie sollte man damit leben?

Juliette erinnert sich daran, dass sie auf die Straße trat und das Gefühl hatte, keinen Kopf mehr zu haben. Sie musste sich an David festhalten, um nicht ohnmächtig zu werden.

«Alles okay, Jules?», fragte David.

«Ja, klar, bin nur kurz vorm Verhungern. Hab nicht gefrühstückt.»

«Keine Zukunft? Lass uns essen, solange wir noch können.»

Sie gingen ins Veselka, Ecke 9th Street und 2nd Avenue, ihr Lieblingsrestaurant, wann immer sie in die City fuhren, was sie nur drei-, vielleicht viermal im Jahr taten. Die Leute wundern sich immer, dass man, wenn man in New York City lebt, nicht ständig in Broadway-Shows geht oder auf das Empire State Building steigt. Das ist das Gesetz der Vertrautheit: Was man lange genug um sich hat, hält man schnell für selbstverständlich.

Im Veselka saßen ukrainische Einwanderer und Juden Ellbogen an Ellbogen und verspeisten den gleichen Borschtsch, den ihre Großmütter ihnen einst gekocht hatten, plus/minus eine Kartoffel, mit mehr oder weniger Speck. Schwarze und Weiße, Universitätsprofessoren und Studenten, Hells Angels, Künstler und alte Leute, alle kamen, um die preiswerten und sättigenden Piroggi zu essen, Käse-Blintzes, Obstsalate, Würstchen oder Krakauer, Eier in allen Variationen, mit Kascha oder Kartoffelpuffern als Beilage, Challa-Brot oder Toast oder einer Tomate. Der Kaffee war schlecht, aber man bekam reichlich davon. So war Amerika insgesamt, scherzten sie, hatten jedoch noch nie irgendwo anders Kaffee getrunken.

Juliette und David saßen in einer Nische und taten so, als wären sie erwachsen und nicht aus Bay Ridge, oder zumindest Studenten. Bei Eiern und Toast, Pancakes und Piroggi, Orangensaft und Kaffee spielten sie das Spiel: «Wo bist du in zehn Jahren?»

«Nirgendwo, ich habe ja keine Zukunft», sagte Juliette und biss in eine gebratene Pirogge mit Röstzwiebeln und kalter saurer Sahne.

Juliette hatte immer Hunger. Sie war mit einem guten Stoffwechsel und einem hochgewachsenen Körper gesegnet. «Ich hasse dich. Du kannst essen, was du willst», hatte ihre Mutter einmal zu ihr gesagt. Auch wenn sie dabei gelächelt hatte, war sich Juliette nicht sicher, ob sie es nicht am Ende doch ernst meinte.

Sie fantasierten sich an ferne Orte von Peru bis Paris, in Lofts mit leeren Kühlschränken und prallem Leben vor der Tür, wo sie Gleichgesinnte finden würden. Sie wollten nicht die Welt beherrschen, sondern nur endlich Teil von ihr sein. Wer noch nie Außenseiter gewesen ist, kann sich das kaum vorstellen, aber die ganze Zeit einsam zu sein, ist anstrengend.

Juliette würde Magierin werden.

«Magierin!?», fiel sie ihm ins Wort.

«Ich sagte Musikerin», antwortete er.

«Aber ich bin kein bisschen musikalisch.»

«Okay, dann doch Magierin. Kann ich jetzt weiterreden?»

Sie würde einen Professor heiraten, Ben Cohen, der im Tweedsakko und mit seiner Hornbrille auf jungenhafte Weise gut aussah, an der Wesleyan University Vergleichende Literaturwissenschaften unterrichtete und Ukulele spielte. Er wäre Jude, aber Agnostiker. Oder den obdachlosen Hippie-Gitarristen namens Keith mit dreckigen Füßen.

David würde Richter werden oder einen Plattenladen in Michigan aufmachen und Sibylle heiraten, eine blasse ostdeutsche Dichterin, die Fingernägel kaute und Kaffee hortete. Manchmal waren es Ben und Sibylle, Ivan und Lucille, Adam und Cassandra, William und Willamena. Nie waren es David und Juliette.

Für David war das nur ein Spiel, das in keiner Weise vom eigentlichen Ziel ablenkte. Er war sich bewusst, dass sie den Abstand brauchten. Eine Trennung, so schmerzlich sie auch sein würde, würde notwendig sein, damit sie feststellen konnten, dass sie füreinander bestimmt waren. Das College würde dafür sorgen. Sie würden eine Fernbeziehung führen und dann, vielleicht während sie ihre Doktorarbeiten schrieben, dieselbe Graduiertenuni besuchen, möglicherweise im Ausland. Vielleicht Kinder, vielleicht nur Haustiere. Nicht alles war planbar.

Juliette hingegen betrachtete David immer nur als Freund. Oder nicht einmal das. Er war einfach da. Ein Teil von ihr, wie ihre Nieren. Da war es wieder: das Gesetz der Vertrautheit.

Sie teilten sich die Rechnung und ließen ihre zukünftigen Liebhaberinnen und Liebhaber in dem Lokal zurück, schlenderten zum Washington Square Park und waren sich ziemlich sicher, dass sie in Greenwich Village ihren sexy jungen Geschichtslehrer Mr Bentley in Shorts und Clogs gesehen hatten. Ob er schwul war? Ich dachte, er flirtet mit mir, wunderte sich Juliette und bestätigte damit, dass sie echt keine Ahnung hatte.

«Wenn du sagst, du willst ja nicht taktlos sein, willst du damit eventuell andeuten, dass du eine quadratische Handfläche hast und nicht ich?», hakte David nach.

Juliette fing an zu lachen, und David fing ebenfalls an zu lachen.

Und das war das letzte Mal, dass sie darüber sprachen, wer tatsächlich die zukunftlose Zukunft vor sich hatte.

Als Juliette, nachdem sie ihm versprochen hatte, mit ihm zu schlafen, und ihm damit zum zweiten Mal das Leben gerettet hatte, zu sich rüberging, feierte David, indem er das Coltrane-Album auflegte. Er holte seine Kopfhörer und hörte sich wieder *A Love Supreme* an. Als er es das erste Mal gehört hatte, hatte er es nicht wirklich verstanden. Zwar hatten sich ihm die Nacken-haare aufgestellt, damals hatte er noch Haare gehabt, aber er war sich nicht sicher gewesen, worauf er reagierte.

I will do all I can to be worthy of Thee, O Lord. It all has to do with it. Thank you God.

Ich will alles tun, was ich kann, um Deiner würdig zu sein, o Herr. Nur darum geht es mir. Ich danke dir, Gott.

Peace. There is none other. God is. It is so beautiful. Thank you God.
God is all.
Words, sounds, speech, men, memory, thoughts, fears and emo-tions – time – all related... all made from one ... all made in one.

David bemerkt, dass er eine Erektion hat. Sanft holt er sich einen runter. Er schließt die Augen und spürt die Musik tief in sich. Es fühlt sich an, als verließe seine Seele seinen Körper. Er denkt an Juliette, sieht ihr Gesicht vor sich, er küsst ihre vollen Lippen, seine Hände gleiten ihren Körper auf und ab, ihren Körper, der ihm so vertraut ist, dass er sich anfühlt wie sein eigener.

Die Musik stürzt in Kaskaden herab, alles, was er in sich ver-schlossen gehalten hat, seine Wut, seine Ängste, seine Trauer, läuft über und flutet ihn. Das ist die größte Annäherung an eine religiöse Erfahrung, die er je erlebt hat.

5

Nur vier Monate vor dem Schulabschluss konnte David wegen des ersten Chemo-Zyklus nicht mehr zum Unterricht. Die Haddads baten Juliette, ihm Nachhilfe zu geben. Sie glaubten, wenn er im Stoff bliebe, würde er vielleicht nicht sterben. Von nun an sahen sie sich wieder täglich, als hätte sich nichts geändert. Sicher, es gab Tage, an denen er schlapp wirkte oder sie mit Taschentüchern in den Nasenlöchern begrüßte, weil er Nasenbluten hatte, er verlor an Gewicht, verlor seine Haare, verlor seine Augenbrauen, verlor seine Zehennägel, seine Fingernägel blieben, er verlor den Appetit, verlor seinen Geschmacks- und Geruchssinn, verlor aber nicht seinen Sinn für Humor. Ihre Beziehung blieb dieselbe. Vielleicht weil sie sich jeden Tag sahen, vielleicht weil sie beide unbedingt wollten, dass es so wäre, vielleicht, weil es mit siebzehn Jahren schwer ist zu glauben, dass irgendetwas jemals anders sein wird.

Trotz der drückenden Hitze und der schwülen, feuchten Luft geht es David jetzt seit über einer Woche echt besser. Er hat mehr Energie. Er kommt in die Küche geschlendert mit seiner Yankees-Cap und seinem breitesten Lächeln. Er nimmt nicht nur einen Bissen, sondern isst gleich zwei Stück Schabiat. Wie knusprig das ist. Traumhaft. Süß. Auf seinem Kopf wächst Pfirsichflaum nach, blonde Härchen auch im Gesicht.

Die Ärzte sind vorsichtig optimistisch. Remission ist die neue Freiheit. Die Haddads sind überglücklich.

Er legt seiner Mutter den Arm um die Schultern und nickt Juliette zu.

«Que pasa, Jules?»

«Möchtest du Kibbeh, Hayati?» Mrs Haddad hält ihm einen Holzlöffel mit dem Lammbällchen vor den Mund.

«Mama, ich habe buchstäblich vor einer Minute gegessen», sagt er, doch als er ihren enttäuschten Blick sieht, macht er den Mund auf und lässt sich füttern. Jedes Kilo, das David verloren hat (zehn), hat seine Mutter zugelegt wie ein vorfreudiger Vater während der Schwangerschaft. «Es bleibt in der Familie», sagte er zu Juliette. «Das Prinzip der Umverteilung.»

«Gut, oder?» Mrs Haddad lächelt und wendet sich an Juliette. «Bist du sicher, dass du keine willst? Rate mal, warum sie so lecker schmecken.»

Mrs Haddad wartet und beantwortet dann selbst ihre Frage.

«Rosenblätter! Weißt du, nirgendwo waren getrocknete zu bekommen. Also bin ich trotz der Hitze in die City gefahren. Es ist schließlich Davids Lieblingsessen.»

Schweigen.

«Was ist der Unterschied zwischen italienischen Müttern und jüdischen Müttern?», platzt Juliette heraus.

Um ihre Hände zu beschäftigen, wischt Mrs Haddad die blitzsauberen Arbeitsflächen ab.

David strahlt. «Was?»

«Italienische Mütter sagen zu ihren Kindern: ‹Iss das, oder ich bringe dich um!› Jüdische Mütter sagen zu ihren Kindern: ‹Iss das, oder ich bringe mich um!›»

Juliette und David brechen in Gelächter aus.

Mrs Haddad ruft zu ihnen herüber: «So sind wir eben, alle Mütter, es ist bei allen dasselbe, wir sind alle gleich. Geht, ihr übergeschnappten Kinder, los, los, los!» Sie scheucht sie aus der Küche, glücklich darüber, ihren Sohn lachen zu sehen.

Juliette geht hinter David her in sein Zimmer mit zwei Dosen Cola in den Händen und ja, einer Schüssel mit Mrs Haddads frittierten Rinderkroketten, für den Fall, dass sie doch Hunger bekommen sollten. Juliette hat hier einen genauso großen Teil ihrer Kindheit verbracht wie bei sich zu Hause. Der Grundriss des Hauses ist das Spiegelbild von dem ihrer Eltern, die Räume haben die gleiche Form und Größe. Die Zimmer der Darlings gehen nach links, die der Haddads nach rechts. Die Darlings nennen den kleinen Raum zur Straße hin die Veranda. Die Haddads nennen ihn den «petit salon». Es war schon immer so, dass Juliette mit zu David kam und nicht umgekehrt.

Mrs Haddad hat gern Leben in der Bude, Stimmengewirr, Wäschestapel, Töpfe auf dem Herd. Sie wollte eigentlich einen Stall voll Kinder. Doch ihr Körper spielte nicht mit, Fehlgeburten, bei der Geburt fast verblutet. Der Arzt rief: «Es ist ein Junge. Es ist ein Junge!» Joseph stürzte an ihre Seite. Im nächsten Moment wurde sie narkotisiert und ihre Gebärmutter entfernt. An einem einzigen Tag, innerhalb weniger Stunden, schenkte sie einem Kind das Leben, aber seine Geburtsstätte wurde zerstört.

«Ein Einzelkind, das ist das Traurigste auf der Welt!», jammerte Mrs Haddad.

«Nein», entgegnete Mr Haddad fest, «die Liebe meines Lebens zu verlieren, das wäre das Traurigste.»

Er küsste sie. Er küsste sein Einzelkind. Ihr Leben begann.

Als die Darlings einzogen, war Juliette vier Jahre alt. Die Möbelpacker mit ihren großen Lastwagen und verschwitzten Armen trugen Möbel in das neue Haus hinein und andere wieder heraus, sie saß auf der Treppe und spielte mit ihrem Fisher-Price-Telefon. Auf der Treppe auf der anderen Seite der Einfahrt sagte ein Junge mit verstellter Stimme: «Hallo, Vermittlung, läuft Ihr Kühlschrank aus?» Sie schaute auf. Er hielt sich mit der Hand halb den Mund zu: «Ich habe ihn nämlich gerade unten auf der Straße vorbeilaufen sehen.» Sie lachte. Er kam herüber. Von diesem Moment an waren sie unzertrennlich.

Juliette und David entwickelten sich weiter und konnten nun

an ihren Kinderzimmerfenstern im ersten Stock mit zwei ver-
bundenen Blechdosen Telefon spielen. Sie schlugen die Dose
einmal kräftig gegen die Wand und riefen: «Klingeling! Klingeling!», damit der andere abhob.

Wenn David auflegen wollte, sagte er: «Over and out.»

«Roger», antwortete Juliette.

«Nein, ich bin's, David», entgegnete er. Das brachte sie wieder
zum Lachen.

Aber dann kam in den Nachrichten, dass in Manhattan ein
Kind aus dem Fenster gefallen war. Juliettes Mutter flippte aus
und sagte, auf gar keinen Fall würde sie Juliette weiterhin erlau-
ben, an einem offenen Fenster zu spielen und um einen Unfall
förmlich zu betteln. Wie sich herausstellte, fielen früher, vor den
Zeiten der Absturzsicherungen, regelmäßig Kinder aus Fenstern.
Die Darlings kauften sogar eine Klimaanlage und stellten sie in
Juliettes einziges Fenster.

«Mommy, ich habe doch gesagt, ich mache es nicht mehr!»,
protestierte die Sechsjährige.

«Und ich glaube dir, Juliette!», sagte ihre Mutter, die ihr nicht
glaubte.

Weil sie geübt hatten, wussten David und Juliette, wie weit
sie sich hinauslehnen konnten, ohne das Gleichgewicht zu verlieren. Sie hatten einander um die Taille festgehalten und sich bis
zu dem Punkt hinausgelehnt, an dem klar war, bis hierhin, aber
nicht weiter.

«Falls es brennt, kann ich nicht entkommen», versuchte Juliette es mit einer anderen Strategie.

«Es wird nicht brennen», sagte ihre allwissende Mutter.

Am nächsten Tag rückte das Vater-und-Sohn-Team aus Peter
Pantelitis senior und Peter junior an, um die Klimaanlage zu in-
stallieren. Sie stellten fest, dass ein Vogel zwischen Scheibe und
Fliegengitter sein Nest gebaut hatte.

Mrs Darling reichte ihnen einen Müllbeutel, damit sie es entsorgen konnten, doch als sie das Zimmer verlassen hatte, bat Peter junior, der einen Schnurrbart hatte und aussah wie ein Star aus der Seifenoper *Young and Restless*, Juliette, ihm eine Schuhschachtel zu bringen. Dort legte er vorsichtig Gras und Stroh und fünf kleine Eier hinein. Sie himmelte ihn an deswegen.

«Hier, Kleine, aber sag deiner Mutter nichts. Vielleicht kannst du ihre Vogelmama sein.»

Sie war nicht beleidigt, dass er mit ihr sprach wie mit einem Kind. Wichtiger war, dass er ihr das zutraute. Und dass ihre Mutter, die immer alles wusste, nicht eingeweiht war.

Juliette schmuggelte die Schuhschachtel hinaus und zog sofort David hinzu. Sie fanden ein Versteck in der Nähe des Baums in ihrem Garten. Immer wieder schlich sie sich hinaus und nahm die Eier eins nach dem anderen in die Hand, um sie zu wärmen und mit ihnen zu sprechen.

«Sie kommt zurück, keine Sorge», sagte sie ihnen. «Sie muss euch nur erst finden.»

Als die Vogelmutter nach zwei Tagen noch immer nicht zurückgekehrt war, fragten sie den klügsten Menschen, den sie kannten, was sie tun sollten.

Davids Vater kannte sich wirklich mit allem aus. Er hatte ihnen erklärt, wieso Boote schwimmen können.

Er hatte ihnen den Großen Wagen gezeigt.

Er hatte ihnen den Unterschied zwischen einer Wespe und einer Schwebfliege erklärt. Eine Schwebfliege verkleidete sich nur als Wespe, um Fressfeinde auszutricksen. Aber wenn man genau hinsah, waren die Fühler einer Schwebfliege kurz und stummelig, verglichen mit den langen, schlanken Wespen-Antennen. Und Schwebfliegen stechen nicht. Wespen schon.

Mr Haddad kam mit in den Garten, zog seine Brille auf dem Nasenrücken ein Stück hinunter und nahm den Schuhkarton in

Augenschein. Sie wollten von ihm wissen, ob die Eier ohne ihre Mutter überleben könnten. Er stellte ihnen ein paar Fragen: wie lange sie schon da seien. Wo sie gefunden worden seien.

«Verstehe», lautete sein Urteil, und er wandte sich zum Gehen.

Was versteht er?, fragte sich Juliette. Ich verstehe, sie werden überleben. Ich verstehe, sie werden sterben. Er sprach oft in Rätseln.

«Und? Was ist nun damit?», fragte David endlich.

«Wenn ich das wüsste.»

Er sagte ihnen, es sei wichtig, die Eier nicht zu berühren. Die Mutter würde sie dann ablehnen und glauben, sie wären verseucht.

«Lasst der Natur ihren Lauf», riet er ihnen.

Aber die Vogelmutter kehrte nicht zurück, und ein paar Tage später war die Schuhschachtel umgeworfen worden. Zwei Eier waren zerbrochen, die übrigen fehlten.

Als sie allein waren, fragte David Juliette: «Hast du sie berührt?»

Große Tränen tropften in ihren Schoß, sie nickte.

Er legte den Arm um ihre Schulter. «Ist schon in Ordnung. Ich habe sie auch berührt.»

Vielleicht lag es daran, dass David Einzelkind war, vielleicht daran, dass Juliettes Bruder George so viel älter war. Vielleicht lag es daran, dass sie so viel Zeit hatten und von morgens bis abends zusammenhingen. Die Zeit vergeht anders, wenn man ein Kind ist. Ein Tag ist ein Jahr, ein Sommer ein ganzes Leben.

Vielleicht lag es daran, dass Juliette sich alles merkte, was David ihr sagte, vielleicht daran, dass sie beide Linkshänder waren. Mehr als einmal kam es vor, dass sie denselben Traum hatten. Ich bin geflogen. Ich auch. Ich wurde von einem Monster gejagt. Ich auch.

Als Juliette zwölf war, musste sie in die Notaufnahme, weil man eine Blinddarmentzündung vermutete. Sie krümmte sich vor Schmerzen. Man maß Temperatur und Blutdruck, machte einen Ultraschall.

«Herzlichen Glückwunsch», sagte die Krankenschwester und reichte ihr eine Binde. «Du bist jetzt eine Frau.»

Am selben Tag klagte David über Schmerzen im Unterbauch. Kein Witz, da war eine tiefe Verbindung zwischen ihnen.

«Hast du das Spiel gestern gesehen? Es war ein Träumchen, du hättest es anschauen sollen. Lou Piniellas Homerun in der zweiten Hälfte vom fünften Inning.» David macht es sich auf seinem Bett bequem.

«Nein, ich konnte nicht», sagt sie und setzt sich neben ihn.

«Du konntest nicht. Warum das denn?» Er heuchelt Überraschung.

Juliette rutscht auf der Bettkante herum. Sie versucht, David möglichst nicht zu viel von ihrem Leben außerhalb ihrer vier Wände zu erzählen, damit er sich nicht ausgeschlossen fühlt. Dieselbe Taktik wendet sie auch bei Gamma an, die wegen Kinderlähmung ein verkürztes Bein hat. Keine Verben der Bewegung in Gesprächen mit ihr. «Ich bin durch den Park gegangen» wird ersetzt durch «Ich war im Park». «Ich war gestern mit dem Fahrrad unterwegs» wird zu «Ich habe ein Buch gelesen».

Ihr Schienbein ist so dicht neben seinem, dass er ihre Haarstoppeln spüren kann. Er mochte es weich und flaumig lieber, bevor sie anfing, sich zu rasieren. Bitte lass sie nicht so werden wie alle anderen. Sie riecht nach Johnson & Johnson Babycreme. Er riecht nach Medikamenten und Teenagerschweiß. Der Morgen riecht nach gesaugtem Teppichboden und Nelken.

«Weil du auf Chrissys Party warst?», sagt er. «Du hast mir gesagt, du willst nicht hingehen.»

«Ich kann mich nicht erinnern, das gesagt zu haben.»

«Ich war auch eingeladen.»

«Warst du?»

«Na ja, die ganze Klassenstufe war eingeladen, und im Grunde bin ich noch immer Teil der Klassenstufe.»

«Du hättest kommen sollen.»

«Tempus fugit, Memento mori. Selbst wenn ich nicht krank wäre, würde ich mit diesem Haufen Idioten nicht abhängen. Wie war es?»

«Doug war ein Wichser.»

«War ein Wichser? Doug IST ein Wichser», sagt er und klickt seine Coke-Dose auf. «Du hast auf alle Fälle echt besoffen ausgesehen, als du nach Hause gekommen bist.»

Er hält inne und versucht, es so beiläufig wie möglich rüberzubringen. Er hat den Satz den ganzen Morgen über hundertmal vor dem Spiegel geprobt, mal mit Betonung auf WER, mal auf PIZZAWAGEN, mal auf TYP.

Aber als nun der Augenblick gekommen ist, platzt er heraus: «Hey, wer war der Typ in dem PizzaWAGEN?» Mist, das falsche Wort betont, aber sie hat es trotzdem kapiert.

«Was, spionierst du mir jetzt nach?»

«Lass uns einfach sagen, ich bin um die Sicherheit unseres Viertels besorgt.»

Juliette blickt zu ihm auf. Sie denkt, er macht Witze. Er begegnet ihrem Blick. Er ist todernst.

Schweigen.

«Also, wer war das?»

«Niemand.»

«Gut.»

Noch mehr Schweigen.

David spürt sein Herz schlagen, aber es ist in Wirklichkeit ihres.

Sie legen sich auf seinem Bett auf den Bauch. Juliette liest die Statistiken auf der Rückseite der Baseballkarten laut vor. Sie kneift die Augen zusammen. Sie braucht wahrscheinlich eine Brille, aber auf gar keinen Fall. Das fehlte echt noch.

«Mein Bruder kommt morgen nach Hause.» Sie legt die Karte weg.

«George?» David sieht sie an. «Echt, wieso?»

«Ich weiß nicht.»

«Musst du dein Zimmer hergeben?»

«Ja. Ich ziehe runter in den Keller.»

«Das nervt.»

In der letzten Nacht, bevor George vor drei Jahren nach London gegangen war, kniete er auf dem Flokati in seinem Zimmer und überreichte Juliette förmlich eine LP nach der anderen, wie bei einer offiziellen Adoption.

«Das hier ist meine Lieblingsplatte», er schloss *Nutbush City Limits* in die Arme, das Tina-Turner-Album, «bitte pass gut darauf auf.» Er drehte die LP um, warf einen letzten Blick darauf und reichte sie ihr.

«Okay, danke.» Juliette nahm sie entgegen und fühlte sich geehrt, aber irgendwie war es auch, wie wenn von der Kinder-Baseballmannschaft jeder einen Pokal bekommt – es bedeutete nichts.

George, der die Familie mit seinen seltsamen kleinen Performances zusammenhielt, indem er beispielsweise zu einem Charleston die Arme vor seinen langen, schlaksigen Beinen verschränkte und dabei sang: «*Hello Dolly, well Hello Dolly ...*» – jetzt verließ er das sinkende Schiff, machte sich aus dem Staub, machte die Fliege, während sie hier festsaß. Na wunderbar.

Als er ging, löste sich alles auf.

«Ich gehe nach London, um mich selbst zu finden», sagte er zu Juliette, die gerade dreizehn geworden war.

«Warum glaubst du, dass dein Selbst in London ist und nicht in Brooklyn?»

«Eines Tages wirst du das verstehen», orakelte er, als wäre er plötzlich alt und weise und hätte einen langen weißen Bart, obwohl er noch Teenager-Akne hatte und sich kaum je rasierte.

Weder Streit noch Drohungen noch vertrauliche Aussprachen konnten George von seinem Wunsch abbringen, die Darlings gaben sich wirklich Mühe, das kann man nicht anders sagen. Rainy Darling weinte, als sie es erfuhr, und gab vor, gleich in Ohnmacht zu fallen wie in einem viktorianischen Drama, bei dem Riechsalz zum Einsatz kommt. Jack Darling glaubte, Humor würde zum Erfolg führen: «Warum willst du mit einem Haufen von Flachwichsern abhängen?»

In einem letzten Versuch wurden die Großeltern herbeigerufen, Jacks Eltern, zu denen George ein konfliktreiches Verhältnis hatte. Sie sollten George überzeugen, aufs College zu gehen und in Amerika zu bleiben. Aber das ging nach hinten los, denn statt die Eltern zu unterstützen, ermutigte Gamma ihn geradezu. «Ah, einmal wieder reisen!», sagte sie und rieb ihr verkümmertes Polio-Bein. «Was für eine gute Idee.» George wollte in einem Museum arbeiten, oder war es eine Galerie – auf jeden Fall war er von einem Tag auf den anderen weg, verschwunden aus ihrer Welt. Ta-da. Er musste die Details heimlich geplant haben.

Juliette sieht sich die Spiele der Yankees immer zusammen mit David an.

«Kommst du heute Abend rüber, um das Spiel anzuschauen?» David setzt sich auf.

«Jep.»

«Versprochen?»

«Ich habe gerade Ja gesagt.»

«Schwöre es bei deinem Leben.»

«Ja, ich schwöre es bei DEINEM Leben, du Freak.» Sie boxt ihn gegen den Arm, vielleicht zu fest.

«Wir sind beide Freaks, das darfst du nicht vergessen, Juliette.»

Sie stoßen mit ihren Coke-Dosen an, trinken hastig, der kalte Zucker strömt durch ihre Venen. Leben, Leben, Leben. Dann rülpsen sie im Chor *To the Real Thing*. Dann rülpst David, und Juliette muss den Song erraten. Dann rülpst Juliette, und David muss den Song erraten. Dann rülpsen sie einen Kanon.

Row, row, row your boat
Gently down the stream
Merrily, merrily, merrily, merrily
Life is but a dream

6

Juliette hielt ihr Versprechen nicht. Stattdessen ging sie noch am selben Abend mit Pizzatyp aus. Es war irgendwie Zufall. Sie machte das nicht, um ihre Mutter zu ärgern. Juliette hatte sich an diesem Tag einfach verliebt. Und Liebe ist stärker als Blutsbande oder ein Versprechen.

Juliette und ihre Mutter wollen zu Century 21 fahren, um Sachen fürs College zu besorgen: Nachttischlampe, Wecker, Kleiderbügel, neue Laken und Kopfkissenbezüge, eine Bettdecke. Aber das war ja klar, sobald sie ins Auto steigen, verkündet ihre Mutter, dass sie ein paar Besorgungen machen muss, sie MUSS zu Sal and Pat's Fleischerei, um etwas Leckeres zu kaufen, denn auch wenn «ich meine beiden Kinder gleich liebe, kommt heute mein Lieblingskind George nach Hause». Lang lebe Caesar!

Pat holt ein Tablett nach vorn, auf dem sich Lammkoteletts in allen Farbschattierungen von hellrosa bis blutrot türmen.

«Wie viele willst du haben, Schätzchen?», fragt er Rainy Darling.

Juliette steht leicht gebückt neben ihrer Mutter, die sie normalerweise ermahnt hätte, sie solle sich gerade hinstellen. Aber Rainy Darling hat nur Augen für Pat. Flirtet sie etwa mit dem Fleischer? Juliette starrt auf die große Auswahl an geschlachteten, in unterschiedlichste Einzelteile zerlegten Tieren, von Lenden (haben Menschen Lenden?) bis hin zu Knöcheln (haben Tiere Knöchel?). Wenn ich aufs College gehe, werde ich vielleicht Vegetarierin, denkt sie. Die Fleischerei in der 3rd Avenue zu betreten, ist wie ein Wintereinbruch. Egal, wie heiß es draußen ist, die Luft hier drin ist feucht und frostig. Pat trägt sogar eine Strickmütze.

An den gefliesten Wänden hängen jede Menge Knoblauchgirlanden und Fleischbatzen an Haken. Runde Provolone- und Parmesanlaibe sind in den Theken ausgelegt, und Kühlvitrinen voller Prosciutto, Mortadella und Soppressata und Nannas panierte Reisbällchen lassen einem das Wasser im Mund zusammenlaufen. Das fiese Gemetzel ist nur mehr eine subtile Note in der Luft. Dies ist trotzdem kein Ort für Leute mit schwachen Nerven: Blutige Hände werden an weißen Schürzen abgewischt, ein Schweinekopf wird auf einem Schneidebrett durchgesägt (ich werde im College definitiv Vegetarierin).

An den Fliesen kleben Landkarten von Italien, von der Sonne ausgebleichte Postkarten, Dollarscheine und Lira, außerdem signierte Schwarz-Weiß-Fotos von irgendwelchen Stars. *Sal + Pat!!! Who Loves Ya, Baby?*, signiert von Telly Savalas.

«Mein Sohn George kommt morgen aus London auf Besuch.» Ihre Augen blitzen.

«London! Dann ist er garantiert am Verhungern», sagt Pat. «Soll ich lieber noch ein paar dazulegen?»

Rainy wirft den Kopf in den Nacken und lacht. Sie flirtet tatsächlich. Ekelhaft.

«Juliette, möchtest du eine Limo oder so was?», fragt sie und öffnet ihre Handtasche, sucht nach einem Grund, noch einen Moment länger vor der Theke stehen und dem Metzger schöne Augen machen zu können.

«Nein, Mom, ich erfriere gleich.»

Pat legt die Lammkoteletts auf die Waage.

«Dann vielleicht eine Tasse Tee?», fragt er, als wäre er plötzlich Brite.

Das bringt ihre Mutter wieder zum Wiehern. Er reicht ihr das Päckchen mit den Lammkoteletts und zwinkert ihr zu.

«Passt auf euch auf, Mädels», sagt Pat noch, als er sich schon der nächsten Kundin zuwendet.

Als sie hinaus in die Sonne treten, die jetzt noch heißer brennt als vorher, bleibt ihre Mom stehen und dreht sich zu Juliette um, als wäre ihr gerade etwas sehr Wichtiges klar geworden.

«Das ist aber ein gut aussehender Mann!»

«Mom, er hat eine Glatze!»

«Kahle Männer sind sexuell sehr aktiv.»

«Iih, Mom. Du bist so …»

Juliette dreht sich um und stürmt mit großen Sätzen die 3rd Avenue hinunter; ihre Mutter eilt wie ein Yorkshire Terrier hinter ihr her, vorbei an O'Sullivans Bar, Dom, dem Herrenfriseur, vorbei an Kellys Taverne und Navarros Eisenwaren, vorbei an Karl Drodges Eisdiele mit den besten Schokomilchshakes der Welt, vorbei am Fischgeschäft der Thompsons und Old Man Bills Eckladen, in dem es nach Stinktier und Clorox riecht, vorbei an Belles Schönheitssalon, vorbei am Restaurant Petzinger mit dem schlechtesten Kartoffelsalat der Welt, vorbei an der Apotheke Masci, wo Mr Haddad arbeitet, vorbei an der Textilreinigung «Auf uns ist Verlass» und Johns Süßwarenladen, wo Kinder, abhängig davon, wie viel Wechselgeld sie aus den Nachttischschubladen ihrer Väter gestohlen haben, Süßigkeiten entweder kaufen oder klauen, vorbei am Gebäude des *Home Reporter*, der Lokalzeitung, vorbei an dem in zweiter Reihe geparkten Eiswagen. Juliette rast an Telefonzellen vorbei und an Gary dem Großen, dem einzigen Obdachlosen in der Gegend, der sich mit Parkuhren unterhält und immer «Frohes neues Jahr» sagt.

«Brennt's irgendwo, oder warum rennst du so?» Sie blickt auf und sieht Pizzatyp, der sich aus einem Schaufenster beugt.

«Oh, hi.» Juliette blickt kurz zu ihm hoch, wird aber nicht langsamer. Sie kann spüren, wie der Blick ihrer Mutter ein riesiges Fragezeichen auf ihren Rücken lasert.

Zuerst beschleunigt Rainy Darling ihre Schritte nur ein bisschen, versucht, zwanglos zu wirken, wir Mädels shoppen heute mal. Aber sie kann mit der langbeinigen Juliette, die schon einen halben Häuserblock weiter ist, nicht Schritt halten. Jetzt beginnt sie zu rennen und brüllt aus voller Kehle: «Wer war das?»

«Ich weiß nicht», sagt Juliette und wird noch schneller.

Endlich sind sie am Auto angekommen.

Außer Atem sagt ihre Mutter: «Hör zu, Juliette, das ist Biologie.»

«Was?»

«Dass kahle Männer mehr Testosteron haben.»

«Mom, ich gehe zu Fuß nach Hause.»

«Aber ich dachte, wir wollten ...»

Juliette ist schon weg.

Es ist nicht immer so gewesen. Da gab es dieses eine Mal vor sechs Monaten, da hatten sie einen echten Mutter-Tochter-Tag. Sie sahen sich im Kino *Freaky Friday* an, den Film über eine Mutter und eine Tochter, die einen Tag lang die Körper tauschen, um in das Leben der jeweils anderen hineinzuschnuppern. Beim Abspann weinte Rainy Darling.

«Mom, was ist los? Das ist eine Komödie.»

Sie legte den Kopf auf Juliettes Schulter und sang leise den Titelsong mit: *I'd like to be you for one day ...*

Das Licht ging an. Die Leute standen auf, um zu gehen, *I'd like to be you for one day.* Eltern hatten mehrere Jacken über dem Arm, während ihre Kinder über die Sitze kletterten, *I'd like to climb into the dreams you hide.* Leere Dosen und Popcorn vermüllten den Fußboden. *To know the grown-up and the child inside.* Rainy Darling blieb einfach sitzen, sang mit geschlossenen Augen *whatever makes you smile, I'd like to see it.* Obwohl der Platzanweiser kam und zu fegen begann, blieben sie dort sitzen. *Go ahead and free it.*

Juliette hatte für ihre Mutter noch nie solche Zärtlichkeit

empfunden. Sie umarmten sich. Die Reste einer Lakritzschlange klebten unter Juliettes Turnschuh, aber es war ihr egal.

«Was wünschst du dir, Juliette?»

Juliette ließ sich von dem Gefühl, beste Freundinnen zu sein, umspülen und bekannte: «Mom, ich will bloß endlich einen Freund und mich verlieben.»

«Aber natürlich», quietschte ihre Mutter. «Ich hatte in deinem Alter an jeder Hand fünf Freunde.»

«Und was wünschst du dir, Mom?»

Arm in Arm schwebten sie aus dem Kino. Der Platzanweiser hielt sogar mit dem Fegen inne, um ihnen zum Abschied zu winken.

Die plötzliche Helligkeit des Tageslichts blendete sie. Juliette blinzelte verwirrt.

«Mom? Was wünschst du dir?»

«Ich wünsche mir, den verdammten Wagen zu finden», sagte ihre Mutter und löste sich von ihr, um in ihrer Tasche zu wühlen und die Schlüssel herauszuholen.

Sie fanden den verdammten Wagen, stiegen ein, und Rainy Darling bot ihrer Tochter einen Streifen Big-Red-Kaugummi an, als wäre der Moment im Kino nie passiert. Endgültig löste der *I'd like to be you for one day*-Song sich auf angesichts einer Autohupe und eines Typen, der schrie: «Hey, Lady, fahren Sie raus, oder veranstalten Sie da drin ein Picknick?»

Der Riss in ihrer bereits zerbrechlichen Beziehung wurde tiefer.

Juliette weiß nicht, wo sie hinsoll, sie weiß nur, sie muss weg von ihrer Mutter. In wenigen Sekunden ist sie zurück an der Ecke und vor der Pizzeria. Pizzatyp beugt sich noch immer aus dem Fenster und reicht einem Kind ein Eis.

«Da schau her, wer wieder da ist. Was ist aus dem Brand geworden?»

«Hab ich gelöscht.»

Sie lächelt, er lächelt.

«Ich musste meiner Mutter entkommen.»

«Das war deine Mutter?»

Juliette fürchtet das, was er als Nächstes sagen könnte: Sie ist so hübsch, so zart, ihr könntet Schwestern sein, aber stattdessen sagt er: «Du hättest sehen sollen, wie sie versucht hat, dich einzuholen, sie ist vorbeigewieselt wie Willi Kojote. Das war echt witzig. Ich hab mir vor Lachen fast in die Hosen gepisst.»

Juliette hört ein Donnern in ihrem Bauch, und es ist Gelächter. Sie lacht, nicht weil, was er gesagt hat, besonders lustig wäre, sondern weil sie erleichtert ist, glücklich. Er ist auf ihrer Seite.

Im Hintergrund ruft der Vater des Pizzatypen: «Bezahle ich dich fürs Arbeiten oder fürs Flirten?»

«Hey, ich muss weiterackern. Was machst du nachher, willst du eine Runde drehen?»

«Okay.»

«Na gut, ‹Okay› ist schon mal eine Verbesserung zu dem ‹Ich weiß nicht› von gestern Abend. Jede Reise beginnt mit dem ersten Schritt.» Sie erwidert nichts. «Ich bin um acht bei dir. Und ja, ich weiß noch, wo das ist. Ich bin ein kluger Junge, auch wenn ich nicht nach Ya-el gehe.» Er tippt sich gegen die Schläfe. «Ich heiße übrigens Rico.» Er streckt ihr die Hand hin.

Sie nimmt sie. Er umfasst ihre Hand mit seiner, warm und vielversprechend.

«Freut mich, dich kennenzulernen, Juliette Darling.»

7

Rico holt Juliette an diesem Abend ab, nicht mit dem Pizzawagen, sondern mit dem Chevrolet Monte Carlo seines Vaters.

Als er seinen Vater gefragt hat, ob er ihn ausleihen könne, sagte dieser: «Nein», und wandte sich wieder dem Fernseher zu.

«Nein, das war's? Einfach nein?», protestierte Rico.

Sein Vater sah auf. «Du hast mir eine Frage gestellt, ich habe dir eine Antwort gegeben.»

«Warum nicht?»

«Warum was nicht?»

«Warum kann ich dein Auto nicht haben?»

«Wenn du ein Auto brauchst, kauf dir ein eigenes.»

«Aber du brauchst es doch heute gar nicht.»

Dies stimmte mit der Eiertheorie überein, die Rico zwei Jahre zuvor in der Schule durchgenommen hatte. Das war in der elften Klasse im Englischunterricht bei seinem Lieblingslehrer Mr Katz. Er ließ alle bestehen, auch wenn sie eigentlich durchgefallen waren. Möglicherweise war er Kommunist, aber das ist nicht der Punkt. Anstatt über Shakespeare oder *Krieg und Frieden* zu sprechen, erzählte Mr Katz Geschichten und teilte mit ihnen seine Theorien über das Leben. Wenn er besonders gut gelaunt war, erörterte er mit ihnen Rasputins Numerologie oder hielt im Unterricht Tarot-Lesungen ab. Dort, wo er immer auf und ab schritt, war eine Rille im Holzfußboden.

Eines Tages erklärte er die Eiertheorie. Wenn in Europa ein zusätzliches Ei auf den Tisch kommt, geht es immer an den Vater. In Amerika geht es immer an das Kind. Von diesem Tag

an wusste Rico, warum er und sein Vater nicht miteinander aus-
kamen und nie miteinander auskommen würden. Ricos Vater
war als Baby nach Amerika gekommen. Er hatte nicht die Spur
eines ausländischen Akzents, aber er benahm sich wie ein Einwanderer der ersten Generation. Seine Welt drehte sich um Arbeit, Arbeit und noch mal Arbeit. Sein einziges Vergnügen war
fernsehen, und das tat er von dem Moment an, wenn er nach
Hause kam, bis er ins Bett ging.

Rico wusste, wenn er nicht aktiv etwas änderte, würde er wie
sein Vater bis zu seinem Tod in der Pizzeria arbeiten. Nein, Rico
hatte Pläne.

Sein Vater stand auf, um die Lautstärke am Fernseher hochzu-
drehen. Er war nicht gewillt, sich Ricos Argumente anzuhören,
bis Ricos Mutter sich einmischte. Sie liebte Rico mehr als ihren
Mann. Ich weiß nicht, welche Theorie Mr Katz dazu einfiele.
Rico war das Baby der Familie, «ein Unfall», wie alle scherzten.
Niemand will ein Unfall sein.

«Komm schon, Schatz, lass ihn das Auto benutzen. Es ist Sommer, er ist jung.»

«Jetzt haben wir eine Familiendiskussion am Hals. Du ver-
wöhnst ihn. Nimm das Auto, ist mir egal. Ich will nur das Spiel
sehen, aber tank hinterher voll. Hörst du? Volltanken.»

Rico folgte seiner Mutter in die Küche. Sie setzte sich an den
Tisch und zündete sich eine der Virginia Slims an, von denen sie
immer eine Schachtel in der Tasche ihres Hauskleides stecken
hatte. Mrs D'Angelo rauchte anderthalb Päckchen am Tag, und
es war Genuss pur. Sie hatte eine kehlige Stimme und morgens
einen trockenen Husten, der nach der dritten Tasse Kaffee ver-
schwand.

Bevor Rico auch nur den Mund aufmachen konnte, sagte sie
schon: «Du weißt doch, wie er ist. Er ist launisch. Reg dich nicht

auf – wenn du was von ihm willst, musst du dich ein bisschen schlauer anstellen.»

Und das ausgerechnet von seiner Mutter, Connie D'Angelo, einer Frau, die tragischerweise erst nach vier Kindern, einem apathischen Ehemann und einzig der Küche als Zufluchtsort herausgefunden hatte, wie man sich schlau anstellt. Constance Pergola D'Angelo, abwechselnd Connie, Cici oder Coco genannt, hatte ihr Zuhause verlassen, um einen Mann zu heiraten, der genauso war wie ihr Vater, nur, dass er sie nicht schlug. Er war ein guter Mann, ein Versorger, der gelegentlich fragte: «Warum ist das so teuer? Denkst du, Geld wächst auf Bäumen?» Aber selbst mit sechsundvierzig Jahren sah Enrico D'Angelo gut aus mit seinen dunklen Augen, dem vollen Haar und dem aufgeweckten Lächeln. Und wenn er lächelte, sah man, dass er gute Zähne hatte. Sie war erst neunzehn gewesen, als sie heirateten. Da sie die Liebe nur mit Enrico kennengelernt hatte, lebte sie in dem Gefühl, den Jackpot geknackt zu haben.

«Also, wer ist die Glückliche?»

Rico lehnte sich an den Küchentresen und lächelte. «Sie ist anders, Ma, sie ist schlau.»

«Du bist auch schlau – nur nicht in der Schule.»

Sie lachten.

Rico verstreute Fischfutter über dem traurigen Aquarium, in dem Jack und Jill, zwei Goldfische, den ganzen Tag hin und her schwammen. Ein Plastikschloss ragte aus dem rosa Sand.

«Nein, sie ist intelligent, sie geht bald aufs College.»

«Schön für sie.» Sie stieß einen Rauchring aus.

«Sie ist anders.»

«Was, hat sie drei Arme?»

«Zunächst mal ist sie Jüdin.»

Rico kannte noch zwei weitere jüdische Menschen, und er

mochte sie beide. Mr Katz und Bob Blum – der Bob Blum von den *Wenn ich glücklich sein kann, kannst du auch glücklich sein*-Kassetten, die Rico hörte. Bob Blum war inzwischen berühmt. Um glücklich zu werden, muss man nur ein Rezept befolgen und die richtigen Zutaten haben. Es ist wie beim Kuchenbacken, warb er. Bevor Bob Blum Glückskassetten vertrieb, war er Chemiker und arbeitete jahrzehntelang an der Seite von Leo Sternbach, DEM Mann hinter der Erfindung von Valium, das noch einfacher glücklich machte, weil man nichts befolgen musste, nur schlucken, wie Bob Blum gern scherzte.

Seine Mutter sah auf. Ihre dünnen, in hohem Bogen gezupften Augenbrauen verliehen ihr einen ständig überraschten Ausdruck, obwohl sie ihrer Meinung nach selten überrascht war. «Ich habe im Leben schon alles gesehen», sagte sie immer, lebte jedoch in einer Wohnung zehn Häuserblocks von dem Ort entfernt, an dem sie aufgewachsen war.

«Wenn du ihm das sagst, kannst du das Auto vergessen.»

«Was? Machst du Witze? Was hat das mit irgendetwas zu tun? Du willst doch nicht behaupten, dass dieser Scheiß einen Unterschied macht?»

Sie saß weiter schweigend da und rauchte, die Asche der Zigarette war inzwischen länger als der noch nicht gerauchte Teil. Sie sah zu, wie sich ihr Sohn genauso aufregte wie ihr Ehemann. Abwarten, dass es vorbeigeht wie ein Sommergewitter, dachte sie.

Nachdem er ewig weitergeschimpft hatte, hielt sie ihm einen Vortrag über all das Gute, das sein Vater immer bewirkte.

«Er ist ein guter Mann, Rico, ein wirklich guter Mann.»

Sie prahlte, dass man seinem Vater in der Schule vorhergesagt hatte, er werde die Junior High als Erfolgreichster seiner Klasse abschließen, und dass er so viel mehr hätte erreichen können, wenn die Umstände anders gewesen wären. Aber was hätte dein Vater tun sollen, nachdem Poppy seinen Schlaganfall hatte? Ihn da wie einen alten Lappen liegen lassen? Sie redete und redete, pries den im Wohnzimmer befindlichen Enrico D'Angelo, als wolle sie ihm in Abwesenheit einen Orden verleihen.

«Rico, Rico, sieh mich an, du heiratest nie einen einzelnen Menschen, du heiratest die ganze restliche Familie mit, also halt dich besser an das, was du kennst und einschätzen kannst.»

«Großer Gott, niemand redet von Heiraten, Ma.»

«Willst du wohl den Namen des Herrn nicht missbrauchen», paffte sie noch hervor, bevor Rico die Küche durch die Hintertür verließ.

Das Gespräch mit seiner Mutter hatte ihn deprimiert. Er liebte seine Mutter, bei seinem Vater musste er nachdenken, ob er ihn liebte, und nein, er tat es nicht. Aber auch sie verstand ihn nicht wirklich. Wenn man von jemandem, den man liebt, nicht verstanden wird, fühlt man sich allein. So allein wie damals, als er sich mit fünf Jahren zwischen den Wintermänteln bei Macys verirrt hatte. Er musste angefangen haben zu weinen, denn kurz darauf teilten sich die Wintermäntel, und eine Verkäuferin mit Cateye-Brille fand ihn. Er spürte die Luft auf seinem Gesicht. Frisch wie der Wind am Meer. Nur dass es die trockene Luft aus einem Kaufhaus war.

Er rannte zu seiner Mutter. Sie umarmte ihn fest und versohlte ihm dann vor allen Leuten den Hintern. Es war verstörend und demütigend. Aber es war eine gute Lernerfahrung. Im Rückblick begriff er, dass dieser Tag den Beginn seiner Reise markierte. Erst wenn wir vom Weg abgekommen sind, fangen wir an, uns selbst zu verstehen.

Er begann, heimlich an sich zu arbeiten. Sein Leben am meisten verändert hatte der Tag vor ein paar Monaten, als er auf einem Seminar gewesen war: *Wie man Freunde gewinnt & Menschen beeinflusst.*

Unter dem Vorwand, seine Nanna, die Mutter seines Vaters, im Pflegeheim in New Jersey besuchen zu wollen, hatte er seinen Vater um einen freien Tag gebeten. Er hatte gespürt, wie er rot wurde, und war sich sicher, sein Vater würde merken, dass er ihn anlog, und was dann? Aber sein Vater sagte nur: «Na gut.» Einfach so, na gut, grüß sie von mir. Wie sich herausstellte, war Lügen gar nicht so schwer, und Rico entdeckte ein weiteres verborgenes Talent von sich. Er wusste auch, dass sein Vater ihm niemals auf die Schliche kommen würde, denn Nanna hatte, obwohl sie eine liebe Frau war, ein Hirn wie ein Schweizer Käse. Dement nannten das die Ärzte. Außerdem wusste Rico, dass er nicht auffliegen würde, weil er dort eine Pflegerin vögelte, Stephanie, und sich darauf verlassen konnte, dass sie die Klappe halten würde, weil sie in ihn verliebt war – und verheiratet.

Das Seminar fand im Roosevelt Hotel in der Nähe des Grand Central statt. Der Teddy-Saal war voller Wall-Street-Typen in Anzügen (und das an einem Samstag), aber auch normale Leute waren da, darunter einige Frauen. Offenbar waren sie auf das gleiche Repertoire an Fertigkeiten aus. Es roch nach Orangen, überall standen Schalen mit Obst, es war wie in Florida.

«Der süßeste Klang in jeder Sprache ist der Klang deines eigenen Namens», lautete die erste Lektion, die die vielleicht hundert Anwesenden lernten. Rico lehnte sich zu seinem Nachbarn hinüber und scherzte: «Der süßeste Klang, den ich je gehört habe, war der Klang von *Lass es uns gleich noch mal machen*.» Er lachte. Der Typ lachte. Doch als Rico wieder aufblickte, war der Typ ein Stück von ihm abgerückt.

Dieses Seminar war der Anfang von Ricos Kehrtwende. Er begann, jeden Morgen sein Bett zu machen, um den Tag in Schwung zu bringen, um sein Leben in Schwung zu bringen. Seine Mutter erkundigte sich, ob er schwul geworden sei, weil er auf einmal so ordentlich war. Rico entdeckte, dass es Kassetten gab, die er sich anhören konnte, so musste er nicht lesen. Lesen war noch nie seine Stärke gewesen, außer bei einem Buch, das er mal auf einem Seminar geschenkt bekommen hatte und das *Die Möwe Jonathan* hieß. Dieses Buch versteckte er in seiner Schublade unter Schmuddelzeitschriften, denn wenn die Jungs jemals davon erfuhren, würden sie ihn für geisteskrank halten.

Da es so einfach war, seinen Vater zu belügen, ging Rico zu weiteren Seminaren und Workshops. Nanna hatte noch nie so viel liebevolle Zuwendung gekriegt, dachte wohl sein Vater. Der Vollidiot.

Er lernte, wie man auf Zeichen des Universums achtet. Aufmerksam sein. Nicht ignorieren. Den Code erkennen, den das Universum einem sendet. Manchmal dachte er an jemanden und lief demjenigen wenig später in die Arme. Oder in dieser einen Woche war es immer, wenn er auf seine Armbanduhr sah, 2:22 oder 11:11 oder 4:44. Das war alles bewiesen, es gab eine Wissenschaft dahinter, Tabellen und so weiter.

An dem Abend, als er Juliette kennenlernte, war ihm das in seinem Horoskop vorhergesagt worden, nicht in dem Tageshoroskop aus der Zeitung, sondern in dem vom Astrologentelefon. Die Stimme vom Band sagte ihm, dass er an diesem Tag jemandem begegnen würde, der seinem Leben eine neue Richtung geben würde.

Er begriff sofort, dass Juliette anders war, nicht nur, weil sie jüdisch war, sondern auch, weil sie anders redete, weil sie weggehen würde, wegen ihrer schönen Lippen.

Vor ein paar Jahren, Rico war noch in der Highschool gewesen, war sein Cousin Guy nach Kanada gegangen, damit er nicht zum Vietnamkrieg eingezogen wurde. Heilige Scheiße. Das löste in der Familie einen verdammten Tsunami aus. Tante Angie und Ricos Mutter heulten am Telefon, als wäre er gestorben. Guy war in einem Haus voller Weiber so was wie Ricos großer Bruder gewesen. Er war es gewesen, der ihm Schmuddelblättchen zugesteckt, ihm Zigaretten gekauft hatte. Er hatte Rico erzählt, was für herrliche Blowjobs ihm Francine gab und dass Wichsen mit Olivenöl einen weniger wund machte. Eines Tages haute Guy einfach ab, nicht einmal Francine wusste davon. Später erklärte er in einem Brief, er habe niemanden in Schwierigkeiten bringen oder vor ein moralisches Dilemma stellen wollen. Tja, die «Situation», wie man später dazu sagte, führte dazu, dass die Familie abgesehen von Meinungen über das Tun und Lassen der Nachbarn plötzlich auch politische Ansichten hatte.

«Keine Wertschätzung für dieses Land», sagte Ricos Vater.

«Kein Respekt vor seiner Mutter», sagte Ricos Mutter.

Verdammt genial, dachte Rico.

Was allen aber dann wirklich die Schuhe auszog, war der Umstand, dass Guy, als der Krieg zu Ende war, da oben in Kanada blieb. Er machte seine eigene Pizzeria und ein italienisches Café auf und war damit sehr erfolgreich, will heißen, er verdiente eine Menge Geld. Wenn man erst mal reich ist, hören die Leute auf, politische Ansichten über einen zu haben. Man hat es geschafft, und das ist alles, was zählt.

Das war der Moment, in dem Ricos Idee und Traum von Kanada geboren wurden. Sein Plan war, am Ende des Sommers aufzubrechen. Dass er Juliette getroffen hatte, war ein Zeichen.

Pünktlich kurz nach acht biegt Rico in Juliettes Auffahrt ein. Er wartet. Auf keinen Fall will er klingeln. Wenn ihre gut aussehende Mutter ihm aufmacht, bittet er sonst noch die um ein Date. Nein, ernsthaft, hupen könnte eine schlechte Idee sein. Zum Glück erwartet Juliette ihn schon. Sie kommt raus, sobald sie den Wagen hört. Ihr welliges braunes Haar fällt bis auf ihre Schultern. Lange Beine. Leicht geöffnete Lippen. Ja, sie steht auf ihn.

Rico kurbelt das Fenster herunter. «Guten Abend, Miss Darling.»

«Hi.» Juliette lächelt ihn an.

Hundertpro, kein Zweifel, sie will ihn. Er kann es spüren. Was Frauen angeht, hat er einen sechsten Sinn.

David, der sich die Szene von seinem Zimmer aus ansieht, fragt sich, was er machen soll.

Sein Kopf explodiert fast angesichts der unzähligen Möglichkeiten. Eins: Er könnte einfach sitzen bleiben und zusehen. Zwei: Er könnte sitzen bleiben, aber nicht zusehen. Drei: Er könnte in die Küche gehen und Wasser trinken. Vier: Falls sich Juliette jetzt verlieben und sich wie jedes andere Mädchen benehmen will, albern und dämlich, könnte sie damit wenigstens warten, bis er tot ist. Fünf: Er lässt krachend die Fliegengittertür auffliegen und tritt hinaus.

«Ach, hallo, Juliette», sagt David, überfreundlich wie eine Stewardess.

Juliette sieht zu David hinüber, beide stehen auf den Treppenstufen vor dem Haus. Juliette zieht die Brauen zusammen.

«Hi?»

«Ich bin davon ausgegangen, dass du uns heute Abend wie versprochen mit deiner Anwesenheit beehrst», sagt David.

«Wieso redest du so?»

«Ist das der Pizza-Typ?», fragt David, ohne Rico anzusehen.

«Hi, ich bin Rico.» Er winkt.

«Ich weiß», fährt David fort, «du bist besessen davon, deine Jungfräulichkeit zu verlieren, aber der da?» Er deutet auf Rico im Wagen. «Wirklich? Mir war nicht klar, dass du so verzweifelt bist.»

«Was stimmt nicht mit dir?», fragt Juliette und geht die Eingangstreppe hinunter.

«Oh, so vieles, ich weiß kaum, wo ich anfangen soll.»

«Du benimmst dich wie ein Spinner.»

«Erre es Korakas. Es scortum obscenus vilis!», ruft David.

Rico sieht Juliette entgeistert an. «Was hat er gerade gesagt?»

«Im Grunde hat er gesagt, geh zu den Krähen – also fahr zur Hölle, Schlampe.»

Rico springt aus dem Wagen. «Hey, was stimmt nicht mit dir?»

«Wenn einen zwei Leute fragen, dann muss alles in Ordnung sein. Zweimal minus ergibt plus beziehungsweise hebt sich auf, aber vielleicht hast du das nicht gelernt, weil du in der Grundschule immer geschwänzt hast», sagt David, dreht sich um und geht wieder hinein. Die Fliegengittertür aus Aluminium fliegt hinter ihm zu. BAM!

«Was zur Hölle stimmt mit diesem Typen nicht?»

Juliette steigt ein. Die Autotüren knallen nacheinander zu.

«Echt jetzt, was stimmt mit dem nicht?»

«Lass uns das vergessen, okay? Er ist eigentlich mein Freund, und er ist krank.»

«Ich persönlich denke, wenn du mich fragst, dass da mehr im Spiel ist als bloß Kranksein.»

Sie sieht Rico zögern, als würde er gern weiterreden, hätte sich aber dagegen entschieden. Er trommelt auf das Lenkrad. Halb erwartet sie, dass er sich weiter über David auslässt, über diesen seltsamen Zwischenfall eben. Wenn so jemand ihr Freund ist, muss sie ganz sicher auch ein Freak sein. Und weil Rico genau das gedacht hat, macht er den Mund nicht mehr auf.

Sie zwingt sich, über etwas anderes zu reden, *irgendetwas*, um seine Gehirnströme aufzufangen, um das System zu überlasten. Sie glaubt, dass ihm das ganz recht ist. Rico ist ein Typ, der vermutlich daran gewöhnt ist, auf der Sonnenseite zu stehen. Kein Pessimismus und keine Weltuntergangsstimmung. Wetter: Es ist schwül. Musik: Ich liebe diesen Song. Der neue James-Bond-Film. Baseball. Ist er Yankees-Fan? Tennis, hat er sich Wimbledon angesehen? Über Krebs zu sprechen, ruiniert jedes Date, würde die Kolumnistin Ann Landers sicherlich geschrieben haben. Versuchen Sie unauffällig, zu einem erfreulicheren Thema zu wechseln. Aber Juliette kann nicht aufhören, sich zu fragen, ob der Krebs sich auf Davids Hirn auswirkt. Wenn Krebs sich ausbreiten kann, warum dann nicht auch bis in sein Gehirn? Vielleicht ist das der Grund, warum er sich so eigenartig benommen hat. Krebs breitet sich aus. Seltsamkeiten breiten sich aus. Warum hat David, ihr bester Freund, sich so mies benommen? Die Wahrheit ist, das ist ihr echt egal. Die Wahrheit ist, es ist ihr echt überhaupt nicht egal.

Rico legt seinen Arm hinter ihren Sitz und verdreht seinen Oberkörper, um auf die Straße zurückzusetzen. Die Geste ist ihr vertraut. Sie hat gefühlt ihr ganzes Leben lang auf dem Rücksitz des Dodge Dart ihrer Eltern gesessen, hat den Arm ihres Vaters beobachtet, der nicht Teil seines Körpers zu sein schien, sondern ein eigenständiges Wesen. Wie er auf der Rückenlehne ihrer Mutter ruhte. Wie er bei einer Vollbremsung vor ihre Mutter schnellte. Wenn man instinktiv den Arm ausstreckt, um jemanden zu schützen, dann beweist das doch, dass man diese Person immer noch liebt. Obwohl sie letzte Nacht durch die papierdünnen Wände ihre Mutter «Ich hasse dich» sagen gehört hat, und ihr Vater antwortete: «Ich hasse dich auch, so, da haben wir's.»

Es hat andere Zeiten gegeben. Juliette war vier, George neun oder zehn Jahre alt, sie machten Familienurlaub in Maine, kurz bevor sie nach Brooklyn zogen und alles den Bach runterging. Im Auto fragte Juliette ihre Eltern, wie sie sich kennengelernt hatten. Sie kannte die Geschichte, wie sie Fabeln und Märchen kannte, sie hatte sie schon eine Million Mal gehört. Aber Kinder möchten gerne hören, dass am Ende alles gut ausgeht – dass gute Menschen ein gutes Leben haben.

«Es war Liebe auf den ersten Blick», sagte ihr Vater.

«Auf den zweiten», korrigierte ihre Mutter.

Ihre Mutter war mit Tom Stern zusammen gewesen, sie war praktisch mit ihm verlobt gewesen, also war die Entscheidung nicht ganz einfach. Rainy drehte sich auf dem Beifahrersitz um und erzählte Juliette und George, dass sie eine Woche brauchte, um sich zu entscheiden, und dass sie darüber fast den Verstand verloren hätte. Sie warf Münzen, schrieb Pro- und Kontra-Listen und beriet sich mit ihren besten Freundinnen Anita Bornstein und Selma Jacobs.

Selma riet ihr, sich auf einen Stuhl zu setzen und die Augen zu schließen. «Du hast Tom Stern geheiratet. Jetzt mach die Augen auf, wie fühlst du dich?»

Dann sollte sie sich auf den anderen Stuhl setzen. «Du hast Jack Darling geheiratet, wie fühlst du dich?»

«Da wusste ich es», sagte ihre Mutter. Es war ein Gefühl in ihrer Magengrube, das Gefühl, mit dem man nach einem Albtraum das Gesicht eines lieben Menschen sieht, das Gefühl, an einem kühlen Tag warme Tomatensuppe zu essen, das Gefühl, sich Galmei-Lotion auf einen Mückenstich zu streichen. Nach jedem Gefühl wandte sie sich um und fragte Juliette und George, ob sie sich dieses Gefühl vorstellen könnten. Sie nickten beide, auch wenn Juliette Tomatensuppe eklig fand.

Tom Stern kehrte nach Des Moines zurück, um den Haushaltsgeräteshop seines Vaters zu übernehmen, und das war das Letzte, was man von ihm hörte. Doch was, wenn ihre Mutter sich für Tom Stern entschieden hätte anstatt für ihren Vater? Würde Juliette dann in Iowa leben und in den Schulferien Geschirrspüler verkaufen? Wäre Juliette dann glücklicher?

Noch Jungfrau, ein sterbender Freund, beinahe geschiedene

Eltern. War das alles das Resultat davon, dass ihre Mutter auf dem falschen Stuhl gesessen hatte?

Als sie an all das denkt, was ihr das Leben versaut, wird Juliette so wütend, dass ihr Tränen in die Augen steigen. Das Letzte, was sie jetzt will, ist weinen. Sie ist hässlich beim Heulen.

«Der Typ sah komisch aus, ist er behindert oder was?»

«Kümmer dich um deinen eigenen Scheiß!», zischt sie ihn an.

Rico lächelt. Er mag Mädchen, die einem Paroli bieten. Er unterstützt die Frauenbewegung. Gefühlvolle Mädchen sind im Bett am besten. Er hat im biblischen Sinn nicht nur ein paar wenige Frauen «erkannt»: Gail Lombardi, Francine, Guys Ex, Theresa, seine Cousine, Deena und noch ein paar andere. Neunzehn insgesamt, aber wer zählt so was schon? Sie hatten alle sehr gute Körper, besonders Deena in diesem roten Bikini. Doch sobald es zur Sache ging, lag sie nur noch da wie ein toter Fisch. Er hat gewusst, dass sie nur so tat, als ob.

«Alles klar, Chefin, dein Wunsch sei mir Befehl, ich kümmere mich um meinen eigenen Scheiß.»

Er sieht zu ihr rüber und lächelt. Sie blickt zurück und versucht, nicht zu lächeln, aber sie kann es nicht unterdrücken. Er ist eben wirklich süß.

Rico fährt die 89th Street entlang. Im Radio läuft *Gonna Fly Now*, der Titelsong von *Rocky*. Juliettes Hand hängt aus dem offenen Fenster. Ihr linkes Bein zuckt nervös auf und ab, nicht im Rhythmus der Musik. Hat sie im Auto jemals vorn gesessen, neben einem Mann, der nicht ihr Vater war? Es ist heiß, ihre Oberschenkel kleben am Sitz. Gelegentlich ist die allerleichteste Brise zu spüren, als würde Gott ein Liedchen pfeifen.

Die untergehende Sonne träufelt Orangenblütenhonig über die Häuser ihrer Nachbarn, und alles, woran sie vorbeifahren, leuchtet. Backsteinhäuser mit weißen Aluminiumverkleidungen lodern so grell, dass Juliette die Augen zusammenkneifen muss.

Fliegengittertüren öffnen sich und bleiben offen stehen, als Kinder zum Spielen auf die Straße rennen. Die Sonne lächelt sogar auf die alte, mürrische Mrs Caramida herab, die in ihrem Gartenstuhl oben auf dem Treppenabsatz sitzt, ihrem Wachturm, und aufpasst, dass die Kinder nicht auf ihren Rasen laufen, um einen beim Spiel verlorenen Ball zu holen.

Irgendwann muss es einen Mr Caramida gegeben haben, aber niemand weiß, ob er gestorben oder abgehauen ist. Und sie muss ein Kind haben, denn jedes Jahr zu Weihnachten holt ein Kerl aus New Jersey mit Schnauzbart sie im Kombi ab und sagt Ma zu ihr. Das weiche Licht lässt Mrs Caramidas Stirnfalten schmelzen und legt ein Schimmern um ihren Kopf. Regelrecht majestätisch sieht sie aus. Sie biegen in die Shore Road ein und werden von einem grapefruitrosa Himmel und schwebenden lila Wolken begrüßt. Eine Szenerie wie eine Kinderzeichnung. Das gekräuselte Wasser auf dem Kanal glitzert. Wenn da nicht die wuchtigen Wohnblöcke, das Dröhnen der vorbeirasenden Autos und das fast meterhohe Unkraut wären, könnte dieser Ort das Paradies sein.

Rico sieht zu ihr herüber. «Also, stimmt es?»

«Stimmt was?», fragt Juliette.

«Bist du Jungfrau?»

«Hast du noch nie von den drei Fragen gehört, die man einer Frau niemals stellen darf?»

«Nein, klär mich auf.»

«Wie alt bist du? Wie viel wiegst du? Bist du Jungfrau?»

Er lächelt und streicht eine Haarsträhne zur Seite, die ihr ins Gesicht gefallen ist. Seine Hand berührt leicht ihre Wange. David ist vergessen. Ihr Körper fühlt sich an, als hätte man ihr gerade eine Infusion mit Liebesblut verabreicht.

Was, wenn das die Liebe ist, von der sie so viel gehört hat?

Was, wenn die Lovesongs im Radio genau dieses Kribbeln beschreiben, das von ihrer Wange bis in die Beine hinunterrieselt? Was, wenn Catull recht hat? Was, wenn niemand auf der Party Pizza bestellt hätte? Was, wenn sie sich nicht übergeben und dann genau in dem Moment die Tür geöffnet hätte, als Rico dort stand? Ja, alles ist mit allem verbunden. Alle Umstände ihres Lebens haben sie in diesen Wagen geführt, genau in diesem Moment, zu dieser Berührung. Es hätte alles ganz anders kommen können. Gott sei Dank hat sich ihre Mutter nicht für Tom Stern entschieden. Dieses Gefühl jetzt gerade ist so viel besser als Tomatensuppe.

David schafft es kaum ins Haus, bevor seine Knie nachgeben und er über den Wohnzimmerteppich kriechen muss. Alles, was er will, ist: 1) vergessen, 2) schlafen, 3) dass Juliette ihn nur einmal so ansieht, wie sie Rico angesehen hat.

Gott, er war so ein Idiot.

Das Nächste, was er wahrnimmt, ist ein Kitzeln an seiner Nase. Als er die Augen öffnet, streicht die Polyester-Krawatte seines Vaters über sein Gesicht.

Sein Vater schüttelt ihn sanft. «Habibi.»

Seine Mutter hat Davids Kopf im Schoß und schaukelt ihn und singt. Verblüfft sieht er zu seinen Eltern auf. Warum ist er auf dem Wohnzimmerteppich? Warum sind seine Eltern um ihn rum? Warum sind sie so aufgeregt?

Er möchte etwas sagen, möchte seine Eltern beruhigen, aber seine Stimme ist tief in seiner Brust vergraben.

«Mein Sohn, geht es dir gut?», fragt sein Vater und sieht ihn mit denselben zusammengekniffenen Augen an, mit denen er in der Apotheke Pillen abwiegt und Rezepte bearbeitet.

An dem Tag, an dem David seine Krebs-Diagnose bekam, lautete die einzige Frage seines Vaters: «Wie stehen seine Chancen?»

Sicherheit durch Zahlen. Das Apotheker-Messsystem ist für ihn die einzige Methode, die Welt um ihn herum zu begreifen.

«Oh, mir geht's gut, Papa, echt. Ich wollte mich nur mal ausstrecken.»

«Willst du was essen?», fragt seine Mutter.

«Nein, alles gut. Man liegt hier bequem. Solltet ihr mal ausprobieren.»

Seine Mutter hält mit dem Schaukeln inne, und er kann sehen, wie sie eine Entscheidung trifft. Vorsichtig legt sie Davids Kopf auf dem Teppich ab. Sie lächelt wie jemand, der gleich vom Zehnmeterbrett springen muss. Sie beginnt bereits vor Nervosität und Vorfreude zu kichern. Dann rollt sie sich auf die Seite und legt sich flach auf den Teppich, ihr Kopf berührt Davids Glatze.

Sein Vater sieht die beiden Menschen an, die er auf der Welt am meisten liebt. Er öffnet seine Schnürsenkel und zieht sich vorsichtig die Schuhe aus. Dann legt er sich ebenfalls hin, wobei sein Kopf diejenigen von David und seiner Frau berührt.

«Du hast recht, es fühlt sich angenehm an», sagt sein Vater, nicht in seinem normalen ernsten Ton, sondern begeistert wie ein Junge, der das erste Mal die Schule schwänzt.

Seine Mutter will etwas sagen, kommt aber nicht weit, weil sie unvermittelt loskichert. «Wisst ihr noch, wie wir nach Coney Island gefahren sind, an den Strand?»

«Und die Handtücher vergessen hatten», fügt sein Vater hinzu.

«Und Badesachen», beendet David den Satz, und sie alle drei lachen lauthals. Lange liegen sie in einträchtigem Schweigen auf dem Teppich und lauschen auf das Meeresrauschen von damals, glücklich, für einen Moment in eine unschuldigere Zeit eingetaucht zu sein. Über ihnen brummt und dreht sich der Deckenventilator.

Im Auto fragt Rico Juliette: «Wo willst du hin?»

«Ist mir egal.»

«Okay. Ich zähle dir die Optionen auf. Wir könnten nach Norden fahren» – er macht mitten auf der Straße einen U-Turn. «Im Norden liegt Kanada, das wundervolle Land Kanada. 388 Meilen in diese Richtung, das dauert sechs Stunden und vierzig Minuten, nicht eingerechnet die Zeit fürs Tanken oder Essen, dann sind wir in Montreal – da sprechen sie Französisch. Kanada ist nach Russland das zweitgrößte Land der Erde und hat auch den längsten Highway auf der Welt. Der Trans-Kanada-Highway ist erstaunliche 4850 Meilen lang.»

«Woher weißt du so viel über Kanada?»

«Ich liebe das Land.»

«Warst du schon mal da?»

«Noch nicht. Oder wir könnten nach Süden fahren.» Rico wendet erneut abrupt und schlingert knapp an einem Mann vorbei, der gerade Einkäufe in den Kofferraum seines Pontiac lädt. Er zeigt Rico den Mittelfinger. Rico lächelt und wirft ihm eine Kusshand zu. Juliette sieht sich das wütende Gesicht des Mannes an. Dann schaut sie wieder zu Rico. Es gibt eine ganze Welt, von der sie nichts wusste, nur wenige Straßenzüge von ihrem Zuhause entfernt.

«Wenn wir nach Süden fahren, würde ich als Ziel das Cove empfehlen, ich kenne den Barmann. Wir könnten ein paar Drinks nehmen, vielleicht tanzen.»

«Klingt gut.»

«Andererseits könnten wir auch nach Westen fahren, was bedeuten würde, dass wir irgendwann im Wasser landen und uns bis nach Staten Island treiben lassen können.»

Er erzählt Juliette, woher Staten Island seinen Namen hat. Als der englische Kapitän Henry Hudson die Gegend erkundete, die später zu New York werden würde, war Nebel aufgezogen, und sein niederländischer Erster Offizier sah kaum die Hand vor Augen. Als er in der Ferne einen Umriss ausmachte, fragte er den Kapitän in gebrochenem Englisch: «Is dat an island?» Hudson dachte, er hätte «Staten Island» gesagt, und so war der Name geboren.

Juliette lacht. Rico verzieht keine Miene. Vielleicht hat Rico gar nicht versucht, witzig zu sein. Sie hätte nicht lachen sollen. Sie ist an einen schnellen Witze-Schlagabtausch mit David gewöhnt, aber Rico ist da vielleicht anders.

Er fährt den Zeigefinger aus und pikt Juliette damit in die Rippen. Natürlich sollte das witzig sein. Er geht vielleicht nicht auf eine noble Ivy-League-Uni, aber er ist kein Dummie. Kein Schwachkopf. Keine Weichbirne. Bei jedem Begriff pikt er Juliette erneut in die Rippen. Dieses Mal lachen sie beide.

Schlausein ist keine Frage von guten Noten, wie David leider glaubt. Bevor er krank wurde, hat David sich denen, die in der Schule schlecht waren, immer überlegen gefühlt. Rico jedoch ist weise.

«Wenn wir jetzt aber nach Osten fahren, dann schlackern dir die Knie, Miss Darling, dann kommen wir nämlich in ein paar ziemlich gefährliche Gegenden, die ich nach Einbruch der Dunkelheit niemandem empfehlen würde, schon gar nicht einem braven jüdischen Mädchen wie dir.»

Rico redet von Flatbush und Bushwick, einst Wohnviertel für die Mittelschicht und untere Mittelschicht – die adretten Holzhäuser längst verlassen und aufgegeben. Weißenflucht nennt man das. Rico und seine Freunde sind ein paarmal hingefahren. Sie wollten was erleben, mal aus ihrem eigenen Viertel herauskommen, ein Pfadfinder-Ausflug für Teenager. Jedes Mal haben sie ein bisschen Ärger gemacht, nicht genug, dass jemand die Polizei eingeschaltet hätte, aber Schäden gab es jede Menge. Einmal haben Rico, Big Bobbie, Timmy und Arthur Ziegelsteine aus dem fahrenden Auto geschleudert und ein paar Fenster eingeschmissen. Es war nicht Ricos Idee, sondern die von Big Bobbie, auf den immer alle hörten. Er war zwei Jahre älter, praktisch ein Mann. Und Rico musste zugeben, dass es zwar ein wenig gruselig, aber auch lustig war, dürre Schwarze rauchend herumsitzen und mit nichts Bösem rechnen zu sehen, und im nächsten Moment POW! BOOM! BAM! Aber so was macht er nicht mehr. Er hört Bob Blums Kassetten und arbeitet an sich. Er versucht, besser zu sein, als er es tags zuvor gewesen ist.

«Also, was darf es sein?» Rico fasst rüber und drückt ihr Knie. Sie macht sich steif. Er lässt die Hand trotzdem liegen. Sie trägt abgeschnittene Jeans und ein blassblaues Tanktop. «Passt zu deinen Augen», sagt Rico.

«Danke», sagt Juliette. Ihre Augen sind grün.

Heute Abend sehen sie größer und leuchtender aus, weil sie versuchen, alles aufzunehmen.

«Ich weiß nicht.» Sie hat Angst, das Falsche zu sagen.

«*Mir egal* und *Weiß ich nich,* Miss Darling, ist lächerlich. Ich dachte, wir machen hier Fortschritte.»

Er greift nach ihrer Hand, und einen Moment lang verweilen sie so. Sie spürt, wie seine Finger sich um ihre schließen.

«Vielleicht könnten wir in die City fahren, ins Studio 54? Ich habe bis jetzt nur davon gehört, da könnten wir vielleicht hin?»

«Du willst in die City? Klar, wir können ins Studio 54. Ich war allerdings schon da, und es ist nicht so toll, wie man denkt, bloß ein Hype. Ich persönlich würde es nicht empfehlen, aber wenn du willst. Die Drinks sind teuer und die DJs schlecht. Aber ganz wie du willst.»

«Nein, dann lass uns hierbleiben und zu dem Laden fahren, in dem du den Barmann kennst.»

«Braves Mädchen.» Er beugt sich rüber und gibt ihr einen laut schmatzenden Kuss auf die Wange.

Ihr erster Kuss. Sie spürt seinen Atem, seine weichen Lippen. Ihre linke Wange brennt wie Feuer.

Rico hat im Juni mal versucht, ins Studio 54 zu kommen. Big Bobbie und er hatten sich fein gemacht. Gut sahen sie aus, echt. Sie kannten sogar einen der Türsteher, den Bruder von Big Bobbies Schwägerin, aber das half nichts. Der Türsteher sah sie kaum an, sagte nur, sie bräuchten sich gar nicht erst anzustellen. Auf keinen Fall würde er sich noch einmal so demütigen lassen. Und wofür auch? Um einem Mädchen mit teurem Parfüm Drinks zu bezahlen, bevor sie die Fliege machte? Nein, Rico mochte Brooklyn. Hier kannte er seinen Nettowert, und der war hoch.

Rico hat nicht gelogen. Als sie das Cove betreten, wird er begrüßt wie ein Kriegsheld. Das Cove hat einen Türsteher, Fitz, aber nur zur Show und damit keine Schwarzen oder Puerto Ricaner reinkommen, die aber sowieso nicht in der Gegend wohnen. Einmal kam mal eine Gruppe von Schwarzen aus einem, sagen wir, unpopulären Viertel nach einem Basketballspiel auf einen Drink rein. Alles lief friedlich ab, aber die Atmo war ungut. Also finanzierte der Besitzer, Paddy Gallagher, seinem Cousin einen kleinen Nebenverdienst, und der steht seitdem am Wochenende und an Feiertagen am Eingang.

Es gibt eine riesige, umlaufende Bar. Das Besondere hier ist der Hinterraum, in dem Live-Bands spielen – die City Kids, die Lynch Boys, hauptsächlich covern sie, aber ein paar eigene Songs spielen sie schon auch, alles tanzbar, Stroboskoplicht, Nebelmaschine, alles da, was man braucht, obwohl der Laden klein ist. Mr Gallagher hat es drauf. Bitte ihn mal, Stevie Wonder zu imitieren, darin ist er genial.

«Warum bist du so spät?»

«Du hast gesagt, du bist um neun da.» Seine Freunde klopfen ihm auf den Rücken. «Willst du uns nicht vorstellen?» Sie strecken Juliette die Hände hin, manche küssen ihr königlich die Hand, andere ziehen sie in eine Umarmung.

Hätte Juliette aufgepasst, wäre ihr klar geworden, dass sie niemals eine Wahl hatte, was das Ziel der Fahrt anging, aber sie ist hin und weg, seitdem sie die dunkle Bar betreten haben. Schwindelig lässt sie sich von einem Freund von Rico an den nächsten weiterreichen. Umarmungen und Begrüßungen, schön, dich kennenzulernen. Rico schnappt sie sich, zieht sie weg, zerrt sie durch die Menge. Wie Alice im Wunderland, die durchs Loch fällt, ist Juliette plötzlich nicht mehr die Größte. Vielleicht liegt es daran, dass die anderen Mädchen Stilettos tragen, vielleicht daran, dass nicht alle Teenager sind, auch Männer sind hier. Zum ersten Mal kommt sich Juliette zierlich vor. Ricos bester Freund Big Bobbie legt den Arm um sie. «Was trinkst du, Kleines?»

Zwei Mädchen, Laura und Donna, kommen herüber. «Du bist also das schlaue Mädchen, von dem Rico uns erzählt hat?»

«So schlau siehst du gar nicht aus», fährt Donna fort und ergänzt: «Sorry, hab es nicht so gemeint.»

Laura legt Lipgloss auf. «Hier», sagt sie. «Darf ich dich damit schminken? Ich würde morden für Lippen wie deine.»

Juliette lässt sie das Lipgloss auftragen.

«Was man hat, soll man auch zeigen», sagt Laura und zupft ihr Neckholder-Bustier zurecht.

«Trinkst du einen Kurzen mit uns?» Donna lächelt, ihre Zähne sind zu groß für ihren Mund.

«Ja», hört sich Juliette sagen.

Barmann Frank reicht ihr ein Shot-Glas, auf dessen Rand eine Zitronenscheibe liegt. Er zwinkert ihr zu.

Sie macht nach, was die anderen machen, den Handrücken anlecken, Salz draufstreuen, wieder lecken, den Alkohol in einem

Schluck hinunterstürzen und dann in die Zitrone beißen. Erst der Geschmack von Salz, dann das Brennen im Hals, sie hat einen Druck in der Nase, als müsste sie gleich niesen, aber als sie ausatmet, spürt sie, wie ein Schwall sanfter Wärme sie einhüllt. Noch einen? Noch einen. Rico redet mit seiner alten Freundin Linda, die wie eine Schwester für ihn ist. Juliette steht neben Donna und Laura und hört sich Big Bobbies Geschichten an.

«Wir fahren am Dienstag nach Breezy Point, kommst du mit?»

«Klar kommt sie mit», antwortet Rico für sie.

«Woher kommst du?», fragt Laura.

Juliette nennt ihr ihre Adresse.

«Nein, du Dummerchen. Ich meine deine Eltern, Großeltern. Wo kommst du ursprünglich her?»

«Ich weiß nicht. Amerika? Russland? Polen?»

«Bist du Russin?», fragt Laura verwirrt.

«Nein, Jüdin.»

Rico tritt von hinten an sie heran und legt die Arme um sie. Sie kann sein Rasierwasser riechen, seinen Atem spüren. Sie hören alle Big Bobbie zu, wie er im Melody Lanes bowlen war und die Bahn hinunterstürmte, um persönlich und mit der Hand alle Kegel umzuwerfen. Es ist die lustigste Geschichte aller Zeiten. Er imitiert Sammy Di Gennaro, der ihm hinterherkam, um ihn mit einem Baseballschläger aus der Bahn zu jagen.

Rico zieht Juliette weg. «Komm, lass uns quatschen.»

Er hat einen freien Barhocker. Juliette setzt sich, und Rico beugt sich plötzlich vor und küsst sie. Dieses Mal richtig. Sie schmeckt sein Bier, seine kalte Zunge. Er zwängt seinen Körper zwischen ihre Beine und küsst sie erneut. Nichts dergleichen ist ihr jemals zuvor passiert. Es fühlt sich sehr seltsam an. Sie kann nicht mehr denken. Ihr Gehirn befindet sich nämlich in ihrer Zunge, die sich bewegt, züngelt, Ricos harten Gaumen berührt, dann wieder zu den Lippen zurückkehrt, und in dieser feuchtwarmen Welt tanzt ihre Zunge Tango, weiß, wann sie innehalten muss, wann sich bewegen, ohne dass man ihr das hätte beibringen müssen, sie hat es einfach im Gefühl.

«Siehst du, es war eine gute Idee herzukommen, ich hab's dir doch gesagt. Geht's dir gut? Bist du zufrieden?»

«Deine Freunde sich echt nett.»

«Jetzt sind sie auch deine Freunde.»

Er küsst sie erneut, tritt dann einen Schritt zurück, mustert ihr Gesicht und druckst herum. «Äh. Kann ich dich was fragen?»

«Klar», sagt sie wie ein eifriger Welpe. Kraul mich, hab mich lieb, verlass mich nie mehr.

«Ach nee, vergiss es», sagt er.

Rico weiß genau, wie man eine Lady an den Haken bekommt. Manche nennen es Charme, er sagt emotionale Intelligenz dazu.

«Frag.» Jetzt bettelt Juliette förmlich.

«Ich habe Angst, dass du mich dann blöd findest.»

«Nein, werde ich nicht. Frag.»

Sie reden. Hören einander zu. Erzählen einander ihre Ängste.

«Na gut, also vorhin, als du gesagt hast, du bist Jungfrau.» Er sieht ihr tief in die Augen. «Könntest du dir vorstellen, dass ich derjenige wäre, welcher?»

Sie sieht ihn an.

«Antworte nicht gleich, denk in Ruhe darüber nach. Das erste Mal ist wichtig, und», seine Stimme bekommt etwas Salbungsvolles, «alles, was zählt, ist, dass es für dich gut wird.»

Er berührt zärtlich ihren Arm. Es bedeutet ihm etwas. Sie hat sich noch nie jemandem so nah gefühlt.

Plötzlich ist ihr Hirn wieder da, wo es hingehört. «Wie spät ist es?»

Sie gerät in Panik, es ist gleich eins, sie sollte längst zu Hause sein.

«Kein Problem, ich bringe dich nach Hause.»

«Ist schon okay, ich kann zu Fuß gehen. Du bist mit deinen Freunden hier.» Sie hofft und betet, dass er darauf besteht, sie zu fahren.

«Juliette, darf ich dich daran erinnern, dass da draußen ein verdammter Killer rumläuft? Ich fahre dich.»

Er beschützt sie.

Sie gehen, ohne sich von jemandem zu verabschieden. Draußen das Brummen von Klimaanlagen, Autos zischen vorbei, aus den geöffneten Seitenfenstern dröhnt Musik. Kneipentüren öffnen und schließen sich. Leute in unterschiedlichen Stadien der Trunkenheit sind zu sehen.

Fünf Minuten später ist sie zu Hause. Er macht den Motor aus und beugt sich über sie, sein Brustkorb drückt sie nieder, sein goldenes Kreuz tippt gegen ihr Kinn. Er küsst sie, tief diesmal. Er nimmt ihr Gesicht in die Hände und sieht ihr in die Augen.

«Du bist nicht nur schlau, du bist auch hübsch, wusstest du das?»

Ihre Wangen röten sich in seinen Händen.

«Wir sehen uns morgen, ja?»

«Also, ich weiß nicht, ob ich kann, mein Bruder kommt aus London nach Hause.»

«Na gut, dann übermorgen – Liebe wächst mit der Entfernung. (Hat er gerade Liebe gesagt?) Wir fahren mit der Gang an den Strand. (Ich gehöre zu einer Gang.)»

Er zieht ihren Arm zu sich heran, holt einen Stift aus dem Handschuhfach und schreibt ihr seine Telefonnummer über den Puls.

«Ruf mich morgen an, wenn du fertig bist, und sag mir was.»

«Was soll ich dir denn sagen?»

«Ich weiß nicht, dir fällt schon was ein.»

Sanft streicht er mit drei Fingern über ihre Stirn, ihre Augenbrauen. Dann öffnet er auf ihrem Gesicht seine Hand und lässt die Handfläche zu ihren Brüsten hinabgleiten. Dort lässt er sie auf ihrem Shirt ruhen und wartet, bis Juliette zu ihm aufblickt.

«Und ich glaube, unter all dem hier hast du einen heißen Körper. Du musst ihn mich mal angucken lassen, ja?»

Juliette schließt die Augen, um nicht schüchtern zu wirken. Sie versucht, sich diesen Moment für immer ins Gedächtnis einzuprägen. Er legt ihre Hand auf die harte Beule in seiner Hose. Sie kann ihr Hirn nicht abschalten, muss an die Wüstenrennmaus Fred in der zweiten Klasse denken. Miss Lloyd hat gesagt, man soll Fred fest halten, damit er sich sicher fühlt, aber nicht zu fest, damit man ihn nicht zerdrückt. Juliettes Hand schließt sich.

«Hmmmm.» Er stößt ein Stöhnen aus. «Okay, raus hier mit dir, sonst mache ich noch etwas, das ich später bereue. Und Baby ...» Sie dreht sich zu ihm um. «Denk über das nach, was wir in der Bar besprochen haben. Mir wäre es eine Ehre.»

Sie gleitet aus dem Wagen und geht die Einfahrt hinauf. Er hat auf ihren Arm geschrieben, hat sie markiert. *She is a marked woman.* Wieder wartet Rico, ganz Gentleman, bis sie im Haus ist. Dann fährt er zurück ins Cove und geht mit Linda nach Hause. Er ist geil und weiß, Linda ist leicht zu haben.

8

In der dunklen Ecke der Küche, die Rainy Darling gerne die Frühstücksnische nennt, liest Jack Darling laut die Daily News, lacht und kommentiert die Zeitung für niemanden im Besonderen.

«Sieh mal an», sagt er, während er seinen Toast ins Eigelb taucht. «Erinnert ihr euch noch an das Fischer-Spassky-Match? Das ist heute fünf Jahre her. Was für ein Verrückter.»

Niemand reagiert.

Es gab eine Zeit, da nannte man Jack Darling «Lucky Jack». Er hatte das hübscheste Mädchen der Clique geheiratet, dann kamen zwei Kinder. Sein älterer Bruder, der einäugige Lenny, kam ihm beim ersten Enkelkind fünf Monate zuvor, er hatte die fade Lois geschwängert, die alle für lesbisch hielten. Aber egal, die Eltern liebten Jack mehr. Das war offensichtlich. Jack sah gut aus, er verkörperte den Charme der Fifties. Alles fiel ihm leicht. Und obwohl wir harten Kämpfen Respekt zollen, hat ein Mensch, der mit Leichtigkeit durchs Leben geht, etwas Unwiderstehliches. Lenny dagegen gab bei allem, was er tat, hundertzehn Prozent. Sogar am Koreakrieg nahm er teil, damit seine Eltern stolz auf ihn sein konnten. Doch das Schiff, auf dem Lenny in Fort Braggs, North Carolina, stationiert war, bewegte sich den ganzen Krieg über kein Stück vom Fleck. «Die M.S. Verstopfung», scherzte Jack, und alle lachten. Lenny stieg in Hy Darlings Versicherungsgeschäft ein. Jack wurde Arzt. Zahnarzt zwar nur, aber immerhin Arzt. Seine Praxis befand sich in einer der besten Immobilien im Zentrum von Scarsdale, dem besten aller Vororte.

Aber 1965 verließ ihn das Glück, und wie es das Pech wollte, geschah das ausgerechnet am Blackjack-Tisch im Mint in Las Vegas.

Er liebte den Nervenkitzel, musste einfach gegen alle Wahrscheinlichkeit setzen. Er hatte einen guten Abend, fühlte sich wie ein König, gratis Drinks, Bewunderung von allen Seiten. Er hatte klein angefangen und fünfzig Dollar pro Runde gesetzt. Um ein Uhr nachts jedoch saß Jack Darling auf einem abgenutzten Polsterstuhl und besaß nichts mehr als seinen Doktortitel. Seine Glückssträhne war vorbei.

Es stellte sich heraus, dass die Nacht in Las Vegas kein Einzelfall gewesen war. Er hatte seine Kreditkarten überzogen, das Haus mit einer Hypothek belastet, Geld aus seiner eigenen Praxis gestohlen und schuldete einer Reihe von seriösen (Lenny) und unseriösen (Mad Victor DiFalco, ein Kredithai von der Lower East Side) Menschen Geld.

Wie Sisyphos mussten die Darlings in Brooklyn noch einmal ganz von vorne anfangen. Jack Darling hat keine eigene Praxis mehr. Jetzt ist er ein Zahnarzt unter drei anderen über der chemischen Reinigung an der Ecke 4th Avenue und 91st Street, eine Adresse, die niemals auch nur gut sein wird.

Seine Frau Rainy hatte ihm nie verziehen. «Ich vergebe dir, Jack», hatte sie gesagt.

Er hatte ihr nicht geglaubt, sie hatte es auch nicht so gemeint. Sie hätte sowieso lieber einen richtigen Arzt gehabt. Einen Arzt-Arzt, keinen Zahnarzt. Und zwar einen, der nicht spielt. Glücksspiel war für ein Mädchen aus dem Mittleren Westen in etwa so abstoßend wie Rainys Schwägerin Lois, die ihr Haar grau werden ließ und keinen BH trug.

Aber Jack ist gern Zahnarzt. «Jeder Mund hat eine Geschichte», sagt er immer. Wenn diese klaffenden Münder zu ihm aufblicken, gestopft mit Gaze, überquellend von Spucke, und ihm seine Zahnarzthelferin Mrs Brennan, eine 48-jährige Witwe, den winzigen Mundspiegel oder den Bohrer reicht, fühlt er sich lebendig. Er singt irische Volkslieder, während er Plaque entfernt. Er könnte wieder glänzen, wenn die Leute ihm nur eine Chance geben würden.

Auch Jack Darlings Status im Gefüge der Familie war ins Rutschen geraten. Dass er vom Witzemacher zur Witzfigur wurde, ging so schnell, dass Jack keine Zeit hatte zu reagieren. Lenny ist jetzt der Lieblingssohn.

Juliettes Großvater trägt seit acht Jahren die Kosten für die Privatschule mit den zwei Teichen und den sechs Enten, auf die sie geht. Und er schmiert es Juliettes Vater bei jeder sich bietenden Gelegenheit aufs Butterbrot.

Zum Beispiel erinnert ihr Großvater ihn an den hohen Feiertagen daran, wenn man Buße tun soll.

Baruch atah Adonai …

Möge es Dein Wille sein, unser ewiger G-tt, dass dies ein gutes und schönes Jahr für uns werden wird. Und möge mein Sohn Jack in die Lage versetzt werden, mein Darlehen zurückzuzahlen. Endlich. Amen.

Ihr Großvater fand das sehr lustig. Alle lachten, sogar Juliette, sogar ihr Vater.

Ihr Großvater erinnert ihren Vater daran, sobald er ihm die Tür aufmacht. «Oh, kommst du nur zu Besuch oder um endlich alles zurückzuzahlen?»

Er erinnert ihn daran, wenn er wieder aufbricht. «Ich versichere dir, die Zinsen werden vor dem nächsten Jahr nicht steigen, mein Sohn.»

Juliettes Großvater Hy Darling war als Hyman Lipschitz geboren worden. Dass er seinen Namen geändert hatte, begründete er Juliette gegenüber so: «Kaufst du deine Versicherung eher bei einem Lipschitz oder bei einem Darling?» Und alle nennen ihn immer Hy wie Hi, was bei Cocktailpartys für großartige Gesprächsauftakte sorgt. «Hy Darling!» erntet jedes Mal wieder Lacher, und im Zuge dessen gelingt es ihm dann sogar, ein paar Versicherungspolicen zu verkaufen. Mit Lennys Hilfe, der das Unternehmen modernisiert hat («Er verkauft Versicherungen, damit eure Erstgeborenen in Harvard, Yale oder Princeton angenommen werden»), ist das Versicherungsbüro Darling eine sichere Bank geworden.

Hy Darling ist kein einfacher Mensch. Er geht schnell in die Luft. Juliette liebt ihn trotzdem. Sie weiß noch, wie er ihr als kleinem Mädchen von sechs, sieben Jahren immer komische Fragen stellte.

«Können Schweine fliegen, was meinst du?»

«Nein», kicherte sie. «Natürlich nicht.»

«Aber woher weißt du das?»

«Also, ich sehe hier keine Schweine rumfliegen.»

«Schlaue Antwort, aber nur, weil wir etwas nicht sehen können, heißt das nicht, dass es nicht existiert.»

Als wollte er ihr ein bedeutendes Geheimnis anvertrauen, beugte er sich vor und fragte Juliette: «Und was ist mit Bagels, was ist deine Meinung zu denen? Findest du, das Loch im Bagel lässt ihn besser schmecken?»

«Ich weiß nicht, Tata.»

«Streng dich an, mein süßes Mädchen, irgendwo müssen wir auf die Antwort stoßen. Versuch es in der Küche, und wenn du schon mal da bist, bring den Frischkäse mit.»

Sie liebte es, dass sich alle ihm zuwandten, um ihm zuzuhören, dass sie seinen Geschichten wie Legenden aus einer längst vergangenen Zeit oder griechischen Mythen lauschten. Die Namen seiner älteren und jüngeren Geschwister kamen oft darin vor, Mildred, Sara, Sam, Jacob, einige von ihnen leben noch – Onkel Sam, Onkel Jacob, der einmal Diebe verdroschen hatte, diese Nudniks, als sie bei ihnen einbrechen wollten, ihre Großtante Millie, die wegen eines Schlaganfalls nur noch seitlich aus ihrem verzerrten Mund spricht –, und einige sind tot wie seine jüngste Schwester Sara.

Aus Juliettes Sicht haben ihr Vater und ihr Großvater eine Beziehung der alten Schule, wo Söhne ihre Väter mit «Sir» anreden. Auf der Welt gibt es viele verschiedene Arten von Männern. Hartgesottene Männer wie ihren Großvater, die wissen, was sie wollen. Weiche Männer wie ihren Vater, die es nicht wissen und das mit Witzen überspielen. Mysteriöse Männer wie ihren Bruder George. David zählt noch nicht ganz als Mann. Und Rico? Juliette fragt sich, was für eine Sorte Mann er ist. Na klar, die sehr süße, sehr sexy Sorte.

Jack Darling liest weiter laut aus der Zeitung vor, ohne zu merken, dass niemand ihm zuhört. «Schach erlebt in Amerika ein Comeback. Dieser Junge aus New Jersey, Joel Benjamin, Schachmeister mit erst dreizehn Jahren und zwei Monaten, und damit in jüngerem Alter als Bobby Fisher. Das ist doch mal was!»

«Jack! Das hier klemmt, Jack, kannst du mir mal helfen und aufhören, Sachen vorzulesen, die niemanden interessieren?»

«Also, ich bin mir sicher, Mr und Mrs Benjamin interessiert es», sagt er und steht auf, um sich nützlich zu machen.

Rainy lehnt über der Spüle und versucht, das verdammte Fenster aufzubekommen, um mehr Luft in die Frühstücksnische zu lassen. Die Sonne röstet den Raum, ein schimmernder Hitzeschleier liegt auf allem. Wie eine Scheibe Schmelzkäse ist der Tag dabei, seine Form zu verlieren. Es wird sengend heiß werden.

Juliette blickt von ihrer Müslischüssel auf. Sie isst die matschigen Flocken und die als Rosinen getarnten zuckrigen Stückchen. Belustigt schaut sie ihren Eltern zu, als würde sie einen ausländischen Film ohne Untertitel anschauen – wie sie sich bewegen, ohne dass ihre Stimmen Sinn ergeben. Ihre Mutter kauft das

Müsli der Marke Raisin Bran, weil es gesund ist. Jahre später wird in einer Undercover-Reportage aufgedeckt werden, dass Raisin Bran eines der ungesündesten Getreideprodukte überhaupt ist – mit massenweise raffiniertem Zucker, Maissirup und Kohlenhydraten. Rainy Darling bestreitet bis zum heutigen Tag, dass sie es jemals gekauft hat, und besteht darauf, dass sie alle zum Frühstück immer Scones mit Marmelade gegessen haben. Scones?

Juliette wird sich heute von nichts und niemandem die Laune verderben lassen.

Sie legt die Hand auf ihre Brust, dahin, wo Rico sie berührt hat. Die Stelle ist immer noch warm.

Juliette fühlt sich französisch, blass und zierlich, mit knallrotem Lippenstift, den Blick in die Ferne gerichtet. Sie trägt eine Baskenmütze, nein, sie trägt keine Baskenmütze, sie raucht Zigaretten und trinkt Rotwein oder tunkt vielleicht ein Croissant in ihre Schale mit Milchkaffee.

«Bitte setz dich aufrecht hin, Juliette.» Plötzlich steht ihre Mutter hinter ihr in dem französischen Café. «Deine Körperhaltung zeigt der Welt, wie du behandelt werden möchtest. Soll die Welt dich behandeln wie Oliver Twist?», fragt ihre Mutter.

Oh, oh, jetzt ist sie zur Zielscheibe für den Zorn ihrer Mutter geworden. Wie einem Junkie, der eine Ader findet, gibt es Rainy Darling einen Kick, Fehler zu finden: Gabeln auf der falschen Seite, Leute, die zu laut durch den Mund atmen, ihr Leben.

«Jack! Georges Flugzeug. Uhrzeit? Terminal?» Sie spricht mit ihm wie mit einem Ausländer.

«14:00 Uhr, eins, vier, null, null, im schönen TWA-Terminal, Ma'am», erstattet er Bericht und steckt sich den letzten Happen Toast in den Mund, dann springt er auf und holt die Autoschlüssel. Er weiß, was von ihm erwartet wird.

«Dann hab bitte die Uhr im Blick, hopp, hopp», sagt Rainy Darling mit geröteten Wangen.

Sie hält sich heute nicht zurück.

«Hey, Kleine, willst du mitkommen? Ich möchte Zeit mit dir verbringen.»

Juliettes Vater wirft seine Autoschlüssel in die Luft.

Sie weiß, dass er keine Lust hat, Zeit mit ihr zu verbringen.

Jack Darling versteht sich gut mit jungen Leuten. Ein Leben lang hat er sich darauf vorbereitet, ein cooler Vater zu sein. Er hat immer davon geträumt, dass seine Kinder ihre Freunde nach Hause mitbringen und er dann cool mit ihnen abhängt und redet, Mann. Er würde derjenige sein, der ihnen allen das erste Bier spendierte, und dann würde er mit einem imaginären Schlüssel seinen Mund abschließen. Er würde die bedeutungsvollen Gespräche mit ihnen führen, ihnen die Tatsachen des Lebens erklären oder Ratschläge in puncto Damenwelt erteilen. Aber George verbrachte leider als Teenager die meiste Zeit auf der Bühne, und Juliettes einziger Freund scheint dieser kranke Junge von nebenan zu sein, David.

Erst neulich hat er sogar versucht, mit ihm Kontakt aufzunehmen. Übrigens, Jack Darling kann mit Krebs nicht gut umgehen. Krebs ist eine Nummer zu groß für ihn. Auf ihrer Seite hatten die Darlings eine Terrasse angelegt. Der Spitzahorn hatte gefällt werden müssen, sonst hätten sie keine Sonne gehabt. Die Haddads nutzten ihr kleines Stück Land zum Anbau von Tomaten, Kräutern, Salat, Kürbis und Stangenbohnen.

Jack schob gerade das Garagentor hoch, um den Wagen herauszuholen, als er bemerkte, dass David auf einem Esszimmerstuhl draußen saß und las. Traditioneller Kirschholzstuhl mit gestreiftem Polstersitz. Die Haddads besaßen keine Gartenstühle, und Jack Darling war sich nicht sicher, ob das religiöse Gründe hatte oder ob sie sich keine leisten konnten. Die Wahrheit ist, Joseph Haddad mag keine Klappstühle. Er schätzt robustere Möbel, die die Menschen überdauern.

«Hey, Kumpel, wie geht's dir?», schoss es Jack Darling über die Lippen, bevor er eine Chance hatte, die Frage hinunterzuschlucken. «Sorry, das wollte ich nicht fragen.»

«Mir geht's gut.» David blickte auf. «Wie geht es Ihnen?»

«Ging mir nie besser.» Das hätte er sich auch verkneifen können. «Was machst du hier draußen?»

«Frische Luft schnappen.»

«Auf einem Esszimmerstuhl?»

«Es ist dieselbe frische Luft.»

«Haha, der war gut», lachte Dr. Darling. «Willst du einen von unseren Gartenstühlen haben?» Er ging schon los, um einen zu holen.

«Nein, eigentlich nicht, Dr. Darling, aber wenn Sie mir unbedingt einen bringen möchten, nehme ich ihn.»

Dr. Darling klappte den Stuhl auf und stellte ihn auf seine Terrasse. «Genau genommen ist das ein Liegestuhl, perfekt für ein Nickerchen und wirkt Wunder bei Krampfadern.»

Ein Schweigen von geschlagenen vier Sekunden folgte.

«Hör zu, mein Sohn, wenn du mal reden willst, so ein Vater-Sohn-Gespräch führen, ich bin da.»

«Danke, Dr. Darling. Und andersherum genauso.»

«Alles klar, ich muss dann mal los, Zähne putzen, haha. Schön, dass wir die Gelegenheit für einen kleinen Plausch hatten. Isses draußen zu heiß, kauf dir ein Eis», sagte Dr. Darling mit einem Fingerschnippen, als stünde er in einem Nachtklub auf der Bühne. Er setzte mit dem Wagen zurück.

Trottel. Ein netter Trottel, aber trotzdem ein Trottel. So würde David Dr. Darling beschreiben. Er wendet sich wieder seinem Buch zu, *Grashalme*.

*Zu Fuß und mit leichtem Herzen mache ich mich auf den Weg,
den offenen,*
Gesund, frei, vor mir die Welt,
Der lange braune Pfad vor mir führt, wohin immer ich will.

Von nun an verlange ich kein Glück mehr, ich bin mein Glück,
*Von nun an winsle ich nicht mehr, verschiebe nichts mehr,
brauche nichts,*
*Hinter mir die Zimmerbeschwerden, Bibliotheken, mürrischen
Vorwürfe,*
Stark und genügsam reise ich auf der offenen Straße.

Ja, die Welt wartet, denkt David, auf einem Esszimmerstuhl vor
dem Haus sitzend und nirgendwohin unterwegs.

Der einzige Grund, warum ihr Vater sie gebeten hat mitzukommen, ist der, dass er später nicht allein mit George im Auto sitzen
will. Sie weiß das. George und ihr Vater haben kaum miteinander gesprochen, seit George vor vier Jahren weggegangen ist. Ihr
Vater ist immer noch wütend auf ihn, weil er sein Leben weg-
geworfen hat, weil er nicht an einer erstklassigen Uni studiert,
sondern einfach abgehauen ist, seiner Leidenschaft gefolgt – etwas, wozu ihr Vater nie den Mut gefunden hat. Juliette ihrerseits
will nicht zu Hause bleiben. Ihre Mutter steht gerade auf der
Trittleiter und hängt das «Welcome Home»-Banner auf. Sogar
Luftballontiere hat sie gekauft, als wäre George vier. Noch hüpft
der hellblaue Pudelballon unruhig auf dem Sofa hin und her, das
mit einer Plastikhülle überzogen ist für den Fall, dass jemand mit
seinen klebrigen Händen Traubensaft verschüttet.

«Ja, Dad, ich fahre mit.»

«Dass George heute nach Hause kommt!», freut sich ihre
Mutter.

«Hurra! Hurra!», stimmt Juliette unerwartet das Revolutions-lied *When Johnny Comes Marching Home* an, das sich auf das fiktive Schicksal des vierzehnjährigen Johnny Tremain im Amerikanischen Unabhängigkeitskrieg bezieht. Juliette stellt ihre Müslischale in die Spüle und marschiert singend aus der Küche.

We'll give him a hearty welcome then
Hurrah! Hurrah!
The men will cheer, and the boys will shout
The ladies they will all turn out
And we'll all feel gay
When George comes marching home today.

«Kifft sie jetzt oder was?», fragt Rainy Jack.

Juliette hat aus einer Vielzahl von Gründen eingewilligt, mit ihrem Vater mitzufahren. Bei Autofahrten findet sie Dinge heraus. Während einer Autofahrt hat Juliette zum ersten Mal gehört, dass Hamburger von Kühen stammen. Sie hat erfahren, dass der Vietnamkrieg schrecklich war, einfach schrecklich, und dass es in Amerika früher netter war. Sie hatte gelernt, dass man ein Foto vom Mars machen kann und dass Milky Way schlecht für die Zähne ist.

Sie erfuhr, dass Onkel Lenny ein Glasauge hat. Sammy Davis Jr. auch. Nur ist Sammy Davis Juniors Murmelauge nicht blass-blau und milchig, weil er schwarz ist, ein «Schvartzer», wie ihre Großeltern sagen. Ihre Eltern verboten ihr, dieses Wort jemals zu benutzen, aber wenn sie bei den Großeltern zum Brunch sind, tun sie es alle. Selbst wenn Laura hereinkommt und den Kaffee serviert, die Haushälterin ihrer Großeltern, die schwarz ist.

Abgesehen von Laura kennt Juliette eigentlich keine Schwarzen. Und Laura kennt sie eigentlich auch nicht, wenn sie ehrlich ist. Sie weiß weder ihren Nachnamen noch, wo sie wohnt. Sie weiß nur, dass Laura wochentags bei ihren Großeltern wohnt, in einem kleinen Zimmer neben der Küche, in dem eine Pritsche und ein Schwarz-Weiß-Fernseher stehen. Sie trägt immer schwarze Dienstkleidung und eine weiße Schürze. Ob sie wohl Kinder hat?, fragt sich Juliette.

1977 schaute Juliette wie jeder andere Amerikaner auch acht Abende lang am Stück die Miniserie *Roots* im Fernsehen. Bei der Szene, in der Kunta Kinte ausgepeitscht wird, litt sie mit ihm. Am nächsten Sonntag, bei den Großeltern, konnte sie es kaum erwarten, mit Laura darüber zu sprechen. Aufgeregt legte sie ihr die Hand auf den Rücken und erzählte ihr, wie sie sich beim Ansehen von *Roots* gefühlt hatte. Sie wollte, dass Laura beifällig nickte und verstand, dass Juliette auf ihrer Seite war. Sie hasste die Sklaverei. Was für eine grauenvolle Vergangenheit. Laura sagte bloß, sie habe keine Zeit zum Fernsehen, holte die blaue Dose herunter und fragte, ob Juliette einen Keks haben wolle.

Es war dort bei ihren Großeltern, als sich für die Darlings alles änderte. Juliette war vielleicht vier, fünf, sechs Jahre alt. Sie brachen von ihrem wöchentlichen Besuch auf, standen im Flur, zogen Mäntel und Mützen, Stiefel und Schals an. Sie hörte zum ersten Mal, dass ihr Vater spielte und dass das sehr schlecht war.

«Ich habe einfach kein Glück gehabt», sagte ihr Vater.

«Das hat nichts mit Glück zu tun!», rief Tata.

«Es hat ausschließlich mit Glück zu tun. Wenn ich Glück habe, meckert niemand.»

Wie bei einem griechischen Chor kamen von allen Seiten Rufe, sogar von Gamma. «Was redest du da?» «Wie konntest du nur?» «Was hast du dir dabei gedacht?» «Du spielst zu viel.» «Warum spielt er so viel?» «Kannst du ihn nicht einfach vom Spielen abhalten?»

«LASST IHN SPIELEN!», kreischte Juliette in das Stimmengewirr hinein, aber Gamma legte ihr beschwichtigend den Arm auf die Schulter und bugsierte sie in die Küche, wo Laura ihr köstliche dänische Kekse aus der blauen Dose gab, und sie setzten sich zusammen auf ihre Pritsche, Juliette in Mütze und Mantel, und schauten zusammen *Der Preis ist heiß*, bis das Geschrei abgeebbt war.

Als Juliette wieder in den Flur kam, hatte ihr Vater die Augen eines kleinen Jungen, und sie wusste, dass er nie in der Lage sein würde, sie zu verteidigen. Ihre Mutter sah sie zum ersten Mal mit verschmierter Wimperntusche. Sie unternahm nicht einmal den Versuch, die Schlieren wegzuwischen, als wollte sie die Welt sehen lassen, dass sie ein sehr trauriger Clown war. Es war nicht das erste Mal, dass George sich entzog. Wie ein Tier, das weiß, wann ein Sturm aufzieht, ist George weg, sobald er spürt, dass sich etwas zusammenbraut. Kaum dass sie ins Auto eingestiegen waren, um nach Hause zu fahren, war er eingeschlafen.

Es fing an zu regnen. Dicke Tropfen prasselten wie Geschosse aus dem dunklen Himmel auf das schwarze Vinyldach ihres Dodge Dart. Plopp. Plopp. Die Scheibenwischer zischten aggressiv hin und her, hin und her. «Wir kriegen dich. Wir kriegen dich», zischten sie. «Überleg dir das gut», sagte der Regen.

Juliette beobachtete ihre Eltern durch die unsichtbare Wand zwischen Vorder- und Rücksitz hinweg. Bis zu diesem Abend war «Nicht vor den Kindern!» die Handbremse, mit der man einen Streit ins Schlafzimmer verlegte oder leiser werden ließ. Und auch wenn man durch die papierdünnen Wände hindurch alles hören konnte, hatte es wenigstens den Anschein, als würden sie sich Mühe geben.

«Danke für deine Unterstützung, Rainy, das war ganz toll», sagte Juliettes Vater mit einer Stimme, die sie nicht erkannte.

«Wirklich, Jack, was soll ich denn machen?»

Und Juliette sah, wie ihr Vater sich mit verzerrtem Gesicht ihrer Mutter zuwandte. «Was soll ich denn machen?», wiederholte er mit höhnischer Monsterstimme.

Juliette runzelte verwirrt die Stirn. Vielleicht war ihr Vater nicht wirklich ihr Vater, sondern jemand ganz anderes. Sie würde ihn nie wieder mit denselben Augen sehen, das schwor sie sich. Aber mit der Zeit vergaß sie es.

Rainy Darling trommelte mit den Fingern gegen die Autotür und blickte aus dem Seitenfenster. Auch ihr hatte ein anderes Leben vorgeschwebt.

Das war die Nacht, in der ihre Eltern aufhörten, sich Mühe zu geben. Von da an trug ihr Vater fleckige Hemden, ihre Mutter zu viel Make-up, und sie nahmen beide kein Blatt mehr vor den Mund.

Juliette legte die Handfläche an die kalte Scheibe und zeichnete mit dem Finger die außen herunterlaufenden Regentropfen nach. Als sie den Blick hob, sah sie den Mond, der hoch am dunklen Himmel stand und sie direkt anblickte. Egal, wie schnell oder langsam sie fuhren, ob sie in die eine oder die andere Richtung abbogen, er war immer oben links und folgte ihr. Das empfand sie als tröstlich.

Für den Rest ihres Lebens würde sie immer Trost finden, indem sie zum Mond aufschaute. Selbst wenn die Schwärze undurchdringlich zu sein schien, war es, als hätte jemand für sie das Licht angelassen.

Jetzt ist es Zeit für den Beifahrersitz. Sie hat die Führerscheinprüfung nicht bestanden, sie konnte nicht einparken und hat ein Stoppschild überfahren. Aber wenigstens ist es nicht der Rücksitz. Beifahrersitz bedeutet die Gelegenheit, Fragen zu stellen und Geschichten zu hören. Sie will herausfinden, warum Onkel Lenny und ihr Vater nicht gut aufeinander zu sprechen sind.

Sie versteht es nicht, die beiden sprechen doch miteinander. Sie möchte sich nach der Ehe von Onkel Lenny und Tante Lois erkundigen, von der ihre Cousine Lee sagte, sie bestünde nur auf dem Papier, *ausschließlich* auf dem Papier. Juliette wollte Lee fragen, was das heißen soll, aber Lee war zu beschäftigt damit, Gras zu rauchen und sich die Fußnägel zu lackieren. Sie will fragen, ob David sterben wird, und zwar *wirklich* sterben, und zwar bald. Juliette erwägt, ihrem Vater vielleicht zu sagen, dass sie sich verliebt hat. Aber sie könnte nicht ertragen, dass er einen blöden Witz macht. Nein, sie wird es ihm nicht sagen.

Ihr Vater schaut geradeaus, seine Hände liegen nicht auf zehn und zwei Uhr auf dem Lenkrad, sondern auf fünf und sieben. Er wirkt entspannt. Wenn man einander nicht ins Gesicht sehen muss, ist es einfacher, sich zu unterhalten.

Juliette und ihr Vater befinden sich auf dem Belt Parkway, einem Streifen Autobahn ohne ein bemerkenswertes Detail, selbst die Bäume und Sträucher wirken, als hätten sie einst höher hinausgewollt, aber aufgegeben. Im Hintergrund sieht man Häuser mit billigen weißen Linoleumverkleidungen, Autos, die auf Überführungen fahren. Keine Liebe, so weit das Auge reicht.

Er überrascht sie mit einer echten Frage: «Wie geht es dir, Kleine?»

«Wie es mir geht?»

«Ja, wie geht's dir?»

«Mir geht's gut, Dad.»

«Das ist alles? Mir geht's gut, Dad?»

«Was soll ich denn sagen?»

«Ich möchte, dass du sagst, es geht dir gut – und mich dann fragst, wie es mir geht.»

«Also, wie geht's dir, Dad?»

«Ich bin so zufrieden wie eine Zecke auf einem großen, fetten Hund.»

Juliette stöhnt. Nichts wird sich ändern. Aber das ist schon in Ordnung. Das Vertraute ist irgendwie tröstlich.

«War nicht gut?» Er sieht kurz zu ihr herüber und wechselt die Spur.

Zur Antwort bekommt er ein Augenrollen.

«Frag mich noch mal. Wenn du beim ersten Mal keinen Erfolg hast, gib nicht auf, versuch es weiter.»

«Okay, Dad, wie geht's es DIR?»

«Wenn es mir noch besser ginge, wäre es illegal.»

Sie stoßen ein gemeinsames Stöhnen aus.

«Neeeein, das ist furchtbar.»

Ihr Vater lächelt ein bisschen stolz, oh, wie sie ihn liebt, ihren Vater, sie kann nicht anders. Sie fängt an zu lachen.

«Na gut, frag mich noch mal!»

«Hey, Dad, was ich dich noch fragen wollte: Wie geht's dir?»

«Medium well. Wie ein gutes Steak.»

Juliette kichert. Er drückt ihr Knie, und sie kreischt auf wie ein kleines Mädchen.

«Es ist wichtig, dass man eine gute Vater-Tochter-Beziehung hat. Das habe ich gerade erst im *Reader's Digest* gelesen. Wie du weißt, hatte ich nie eine gute Beziehung zu Tata.»

«Na ja, du warst auch nicht seine Tochter.»

Ohne darauf zu reagieren, redet er weiter, erzählt ihr lauter Sachen, die sie schon kennt.

«Ich weiß noch, wie er mich angebrüllt hat, weil ich mir nicht die Schuhe binden konnte.» Er schüttelt den Kopf, seine Miene bewölkt sich. «Ich weiß noch, wie ich gehört habe, dass er Onkel Lenny mit dem Gürtel verdroschen hat und ...» Er unterbricht sich mitten im Satz und beißt sich auf die Unterlippe.

Nur das Geräusch vorbeifahrender Autos.

Jack Darling richtet den Blick fest auf die Straße und biegt in Richtung Terminal 5 ab. Juliette starrt aus dem Beifahrerfenster.

Wie verwindet man seine Kindheit? Soll man das überhaupt? Die großen Verletzungen, die kleinen Verletzungen. Beim Völkerball als Letzte in ein Team gewählt worden sein. Von den Eltern nicht geliebt werden. Aufgeschürfte Knie. Sich einsam fühlen.

Wie lernt man zum Beispiel, dass es unhöflich ist, ein verheiratetes Paar zu fragen, ob sie sich noch lieben? Wie bereitet man ein Abendessen für vier Personen zu? Wie reagiert man auf einen Typen, der einem auf der Straße zuruft: «Schätzchen, ich hoffe, es wird ein Junge!», obwohl man nicht schwanger ist? Wie teilt man sich mit jemandem ein Bett, wo man doch seit seiner Geburt immer alleine geschlafen hat? Wie soll man überhaupt wissen, wie man aussieht, wenn der einzige große Spiegel im Haus einem den Kopf abschneidet? Oder wenn einem nie jemand gesagt hat, dass man hübsch ist, sondern die eigene Mutter, seit man angefangen hat, ein bisschen zu wachsen, behauptet, man würde eine Riesin werden. Wie lernt man das alles?

9

Das Terminal der Trans World Airlines, besser bekannt als TWA, ist so gebaut, dass es wie ein Vogel mit ausgebreiteten Schwingen aussieht, geschwungen und gewunden. Egal ob man nach Tahiti abheben will oder einen Fluggast abholt, die Menschen eilen durch ein Gebäude, in dem man sich bereits fühlt, als flöge man. Jeder will irgendwohin.

Juliette und ihr Vater fangen wild zu winken an, sobald sie George durch die Menge auf sich zukommen sehen, einen Kopf größer als die meisten anderen Passagiere.

Bis zu diesem Moment hat Juliette nicht gemerkt, wie sehr sie ihn vermisst hat. Und jetzt freut sie sich so unbändig. Sie ist ein großes Mädchen, das auf und ab springt.

«George! Hierher! Wir sind hier!», schreit sie.

Sowohl sie als auch ihr Vater rennen auf ihn zu – die Höhen stimmen nicht überein, Arme treffen auf Köpfe, Ellenbogen stoßen unbeholfen gegen T-Shirts, verfangen sich in Achselhöhlen, Dads Aftershave vermischt sich mit Flugschweiß, die Koffer sind im Weg.

Lachen und Gesprächsfetzen schweben durch das Terminal. Wie war dein Flug? Wie geht es dir? Er war verspätet. Du bist bestimmt erschöpft. Sieh mal einer an, wie groß du geworden bist. Kinder werden hochgehoben. An die Brust gedrückt und herumgewirbelt, Großeltern beugen sich hinab. Kleine Gruppen bilden sich um die Rückkehrer und nehmen sie in ihre Mitte auf, wir gehören zusammen, du gehörst zu uns, sagen ihre ausgestreckten Arme, die umfangen und beschützen.

Diese Momente sind immer die gleichen.

George hat weißblond gefärbtes Haar, das er auf der einen Seite geschoren, auf der anderen lang trägt. Um den Hals hat er ein Nietenhalsband aus Leder, und seine teure schwarze Anzugjacke, die er zuletzt bei seiner Highschool-Abschlussfeier getragen hat, ist von Pins übersät. Pins von The Clash, U.K. Subs, ein Button, auf dem «Ich bin ein Chaot» (echt jetzt?) steht, steckt an seinem Revers. Da gibt es eine Menge zu verdauen. Ihr Vater reagiert überhaupt nicht auf Georges Aufmachung. Er flippt total aus. Wie ein Trainer nach einem guten Spiel klopft er ihm die ganze Zeit auf die Schulter, wobei er es sorgsam vermeidet, auf die Pins zu hauen. Ihr Vater sieht klein und verloren aus neben George.

«Gut, dich zu sehen, Sohn. Gut, dich zu sehen, Sohn.»

George antwortet wie aus der Pistole geschossen: «Gut, dich zu sehen, Vater. Gut, dich zu sehen, Schwester.»

Alle drei lachen.

Es gibt den üblichen Kampf um die Koffer.

«Lass mich die nehmen.»

«Nein, schon gut, Dad.»

«Lass deinen alten Vater …»

«Nein, die sind echt schwer.»

«Komm, wir parken da drüben.» Am Ende reißt Jack Darling sie George förmlich aus den Händen.

George schlingt einen Arm um Juliettes Schulter.

«Sieht so aus, als wollte Vater uns zeigen, wer der Mann im Haus ist.»

«Du siehst anders aus, George, du siehst cool aus.»

«Das höre ich nicht zum ersten Mal, danke, luv.»

Juliette erinnert sich an den Tag, an dem George aufhörte, George zu sein. Es war direkt nach seinem Abschlussball. George war in die Küche gekommen. Es war bereits Nachmittag.

Rainy Darling kreischte: «Wie war es? Ich will jedes Detail wissen!»

«Tja, es war bombig», sagte George. «Oh, was für ein schöner Morgen, was für ein schöner Tag», fuhr er fort und zog die Küchenvorhänge auf.

Juliette sah irritiert zu. Das war ganz schön viel Pathos für seine Verhältnisse.

«Ich wusste es», sagte ihre Mutter und drehte sich von der Spüle weg, obwohl das Wasser noch lief. «Ich fand, Kathy sah hinreißend aus. Ihr seid ein schönes Paar. Ich kann es kaum erwarten, dass die Fotos fertig sind.»

«Mom, Dad, ich bin zu einem Entschluss gekommen. Oder nennen wir es eine Erkenntnis. Ich werde im Herbst nicht aufs Carnegie Mellon gehen.»

Ein riesiges, fettes Schweigen.

«Denn die Wahrheit ist die Wahrheit, bis ans Ende der Zeit», fügte er noch hinzu, als hätte er nicht mehr alle Tassen im Schrank.

«Was redest du da?», fragte ihre Mutter.

Obwohl Juliette sich mit ihrer Mutter selten einig war, fragte sie sich auch, was zum Teufel George da von sich gab.

Wie durch ein Wunder schien ihr Vater die Mitteilung mitzubekommen. Er blickte von seiner Zeitung auf. Juliette hörte auf, ihr Müsli zu essen. Alle starrten George an, als hätte er Suaheli gesprochen.

«Bist du betrunken?», fragte ihr Vater in der Hoffnung, es sei ein Scherz gewesen.

«Was ist gestern Abend passiert?», fragte ihre Mutter.

«Nichts ist passiert. Ich hatte nur die Erkenntnis, dass das Leben mehr zu bieten hat als geliehene Fracks und Polyester-Fliegen.»

«Aber alle leihen sich einen Frack», sagte ihre Mutter perplex.

«Also, ich freue mich für dich, dass du eine ‹Erkenntnis› hattest», ihr Vater zeichnete Anführungszeichen in die Luft, «das gefällt mir. Ich hatte nämlich auch eine Erkenntnis. Du gehst aufs College, so wie jeder andere auch, und zwar auf das College, das dich angenommen hat. In diesem Sinne», Jack stand auf und drehte den Wasserhahn zu, «ich muss mich um ein paar Patienten kümmern, die Zahnschmerzen haben. Habt einen schönen Tag.»

Er ging singend aus der Küche.

I can see clearly now the rain is gone
Gone are the dark clouds that had me blind

Juliette blickte wieder von ihrer Schale auf, um zu sehen, wie ihre Mutter reagierte. Sie schüttelte zwei Päckchen *Sweet ’n Low*, schnippte mit dem Finger dagegen – schnipp-schnipp – und leerte sie in ihren Eistee. Die pudrigen Schneeflocken waren noch nicht bereit, sich so schnell aufzulösen, und kämpften um ihr Leben, die Glücklichen unter ihnen schafften es auf einen Eiswürfel, doch das Glück war von kurzer Dauer. Der Löffel rührte sie wütend in einen Tornado – klirr-klirr, klirr-klirr. Ihre Mutter runzelte die Stirn und eilte aus der Küche, wobei sie ihren Eistee vergaß.

George war zufrieden damit, allein in der Küche zurückzubleiben. Juliette saß immer noch am Tisch.

Er fing an, *I’m Free* von den Stones zu singen, *to do what I want any old time.*

Dieses eine Gespräch mochte damit beendet sein, aber ansonsten war damit nichts beendet. Gar nichts. Tatsächlich spornten sie George unwillentlich nur noch an. Je mehr sie mit ihm stritten, desto entschlossener wurde er. Was vielleicht anfangs bloß eine alkoholselige Idee gewesen sein mochte oder eine Probe aufs Exempel, wurde zu seinem schonungslosen Manifest im Che-Guevara-Stil.

Juliette klopfte an diesem Abend an seine Tür.

«Willst du wirklich nicht hin? Ich meine, warum? Das College soll doch Spaß machen.»

«Ich weiß nicht, ob du das verstehen kannst», sagte er, wobei er seinen langen Körper auf dem zu kleinen Bett ausstreckte, «aber ich habe letzte Nacht etwas gespürt. Als Kathy, Tommy, Laura und ich getanzt und getrunken haben. Wir sind mit der Limousine zu einem Club in der City gefahren. Es fiel mir wie Schuppen von den Augen: Ich sah auf einmal, dass dieses Leben, das ich führe, nur eine Rolle ist, die ich spiele, wie Curly in *Oklahoma* oder Tony in der *West Side Story*.»

George und Kathy waren seit der zehnten Klasse zusammen. Sie waren zusammen in jedem Schulmusical und jeder Schulaufführung aufgetreten. Sie fuhren zusammen ins Theatercamp in die Berkshires. Sie spielten beide Hauptrollen in *Die zwölf Geschworenen* und waren auf dem Plakat. Sie fühlten sich so wohl dabei, auf der Bühne ein Paar zu spielen, dass sie auch im echten Leben ein Paar wurden. Juliettes Mutter hätte nicht begeisterter sein können. Kathy war zierlich und hatte einen kräftigen Sopran. Sie hatte wunderschönes gewelltes blondes Haar, das sie zu einem Pferdeschwanz band, außer wenn sie es wusch und sonntags mit Zitronensaft beträufelte. Kathy war wirklich die Sorte Mädchen, die man sich als Babysitterin für seine Kinder wünscht. Sie machte in ihren Büchern mit gelbem Textmarker Unterstreichungen und hielt, wenn sie für die Schule oder fürs Theater ihren Text auswendig lernte, Karteikarten in den zarten Händen.

Juliette hatte Kathy immer gemocht, weil die beiden sie zu ihren Dates mitnahmen – ins Kino oder zum Bowling. Juliette, die damals erst zehn war, saß im Kino zwischen ihnen und kam sich vor, als hätte sie die jüngsten und coolsten Eltern. Kathy war liebenswürdig, sie lachte über Georges Witze und kaufte Juliette

Popcorn und sprach mit ihr wie mit einem süßen kleinen Mädchen, obwohl Juliette fast genauso groß war wie sie.

Aber was auch immer in der Nacht des Abschlussballs passiert war, es wirkte sich auf die gesamte Klasse aus. Am Tag der Abschlussfeier saß der «lässige George», der «Spaßvogel George» mit seiner Darling-Familie in der sengenden Sonne. Seine Kumpels und seine Ex-Freundin Kathy lächelten ihm nur höflich von ferne zu.

«Wir haben uns einvernehmlich getrennt.»

«Wieso redest du so?», wollte Juliette wissen. «Wieso verhältst du dich so anders?»

Die Darlings taten alles, George davon zu überzeugen, wieder der alte George von vor dem Abschlussball zu werden. Aber George blieb konsequent. Am Tag nach der Feier ging er zur Bank und kündigte die Sparbriefe, die er zu seiner Geburt bekommen hatte. Schließlich war er achtzehn Jahre alt. Am nächsten Tag kaufte er ein One-Way-Flugticket nach London. Adios. Toodaloo. Cheers, luv. Auf alle Fälle war er weg.

Ding. Dong. Bei den Darlings klingelt es an der Haustür. Rainy Darling schreit: «Oh, bist du das? Du bist es, Liebling!» Sie steht mit ausgebreiteten Armen in der Tür. «Mein Liebling, George, mein Liebling.»

«Oh Mummy, hör auf zu weinen.»

Rainy Darling sieht aus, als wollte sie ausgehen.

«Hast du die Flasche Jean Nate ausgetrunken, statt dir was ans Ohrläppchen zu tupfen? Haha.»

Haha. Haha, Liebling, hahahaha.

«Ich liebe deine Haare. Ich LIEBE sie. Sie bringen deine blauen Augen zur Geltung, Liebling, der ganze Look – fabelhaft.»

«Dieser Look hat jedenfalls nichts mehr mit geliehenen Fräcken und Polyester-Fliegen zu tun», fügt Jack Darling hinzu, aber niemand sagt etwas darauf. Da es absolut keine Reaktion gibt, glaubt Jack, dass er es vielleicht nur gedacht und nicht laut ausgesprochen hat.

Im Esszimmer ist der Tisch gedeckt. Keine Frühstücksnische heute Abend. Das gute Service, das die Darlings zur Hochzeit gekriegt haben, kommt zum Einsatz.

«Hast du das Banner gesehen, Liebling? Ich musste dafür bis zu Phil's Papierwaren auf der 5th Avenue fahren.»

«Natürlich, Mum», sagt George, der blasse Londoner, und schwelgt in der Aufmerksamkeit.

«Bei Century hatten sie keine Willkommensbanner mehr. Kannst du dir das vorstellen? Wieso sollten Willkommensbanner plötzlich ausverkauft sein?»

«Vielleicht werden sie nicht bestellt, weil niemand weggeht?»

«Oder weil niemand zurückkommt», witzelt Rainy Darling.

Eins, zwei, Wechselschritt! George und ihre Mutter sind wieder im Takt, im selben Rhythmus, beenden ihre Sätze füreinander. Juliette und ihr Vater können da nicht mithalten, und das wissen sie. Sie werden zum Publikum, folgen der neu formierten Herde in die Küche.

«Was gibt's, schöne Köchin? Ich bin halb verhungert.»

«Ich habe Lammkoteletts gemacht, Liebling.»

«Darf ich?», fragt er, als er ihr Weinglas auf der Arbeitsfläche erblickt.

«Natürlich, Liebling.» Ihre Mutter hat eindeutig bereits getrunken.

Doch anstelle des Glases setzt George sich die ganze Flasche an die Lippen. «Long live the Queen!»

Ein weiterer Ausbruch von Heiterkeit.

«Ach, Liebling, du übertreibst.»

Zuerst zählt Juliette mit, wie oft ihre Mutter ihn «Liebling» nennt (acht Mal), und nimmt sich vor, das George später zu erzählen. Sie werden ausflippen vor Lachen. Aber dann merkt sie, dass sie gar nicht mehr weiß, was George zum Lachen bringt. Wie aus dem Nichts fängt ihr Vater an, mit den Orangen vom Tresen zu jonglieren.

«Mom ist das Schweinchen», sagt George im Falsett, als es ihm gelingt, eine der Orangen in der Luft zu fangen, und ganz spontan startet ein Schweinchen-in-der-Mitte-Spiel.

«Und ein Seitenpass zu Juliette.» Der Vater wirft ihr eine zu.

So albern sie sich bis ins Esszimmer. Jeder von ihnen hat einen Teller rübergetragen. Sie beteuern sich gegenseitig, wie köstlich es schmeckt, auch wenn Teile noch roh und blutig sind. Pat der Metzger hat ihnen die besten Lammkoteletts eingepackt. Warum ist dieser Abend anders als alle anderen? Ganz einfach: Keiner tut so, als wäre er gut gelaunt, sie sind es wirklich. Es ist seltsam. Möglicherweise ist das einer ihrer besten Abende überhaupt.

Auf dem Weg nach unten ins Bett trifft Juliette George, der gerade auf dem Weg nach draußen ist, um ein Stück zu gehen und den Jetlag abzuschütteln.

Er sagt ohne britischen Akzent: «Juliette, hey, tut mir leid, dass ich dich aus deinem Zimmer vertrieben habe.»

«Ist schon okay, es war ja zuerst dein Zimmer. George, kann ich dich was fragen?»

«Mein Anwalt sagt, ich soll die Aussage verweigern», entgegnet er todernst, lächelt aber dann.

«Das ist ein Witz von Dad.»

«Ich habe nie behauptet, dass der Mann völlig nutzlos ist.»

Juliette lässt ihm das durchgehen. Sie liebt ihren Vater, aber sie will keinen Streit. Sie beißt sich auf die Lippe und fragt dann: «George, muss man ein Versprechen unbedingt halten?»

Er wartet einen halben Herzschlag ab. «Du kannst dich nicht zur Gefangenen eines Versprechens machen. Wir sind ja hier nicht mehr bei den Pfadfinderinnen. Ich mache jetzt meinen Nachtspaziergang. Willst du mitkommen?»

«Es ist mitten in der Nacht.»

«In London ist es morgens, und ich möchte, dass mein Körper weiter auf Londoner Zeit eingestellt bleibt.»

«Nein danke, ich habe noch was, was ich machen muss.»

Er verlässt das Haus und singt dabei einen Hit von Dionne Warwick.

Promises, promises
I'm all through with promises …
Oh promises
Take all the joy from life.

Juliettes Gesicht verzieht sich zu einem Grinsen. Sie krempelt ihren Ärmel hoch, geht zum Telefon im Wohnzimmer und wählt die Nummer auf ihrem Arm.

Ein Mann nimmt ab. Es ist nicht Rico. «Hallo.»

«Hallo, kann ich bitte mit Rico sprechen?»

Der Mann legt den Hörer zur Seite, ohne etwas zu sagen. Im Hintergrund plärrt der Fernseher. Der Mann ruft nach Rico.

«Wer ist es?», hört sie Rico fragen.

«Sehe ich aus wie deine Sekretärin?»

Er nimmt seinem Vater das Telefon ab und geht in den Flur.

«Hallo?», sagt Rico.

«Hi, hier ist Juliette.»

«Guten Abend, Miss Darling. Ist dein Bruder da?»

«Ja.»

«Schön. Ich wünschte, ich hätte einen Bruder.»

«Also, ich habe über das nachgedacht, worüber wir in der Bar gesprochen haben.» Ihre Stimme klingt schüchtern.

«Ach ja? Erzähl mir, was du gedacht hast.»

Eine Pause entsteht, sie beugt sich auf dem Sofa nach vorne und bemüht sich, die Worte herauszubekommen.

«Bist du noch da?», fragt Rico.

«Ja, ähm, also, was du mich in der Bar gefragt hast, weißt du das noch?»

«Ich weiß, dass ich dir eine Menge Fragen gestellt habe. Meinst du damit», flüstert seine Stimme, «dass ich der Erste sein darf?»

«Ja», sagt sie erleichtert. Er beendet ihre Sätze.

«Du meinst, ich werde der Erste sein?»

«Ja.»

«Versprichst du's mir?»

«Ja.»

Liebe ist eine Art von Krieg.

OVID

TEIL II

10

Das Telefon klingelt, und jeder im Hause Darling denkt, es wird schon jemand anders rangehen. Der klassische Zuschauereffekt. «Aber ich dachte, du gehst ...»– «Ich war mir so sicher, du würdest ...»– «Oh, vermutlich bin ich einfach davon ausgegangen, dass du die Polizei rufst, den Müll rausbringst, an das verdammte Telefon gehst.»

David versucht, Juliette zu erreichen. Er ruft an, legt auf und wählt erneut. Er sieht Bewegung im Haus, warum also nimmt niemand ab? Er will nicht rübergehen, wenn es sich irgendwie vermeiden lässt.

Was gestern Abend passiert ist, treibt ihm immer noch die Schamesröte ins Gesicht, und er weiß, wenn er Juliette gegenübersteht, könnte er: a) anfangen zu weinen wie ein Baby, b) um Vergebung winseln, c) gezwungen sein, sich zu verteidigen, auch wenn er weiß, dass er falsch gehandelt hat.

Wenn sie ihn wütend ansieht, die Augen zu Schlitzen verengt, die schönen Lippen geschürzt, wird er c) in Verteidigung gehen.

Wenn sie anfängt zu weinen, ihre linke Wange rot und fleckig ist und sie sich auf die Unterlippe beißt, wird das definitiv zu a) Babytränen führen.

Wenn sie sagt, sie brauche eine Auszeit, wie sie es schon mal getan hat, als sie in der sechsten Klasse Streit hatten, hieße das b) um Vergebung bitten.

Der Vorzug am Telefonieren: Er kann das Gesicht wahren.

Beim vierten Versuch nimmt George ab: «George Darling, 4234, wie kann ich helfen?»

Natürlich zögert David, denn das ist nicht die Art und Weise, wie jemand sich normalerweise am Telefon meldet. Doch seit George Londoner ist, gibt er sein Bestes, um die Erwartungen der anderen zu unterlaufen. Er hat endlich sein wahres Ich gefunden. Aber da er nun einmal sein ganzes Leben damit verbracht hat, sich zu verstellen, übertreibt er es hin und wieder ein wenig. George, der Künstler, der Galerist, der «Ich arbeite im West End»-Darling, verdient seine britischen Pfund mit dem Entgegennehmen von Telefonanrufen in einer großen Anwaltskanzlei. Nachts geht er an die Grenzen und darüber hinaus.

«Ähm, ist Juliette da?»

«David? Deine Stimme hat sich verändert. Wie tief und männlich die jetzt klingt.»

«George?» Er hat seit vier Jahren nicht mehr mit George gesprochen.

Schweigen.

«Hey, Kollege, Mom hat mir von deinem Krebs und dieser Chemo-Geschichte erzählt. Glaub mir, ich weiß, wie es sich anfühlt, im eigenen Körper ein Gefangener zu sein.»

«Danke, George, ist sie da?»

«Meine Mutter?! War nur ein Scherz, ich hole Juliette.» Und damit legt George den Hörer ab.

David hört ihn rufen: «Juliette, Juliette, Miss JULIETTE Darling!»

Gedämpft ist Juliette im Hintergrund zu hören. George spricht besonders laut. «Da ist ein Anruf. Er ist für dich, und es ist ein MANN!»

George zwinkert, als Juliette vom oberen Badezimmer die Treppe heruntergerannt kommt und dabei zwei Stufen auf einmal nimmt. Auf dem Treppenabsatz holt sie Luft und wirft einen Blick in den Spiegel.

Sie ist aufgeregt, weil Rico sie anruft.

«Hi», singt Juliette in den Hörer und setzt sich auf die Couch.

«Hey, Jules, wie geht es dir?»

Ihr Körper sackt in sich zusammen, als hätte sie gerade einen Schlaganfall gehabt, Enttäuschung hüllt sie ein.

«Oh, du bist es.»

«Hey, du bist doch nicht immer noch sauer, oder? Bitte, ich war schlecht gelaunt, ich hatte PMS. Gib nicht mir die Schuld, sondern meinen Hormonen», sagt David.

«Du bist komisch.»

«Mit Schmeichelei kannst du es weit bringen in der Welt.»

«Darf ich dich was fragen?» Sie verlagert ihr Gewicht auf der Couch und entwirrt das verdrehte Telefonkabel. Sie will ihn fragen, ob sein Verhalten damit zu tun hat, dass – na ja, du weißt schon – hat der Krebs auf dein Gehirn übergegriffen?

Ihre Handflächen sind feucht.

«Ich bin ein aufgeschlagenes Telefonbuch. Die Schrift ist ein bisschen klein und die Druckqualität mies, aber sonst ... Schieß los, was hast du für mich?»

«Ich habe vergessen, was ich sagen wollte.»

«Na gut, kommst du rüber? Ich sage Mom, sie soll Namoura machen, den magst du doch am liebsten.»

«Ich kann nicht.» Juliette wickelt das Kabel um ihr rechtes Knie. Rico müsste bald anrufen, und sie gehen vielleicht zusammen aus.

Sie sagt nicht, warum sie nicht kann, sie hört einfach auf zu sprechen.

«Na ja, dann vielleicht später, wenn du nach Hause kommst von dem, was du machst», sagt David, beschämt von seiner unterwürfigen Bettelei.

«Du, ich muss auflegen, meine Mom ruft mich.»

Sie legt auf. Kein Over and out, kein Roger, bloß ein Freizeichen. David starrt den Hörer an.

Sie hat auf keine seiner drei Optionen reagiert: weder a noch b noch c. Sie schien nicht einmal wütend zu sein, was ihn zumindest hätte hoffen lassen, dass sie etwas für ihn empfindet. Ihre Gleichgültigkeit ist das, was ihn am meisten erschüttert.

Gleichgültigkeit ist kalt. Sie bedeutet, an dem Obdachlosen vorbeizugehen. Sie bedeutet Umschalten, wenn die UNICEF-Werbung läuft.

Etwas ist schiefgelaufen, furchtbar schief. David tröstet sich mit Albert Einsteins Worten: «Die Definition von Wahnsinn ist, immer wieder das Gleiche zu tun, aber andere Ergebnisse zu erwarten.» Er denkt an eine Schmiererei an seinem Spind, die besagte: «Eifersucht ist die ultimative Form der Liebe.»

Ich muss was komplett anders machen, beschließt er.

David nimmt seinen Notizblock heraus, kauert sich hin und beginnt zu schreiben, er kritzelt, streicht, zerreißt, zerknüllt, wirft auf den Boden. Er kaut auf seinem BIC-Stift herum, liest leise murmelnd alles durch. David hat nämlich einen Plan. Er greift wieder zum Hörer.

«Hallo, könnten Sie mir bitte die Nummer der *Daily News* geben?»

Er bittet darum, mit dem Feuilletonredakteur der Zeitung verbunden zu werden.

«Ja, ich bleibe dran. Ich habe alle Zeit der Welt.»

Wenige Augenblicke später meldet sich Susan Reilly, die eifrige achtundzwanzigjährige Jungredakteurin im Feuilleton. «Hallo.»

«Also, es geht um Folgendes», hust-hust, «ich bin ein siebzehnjähriger Junge, der an Krebs stirbt.»

Er erzählt ihr, dass er schon als kleiner Junge Superman verehrt hat. Das ist keine Lüge. David hat als kleiner Junge Comics gelesen und gesammelt. Er wusste, dass alle Superhelden von Juden erschaffen worden waren: Superman, Batman, Spider-Man.

Dass Juliette Jüdin war, erschien ihm bloß wie eine Bestätigung mehr dafür, dass sie in die Welt dieser Götter gehörte. Wenn sie nur den Superman in ihm erkennen würde ...

Es wäre sein größter Wunsch, seinen Helden einmal zu treffen, erzählt er Susan Reilly. Er schnieft, er schluchzt, er bettelt, bis der weichherzigen Redakteurin ebenfalls die Tränen kommen. Sie spürt, dass hier eine gute Story schlummert.

«David, ich versichere dir, wir lassen deinen Traum wahr werden.»

Sie bittet ihn um seine Nummer und hält tatsächlich Wort. Innerhalb einer Stunde hat sie es geschafft, die Produktionsfirma und den PR-Agenten am Superman-Set zu kontaktieren und außerdem von ihrem Chef grünes Licht zu bekommen.

«Gute Nachrichten, David. Morgen um zwölf Uhr holt dich ein Wagen ab. Du kannst einen Freund oder einen Elternteil mitbringen. Am Set wird jemand sein, der dich herumführt. Und ich freue mich so sehr, dir sagen zu können, dass du Mr Christopher Reeve, äh, ups, ich meine Superman, treffen wirst.»

«Miss Reilly, ich weiß nicht ...»

«Nenn mich Susan.»

«Susan, ich weiß nicht, was ich sagen soll, Sie lassen mich wieder an Wunder glauben.»

Er weint. Sie weint. Er gibt ihr seine Adresse. Er legt auf und wirft in Siegerpose beide Arme in die Luft.

Dann schaut David ins Telefonbuch und wählt erneut.

«Hi, ist da Chrissy? ... Ja, hier ist David ... David Haddad ... haha, ja genau, der kranke David. Ich muss dich was fragen.»

11

Die Haddads setzen sich zum Abendessen, wie sie es immer tun. Papa am einen Ende, Mama am anderen Ende und Babybär dazwischen.

«Sahten», sagt Davids Vater. Sie sagen alle «Sahten» und beginnen, gegrillte Lammspieße zu essen, die vier Stunden lang in Zitrone und Knoblauch mariniert und mit einer Mischung aus Kreuzkümmel, Paprika, Zimt, Salz und schwarzem Pfeffer gewürzt worden sind. In der Tischmitte stehen eine Schüssel Kurkumareis und ein Gurkensalat mit Joghurt.

David spürt die auf ihn gerichteten Blicke. Libellen mit dreißigtausend Miniaugen beobachten, wie viel er isst, ob er sich Nachschlag nimmt, ob er Probleme beim Schlucken hat. Er hat eine Menge Essen auf seinen Teller gehäuft. Er will dafür sorgen, dass sie gute Laune haben. Er hat ihnen etwas zu sagen und ist sich nicht sicher, wie sie reagieren werden.

David berichtet, wie er es geschafft hat, aufs Superman-Set zu gelangen, ein echtes Filmset, und dass am nächsten Tag Reporter kommen werden, um Fotos von ihnen zu machen. Sie kommen in die Zeitung. Er wartet und rechnet damit, dass sie stolz auf ihren schlauen Sohn sein oder überhaupt eine Reaktion zeigen werden. Aber sie kauen einfach weiter. David sieht, wie seine Mutter seinem Vater einen Blick zuwirft. Sein Vater schiebt den Teller beiseite. Er wischt sich den Mund ab. Eine halbe Ewigkeit sagt niemand etwas.

Schließlich ergreift sein Vater das Wort. «Hör zu, mein Sohn, du bist fast achtzehn Jahre alt, du bist ein Mann.»

David zieht sich der Magen zusammen. Wenn er mir jetzt einen Vortrag über die Verantwortung hält, die das Mannsein mit sich bringt, muss ich kotzen. Aber sein Vater überrascht ihn.

«Mach, was du willst, du bist frei, deine eigenen Entscheidungen zu treffen.» Er nimmt seine Serviette und betupft sich Stirn und Nacken.

Die Hitze lastet schwer auf ihnen. Es gibt zu wenig Luft.

«Aber wenn deine Mutter und ich involviert sind, wenn es um unsere Privatsphäre geht, möchte ich dich bitten, uns in Zukunft vorher zu fragen.»

Seine Mutter reicht ihnen Orangenschnitze. David wedelt mit der Hand. Sein Vater schüttelt den Kopf.

Sie lutscht an einem der Schnitze. «Du nimmst nicht Juliette mit?»

«Ich glaube, sie hat zu tun. Außerdem wollte ich mich bei Chrissy revanchieren. Weißt du noch, ich war letzte Woche auf ihre Party eingeladen und bin nicht hingegangen. Du sagst doch immer, wie wichtig es ist, sich zu revanchieren.»

«Ja, das stimmt.» Myriam Haddad wendet den Blick von ihm ab und kneift sich unter dem Tisch in den Unterarm. Sie hat sich geschworen, nicht zu neugierig zu sein, nicht zu viel zu fragen. Worte sind nicht die einzige Möglichkeit zu kommunizieren. Sie kennt ihren Sohn, und sie weiß, dass etwas im Busch ist. Aber sie sagt nichts.

12

David hat alles minutiös geplant. Chrissy ist gerade angekommen. Es ist 9:41 Uhr. Sie ist elf Minuten zu spät dran. Die Reporterin Sue Reilly hat gesagt, dass sie zwischen 9:30 und 10:00 da sein wird. Er hofft auf 9:45. Er geht vom Durchschnitt aus, obwohl die Statistiken eine andere Sprache sprechen. Er wird Juliette um 9:50 Uhr anrufen. Wenn alles gut geht, wird Juliette um 9:55 Uhr auf der Eingangstreppe stehen. Sie wird einen so starken Anfall von Eifersucht bekommen, dass sie sich die Hand aufs Herz pressen muss. So wird es sein. Ihr trauriger Blick wird sich mit seinem verschränken. Sie wird ihre Treppe hinuntergehen. Er wird seine hinuntergehen. Sie werden in der Auffahrt aufeinandertreffen. Juliette, seine Lois Lane, und er, Clark Kent, bereit, sich so zu zeigen, wie er wirklich ist, ohne die Begrenzungen des Körpers.

Der Fotograf der *Daily News* kommt um zehn Uhr zu einem kurzen Fotoshooting zu ihm nach Hause. Um 10:30 Uhr dann soll die Limousine den armen kranken Jungen abholen, damit er den Helden seiner Kindheit treffen kann, Superman. Ja, Susan Reilly, die er bei sich jetzt Sweet Sue nennt, hat es geschafft.

«Wir alle brauchen hin und wieder eine Wohlfühl-Story, auch wenn wir uns danach nicht wohlfühlen.»

«Ja, das brauchen wir, Sweet Sue», pflichtet er ihr bei.

Und Action.

Das Telefon der Darlings klingelt. 9:50 Uhr. Niemand hebt ab. Juliettes Haar ist von der Dusche triefend nass. Sie hat einen Pickel am Kinn. Sie denkt, es ist Rico. Sie geht ran. Es ist David. Nicht der schon wieder.

«Hey, Juliette, tut mir leid, dass ich dich störe. Ich habe mich gefragt, ob du mir einen kleinen Gefallen tun könntest.»

«Also, na ja, ich will gleich los.»

«Es dauert nur eine Minute. Würde es dir was ausmachen, kurz raus auf die Treppe zu kommen?» Schweigen. «Wirklich nur kurz.»

Die Person seiner Wahl, die ihn zum Set begleitet, ist das beliebteste Mädchen der Schule, Chrissy. Sein Vater wird blöderweise auch mitfahren.

«Du kannst hierbleiben, ich komme schon zurecht, Papa.»

«Nein, keine Diskussion, ich komme mit.»

Er war gezwungen einzuwilligen, sonst hätte er die ganze Sache abblasen müssen. Dazu ist er nicht bereit.

Juliette stößt die Fliegengittertür auf. Chrissy steht auf Davids Eingangstreppe.

Der Weihnachtsmann im Sommer.

Elvis hat seine Bar-Mizwa.

Absurd. Falsch. AchDuDickeScheiße, was ist hier los?

Ihr Lehrer in der elften Klasse hat ihnen beigebracht, dass eine Geschichte damit beginnt, dass etwas seltsam ist: Ein Typ aus New Jersey fliegt zum Mars, oder ein Marsianer kommt nach New Jersey. Was hat David vor?, fragt sich Juliette.

«Hey», sagt Chrissy Kaugummi kauend.

Und sie sieht so verdammt gut aus in ihrem roten Neckholder-Top, mit dem silbernen Paillettengürtel und Jeans. Ihr Haar hat echt Volumen.

«Ich war mir sicher, dass David dich fragen würde, und war komplett überrascht, dass er mich gefragt hat. Ich meine, warum? Ich hab gleich Susan und Demi angerufen. Ratet mal, wo ich hindarf, hab ich sie gefragt. Sie hatten keine Ahnung. Also hab ich es ihnen gesagt. Vielleicht hat er mich ausgesucht, weil ich später mal in der Branche arbeiten will», verkündet sie Juliettes Pickel.

Juliette will fragen, wovon zum Teufel sie redet, starrt sie aber stattdessen nur an. Ihr nasses, glattes Haar tropft ihr in den Nacken und den Rücken hinunter.

Vom rechten Bühnenrand aus kommen zwei Männer mit sperrigen schwarzen Taschen auf den Schultern auf die Kreuzung 77th und 89th Street zu. Sie tragen eine Kamera, ein Stativ und Leuchten. Susan Reilly tritt aus dem Haus der Haddads, um ihr Team zu begrüßen. Und dann öffnet sich langsam der Vorhang, die kleinsten Geigen der Welt beginnen, Tschaikowskis *Schwanensee* zu spielen – gute Wahl –, und der sterbende Schwan selbst, David, taucht auf. Er bewegt sich langsam, kraftlos und trägt ein Superman-T-Shirt. Klick, klick.

«Super. Kannst du jetzt deine Faust in die Luft recken?», fragt der Fotograf. «Wunderbar.»

Er spürt Juliettes Blick und dreht sich zu ihr um. «Oh, hallo, Juliette, ich habe dich gar nicht gesehen.»

«Das ist meine Nachbarin», erklärt er Sweet Sue.

«Howdy, Nachbarin», sagt Sweet Sue wie in einem Western.

KLONK! Das Geräusch von Juliettes Kinnlade, die auf dem Boden aufschlägt. Seinem Hirn ging es die ganze Zeit gut. Keine Schwebfliege, die vorgibt, eine Wespe zu sein, eher eine Wespe, die so tut, als wäre sie eine Schwebfliege. Man denkt «harmlos» und dann autsch.

«So, jetzt machen wir eins mit deiner besten Freundin. Chrissy, Süße, blick zu ihm auf, als ob du traurig wärst.»

Chrissy sieht zu David auf. Sie pappt sich ihren Kaugummi an den Gaumen. Sie hört auf, ihr perfektes, zahnspangenfreies Lächeln zu lächeln. Klick, klick, blitz.

Ihr Traum ist eine Modelkarriere. Sie wird Sekretärin bei der Citibank werden.

Das Beängstigende an Albträumen ist ja nicht, dass einen irgendwelche Monster und Mörder jagen, sondern dass man erstarrt und nicht weglaufen kann. Juliette steht da wie angeklebt und stiert über die Auffahrt. Der Mund steht ihr offen, vielleicht trieft sogar Sabber heraus.

Susan Reilly mustert sie mitleidig, so wie man hungernde Kinder in den Abendnachrichten ansieht. Erschütternd. Reich mir die Kartoffeln, Schatz.

Jetzt ein Foto von David allein in Superman-Pose, mit in die Luft gereckter Faust. Er hat kaum die Kraft, seinen Arm zu heben, weil er so krank ist und alles. Die Limousine biegt in die Auffahrt ein. Der Chauffeur, ein Mann in Uniform und Hut, winkt.

«Juliette, Juliette!», reißt die durchdringende Stimme ihrer Mutter sie aus ihrer Trance. «Telefon für dich, es ist der italienische Junge.»

Rico verspätet sich ein paar Minuten. Das ist gut. Juliette muss sich die Haare föhnen, ihren Pickel ausdrücken und jede Erinnerung an David aus ihrem Gedächtnis tilgen.

51 senkrecht, Wort mit 4 Buchstaben: Wie heißt der Hund von Peter Pan?

Auf dem Rücksitz der Limousine löst David das Kreuzworträtsel der *New York Times*.

«Chrissy, weißt du den Namen von Peter Pans Hund?»

«Von wem?»

Mr Haddad antwortet: «Ich halte nichts von Tieren im Haus.» Es ist vollkommen zwecklos.

«N – A – N – A!», ruft David.

Es interessiert niemanden. Der Neufundländer und das Kindermädchen der Darling-Kinder sind beide in *Peter Pan*. Schon wieder Familie Darling, meine Güte, alles erinnert ihn an Juliette.

Wort mit 10 Buchstaben, 25 waagerecht: An Fäden gezogen
   Antwort: J-U-L-I-E-T-T-E, NEEEEIIIN!!! M-A-R-I-O-N-E-T-T-E

   Ich bin ein Idiot, denkt David. Ich habe es verdient zu sterben, weil ich so ein blöder Idiot bin.

13

David ist nicht sehr zuversichtlich, dass sein Plan, Juliette dazu zu bringen, ihn zu lieben, indem er sie vor Eifersucht krank macht, funktioniert. Juliettes Gesichtsausdruck, ihre zu Schlitzen verengten Augen, ihr verkniffenes Lächeln, der Stinkefinger deuten darauf hin, dass es nach hinten losgegangen sein könnte. Es ist definitiv nach hinten losgegangen.

Am Set werden David die Ausmaße seines Fehlers klar. Die Idee war, Juliette bei sich zu haben. Chrissy ist dumm.

Sie werden von Regieassistentin Elvira über das Filmset geführt, sie studiert an der New York University Film. David darf sich in der Kostümabteilung den Umhang von Superman anziehen. Sie haben sieben verschiedene Versionen davon, damit er immer frisch und sauber aussieht. Es ist Dienstag, und David darf den Sonntagsumhang anprobieren. Klick, klick, blitz.

«Toll», verkündet Susan Reilly. Diese Geschichte wird ihr eine Beförderung einbringen, sie weiß es.

Sylvia, die Visagistin, klebt Chrissy falsche Wimpern an.

«Du hast eine schöne Knochenstruktur», sagt sie zu ihr.

«Danke, ich wurde so geboren.»

«Aber du darfst auch nicht zu gut aussehen. Weißt du, ich habe gestern den Son of Sam gesehen.»

«Echt? Woher weißt du das?»

«Sicher bin ich nicht, aber ich habe die Polizei gerufen, weil so ein Typ mit kurzen, lockigen Haaren ständig in einen Laden rein- und wieder rausgegangen ist.»

Sie legen einen Hauch von dunklem Schatten unter Davids Augen, um sein krankes Aussehen zu betonen.

«Schatten sind auf Fotos wichtig», erklärt Susan Reilly.

Und Joseph Haddad hält sich keineswegs im Hintergrund. Nein, er ist eine Hollywood-Hure. Es stellt sich heraus, dass er David aus einem einzigen Grund zum Set begleitet hat: Er vergöttert das Filmgeschäft.

Er will einen Blick hinter die Kulissen werfen. *Singin' in the Rain* ist sein Lieblingsfilm, wie wir wissen, wie jeder weiß, wie jetzt die gesamte Filmcrew erfährt. Er liebt diesen Film nicht nur wegen seines Glanzes und Charmes, sondern auch, weil er offenlegt, was wahr ist und was Lüge. Der Schein trügt ziemlich oft. Zum Beispiel bei der Schwebfliege. Das Geschäft mit den Illusionen.

Joseph Haddad wünscht sich insgeheim, er wäre mutig genug gewesen, seiner Leidenschaft zu folgen und sich schon vor Jahren um einen Job in der Filmbranche zu bemühen. Aber seine lieben Eltern hatten es schon kaum ertragen, als er seine Stelle im Gesundheitsministerium aufgab, um nach Amerika zu gehen. Wie gerne wäre er Teil von etwas Größerem geworden. Größer, als Pillen von Flaschen in Fläschchen zu füllen.

Der Erwachsene in ihm hat sich damit abgefunden. Aber der Nervenkitzel, hier am Set von *Superman* zu sein, lässt etliche Was-wäre-Wenns und Hätte-sein-Könnens aufblitzen. Er überspielt das mit Enthusiasmus. Joseph Haddad stürzt sich praktisch auf jeden, der zum Catering-Tisch geht, um sich einen Donut zu holen. «Sagen Sie mir, was macht ein Schärfeassistent genau?» oder «Die Nachtszenen in *Singin' in the Rain* wurden tagsüber gedreht. Haben die einen Filter verwendet, *Amerikanische Nacht*, was meinen Sie?» oder «Wussten Sie, dass die Bühnenbildner bei *Singin' in the Rain* Milch ins Wasser gemischt haben, damit man die Regentropfen im Film sehen kann?»

David, sein Vater und die geschminkte Chrissy bekommen die besten Plätze direkt hinter dem Regisseur Richard Donner. Nachdem der «Cut» gerufen hat, flüstert ihm jemand etwas ins Ohr.

Richard Donner dreht sich um und schüttelt ihnen allen die Hände, freundlich wie jemand aus dem Mittleren Westen, obwohl er aus der Bronx stammt.

«Schön, Sie kennenzulernen. Wie war heute der Verkehr?», fragt er, als wären sie Nachbarn.

David macht das obligatorische Foto mit der Klappe.

Er darf «Ruhe am Set!» rufen.

Man könnte eine Stecknadel fallen hören. «Erster Take», sagt Regisseur David.

Alle strahlen ihn an, als hätte er soeben das Meer geteilt.

Und jetzt kommt der Moment, auf den alle gewartet haben. Christopher Reeve, Superman, kommt aus seinem Wohnwagen und betritt das Set. Chrissy weiß so wenig über Superhelden, dass David ihr erklären muss, dass die Frau neben Superman Lois Lane ist. Juliette, Juliette, wo bist du?

Aufregung am Set. Heute ist ein Flugtag. Flugtage bedeuten eine Kombination aus Rückprojektion, Tauwerk und Bluescreen. Diese Szene erfordert das Fliegen an Seilen. Margot Kidder, «das ist die, die Lois Lane spielt», hasst Fliegen.

Elvira geht zu Christopher Reeve hinüber und spricht mit ihm. Während er zuhört, schaut er in Davids Richtung, nickt und gibt David ein Zeichen, zu ihm zu kommen. Mr Haddad und Chrissy wollen ebenfalls aufstehen, aber Elvira winkt ab, nein, sie gestikuliert, nur David, nur er soll kommen.

Ein Umhang taugt zum Fliegen, nicht zum Sitzen. So wie manche Anzugträger ihre Krawatte beim Mittagessen über die Schulter werfen, hat Christopher Reeve diese Riesenkrawatte hinter sich hängen. Er darf sich nicht draufsetzen, die Kostümbildnerin sieht jetzt schon genervt aus. Für den Fall der Fälle hält sie den Mittwochsumhang bereit.

Er wirft sich den Umhang über die Schulter, damit er nicht

auf dem Boden schleift. Jetzt sieht er aus wie auf der Pariser Fashion Week, mit einem untragbaren Ungetüm von einem roten Schal auf der Schulter. Er verschafft David dahinter etwas Privatsphäre, und nennen wir ihn einfach Superman.

Superman redet. David nickt. Superman berührt beim Reden Davids Arm. Einmal beugt sich Superman vor und flüstert David etwas ins Ohr. Sie unterhalten sich eine Weile. Sie wenden den Blick nicht vom Gesicht des jeweils anderen, dem Gespräch haftet eine gewisse Dringlichkeit an. Alle am Set warten.

«Worüber sie wohl reden?», rätselt Mr Haddad.

«Sie sind so tief ins Gespräch versunken», staunt Susan Reilly.

«Ich heiße Chrissy», sagt Chrissy zum Schärfeassistenten.

Dann hören wir eine ziemlich zittrige Stimme. Es ist David, der singt.

Can you read my mind?
Do you know what it is you do to me?
Don't know who you are
Just a friend from another star.
Here I am, like a kid at the school
Holding hands with a god or a fool.

Und als wäre nichts passiert, ist es plötzlich vorbei. Die Crew setzt sich in Bewegung. David setzt sich wieder auf seinen Platz hinter dem Regisseur. Superman wird in sein Geschirr geschnallt, die Seile werden an einem Kran befestigt, und er wird in die Luft gehoben. Selbst dieser umwerfend schöne Mann aus Stahl kann nicht wirklich fliegen.

Kamera läuft. Action.

Auf dem Heimweg sitzen sie zu dritt schweigend auf der Rückbank der Limousine. Jeder ist in seine eigenen Träume versunken. Mr Haddad blickt aus dem Fenster. Vielleicht findet er einen Weg, in der Filmbranche ein wenig zu dilettieren. Chrissy wird berühmt. Sie hat Ronnie, dem Schärfeassistenten, ihre Nummer gegeben. Er glaubt, dass er sie als Statistin in einer Szene unterbringen kann.

Und David hat ein Geheimnis. Ein magisches Geheimnis erstand zwischen Supermans Lippen und Davids Ohren. Er wird es keiner Menschenseele erzählen, nicht einmal Juliette.

Er lächelt. Es ist gut, ein Geheimnis zu haben. David blickt hinaus in die heiße Nachmittagssonne. Klimaanlage im Auto. Getönte Scheiben. Amerikanische Nacht.

14

Meeresluft und Babyöl, Sonne und Sommer, der Geruch von Hitze und Salz, Wassermelone und müde Kleinkinder. Ein Vater lässt sich eingraben. Bis zum Hals. Juliette bohrt ihre Zehen in den Sand. Sie sitzt zwischen Ricos Beinen, der ihr Haar flicht. Sie hält einen glänzenden schwarzen Kiesel zwischen den Handflächen. Später wird sie diesen schwarzen Kiesel mit nach Hause nehmen, zusammen mit einem durchscheinend weißen, einem graugrünen flachen Stein und einem hübschen kleinen roten. Am nächsten Tag werden sie alle stumpf und grau aussehen.

«Woher weißt du, wie man einen französischen Zopf macht?»

«Ich habe drei ältere Schwestern. Ich kann dir auch die Beine rasieren, wenn du willst.»

Er wischt ihr Sand von den sonnengeküssten Schultern, die bereits verbrannt sind, und kämmt mit seinen Fingern durch ihr Haar, unterteilt es in vier Stränge. Sie hat keine Ahnung, wie sich Sex anfühlen wird, aber das hier fühlt sich schon unschlagbar gut an. So intim. Auf der Hinfahrt im Auto verdeckte sie mit der Hand beiläufig den Pickel an ihrem Kinn, bis es Rico bemerkte. Du solltest nicht daran rumdrücken, tadelte er, die Seeluft wird ihn abheilen lassen. Er ist ihr Vater, ihr bester Freund, ihr fester Freund. Ist er ihr fester Freund? Na ja, wenn sie Sex hatten, wird er es sein. Vielleicht ist das hier mehr als bloß eine Sommerliebe.

Möwen stechen herab und fressen Pommes aus dem überquellenden Mülleimer.

«Weißt du, seit ich dieses Buch gelesen habe, sehe ich Möwen mit anderen Augen. Es hat mein Leben verändert.»

«Welches Buch?»

«*Die Möwe Jonathan*. Ist wohl das einzige Buch, das ich je gelesen habe, von Anfang bis Ende, meine ich. Es ist aus der Perspektive einer Möwe erzählt. Ich wette, an so was hat Miss Yalie noch nie einen Gedanken verschwendet, stimmt's? Ich habe es Hunderte von Malen gelesen. Ich kenne es praktisch auswendig.»

Die Möwe Jonathan

Nach einer Erzählung von Rico D'Angelo

Es war einmal eine Möwe namens Jonathan. Jetzt stell dir einen Tag wie heute vor. Die Sonne scheint. Es könnte ein schöner Tag sein, aber nicht für Jonathan, denn der hat es satt, den Müll der Leute zu fressen. Das ganze Gekreische und Kämpfen um die Reste. Das Leben sollte aus mehr bestehen als nur aus Fressen und Kacken.

Er will lernen, richtig hoch zu fliegen, aber unter den anderen Vögeln regt sich Widerstand gegen seine Versuche, besser zu werden. Sie hassen es, dass er versucht, anders zu sein. Das ist typisch für Gruppendynamik.

Sie fangen an, Jonathan zu schikanieren und ihm die Hölle heißzumachen. Aber er lässt sich davon nicht unterkriegen. Er bläst nicht Trübsal oder jammert, warum ich, warum ich, wie dein kranker arabischer Freund das macht. Jonathan ist auf sich allein gestellt. Er bleibt positiv.

Eines Tages trifft er auf zwei andere Möwen. Sie sagen zu ihm, sie seien gekommen, um ihn nach Hause zu bringen. Nach Hause? Was zum Teufel soll das bedeuten? Er hat doch die ganze Zeit gedacht, er wäre zu Hause. Da lag er falsch, wie sich zeigt.

«Wir sind gekommen, um dich höher hinaufzuführen.»

Jonathan und die zwei anderen Möwen steigen höher und höher auf und verschwinden «in einem vollkommenen, dunklen Himmel». Das wäre ein Hollywood-Ende, aber diese Geschichte geht weiter.

Hier trifft er die weiseste und älteste Möwe überhaupt, die ihn etwas Wichtiges lehrt: Du bist in der Lage, jederzeit an jeden Ort im Universum zu fliegen, es ist wie eine Superkraft. Die alte Möwe lehrt ihn, sich nicht auf seinen Körper zu beschränken, zwei Flügel, ein Meter Spannweite. Der Körper ist nur ein Körper. Aber im Geiste kannst du überallhin. Wenn ich meinem blöden Vater beim Meckern zuhöre, bedeutet das für mich: Abflug nach Kanada.

Das ist die Botschaft – wenn du deine verdammten Brotkrümel nicht magst, kannst du davonfliegen und dir aussuchen, was für andere Krümel du fressen willst. Das ist Freiheit.

ENDE

Juliette lächelt. Sie lächelt die Sonne an, sie lächelt wegen der leichten Brise, sie lächelt wegen ihres französischen Zopfs, seiner Hände auf ihren Schultern, oh, sie muss die ganze Zeit lächeln, sie hört mit einem Ohr zu und lächelt über seine Geschichte. Ihr Kiefer tut weh von all dem Lächeln. Aber sie kann nicht damit aufhören. Die Sonne spiegelt sich auf ihrer Zahnspange, es ist ein silbern glänzendes Lächeln.

Er beugt sich vor, bläst ihr seinen Atem in den Nacken, flüstert ihr ins Ohr: «Du weißt doch, worüber wir gestern Abend am Telefon gesprochen haben? Glaubst du, dass du bereit bist, sagen wir morgen Abend?»

«Ja», sagt sie und blickt geradeaus aufs Wasser.

Er dreht ihren Kopf zu sich und küsst ihre Stirn, als wollte er sie segnen. Und das ist der Moment, in dem Juliette Darling weiß, dass sie nun endlich ihre Unschuld verlieren wird. Sie hat das letzte Mal Krümel gefressen. Morgen wird sie höher aufsteigen.

Die Brandung rollt heran.

15

Jack Darling legt seine Serviette zur Seite, reibt sich die Hände und legt los.

«Doktor: Ich habe eine schlechte und eine noch schlechtere Nachricht für Sie.

Patient: Was ist die schlechte Nachricht?

Doktor: Sie haben nur noch vierundzwanzig Stunden zu leben.

Patient: Und was könnte noch schlechter sein als das?

Doktor: Ich hätte es Ihnen gestern sagen müssen ...»

Mrs Brennan, Jack Darlings Zahnarzthelferin, gackert mit weit aufgerissenem Mund, den Kopf in den Nacken geworfen. Sie trinkt einen Schluck und wischt sich die Tränen weg.

Tiffany's Diner – an der Ecke von 4th Avenue und 99th Street, Steaks, Koteletts und Meeresfrüchte. Draußen eine amerikanische Flagge. Drei Zementstufen hinauf in dieses Paradies. Ein Bilderbuch-Diner. Vierundzwanzig Stunden am Tag Frühstück, unbegrenzt viele Tassen Kaffee. Schwarz wie der Tod oder mit Sahne und zwei Stücken Zucker. Drehstühle an Resopaltischen. Wie eine Süßigkeitentüte am Kindergeburtstag steht an der Kasse eine große Schüssel voller hellgrüner und blassrosa Minzbonbons mit einem zierlichen Silberlöffel darin. Aber alle greifen einfach mit den Händen hinein, allerdings nur, bis eines Tages ein Beamter der Gesundheitsbehörde den hohen Prozentsatz an Urin darin ermittelt. Aber an diesem Abend 1977 nehmen sich die Leute einfach noch ihre Handvoll heraus.

Vier große Sitznischen entlang der Wand und vier weitere auf der anderen Seite des Ganges mit jeweils kleinen Musikboxen.

Zwei einzelne Nischen in der Nähe der Küche, in einer davon sitzt ein Kellner und füllt Ketchupflaschen auf. Zwei in der Nähe der Garderobe. Zwei am Fenster, mit Blick auf den Parkplatz. In der Mitte Tische, alle mit Tischsets aus Papier, auf denen die Cocktails aufgelistet sind. Rob Roy. Grasshopper. Pink Lady.

Zu Tiffany's geht man, wenn man bei einem ersten Date große Stücke Käsekuchen essen möchte oder wenn man um ein oder zwei Uhr morgens Appetit auf Rührei mit Roggentoast hat oder mittags auf eine Tasse Suppe. Bankangestellte nehmen hier einen schnellen Lunch zu sich, es werden After-Prom-Partys, Erstkommunionen, Familientreffen und Begräbnisse abgehalten. Kunden des Waschsalons auf der anderen Straßenseite überbrücken hier ihre Wartezeit. An der Decke grelle Neonröhren, kein Schnickschnack – und zwar zu jeder Tages- und Nachtzeit, bei Sonne und Regen.

Es ist nicht vollkommen außergewöhnlich, dass Jack Darling hier mit Mrs Brennan in einer Sitznische sitzt. Wenn in der Praxis nicht viel los ist, verbringen sie manchmal die Mittagspause hier. Doch dies ist das erste Mal, dass sie nach der Arbeit hergekommen sind. Dr. Darling hat eine Familie, die zu Hause auf ihn wartet, Mrs Brennan hat ihren Kater, Tiger. Ihr einziger Sohn, Michael jr., ist seit zwei Jahren beim Militär, und Mr Brennan liegt seit zehn Jahren unter der Erde. Dass sie zusammen zu Abend essen, ist ungewöhnlich. Hähnchen-Cordon-bleu beziehungsweise gegrilltes T-Bone-Steak mit gefüllten Ofenkartoffeln. Sie trinkt einen Tom Collins. Er einen Old Fashioned.

Maureen Brennan hat reine Haut, und obwohl sie eine Frau von achtundvierzig Jahren ist, sieht man ihr das kleine Mädchen noch an, die Sommersprossen, die sich im Laufe der Jahre in Altersflecken verwandelt haben. Im Winter hat sie rosige Wangen, und wenn sie sich erschreckt, werden ihre großen blauen, lebhaften Augen riesig. Beim Lachen kneift sie sie zusammen.

Ihr Körper ist von Natur aus üppig, großer Busen, ausladendes Hinterteil. Sie kann fluchen wie ein Bierkutscher, aber das Sympathischste an Maureen Brennan ist, dass sie über sämtliche Witze von Jack Darling lacht.

Bay Ridge, Kleinstadt in einer großen Stadt, in der sich jeder in jedermanns Angelegenheiten einmischt. Ein blauer Dodge Dart auf der anderen Straßenseite fährt aus der Parklücke. Rainy Darling hat genug gesehen. Deswegen also ist er nicht zum Abendessen nach Hause gekommen!

Rico und Juliette betreten das Tiffany's, als Gary der Große gerade geht.

«Bitte seien Sie vorsichtig, bitte seien Sie vorsichtig!», sagt er zu niemand Bestimmtem und eilt zur Tür hinaus.

Sie nehmen einen Tisch vorne beim Fenster. Sie bestellt einen Schokomilchshake und Grillkäse, Rico ein Sandwich mit Speck, Salat und Tomate und eine Cola. Ihre Getränke werden gerade gebracht, als Juliette lautes Frauengelächter durch das Lokal schallen hört. Ungezügeltes, vulgäres Gelächter. Juliette hätte keinen Gedanken daran verschwendet, aber etwas an diesem Lachen klingt vertraut. Sie dreht den Kopf und sieht Mrs Brennan in einer Nische am anderen Ende des Lokals ihrem Vater gegenübersitzen. Ihr Vater hat offenbar etwas so Urkomisches gesagt, dass seine Zahnarzthelferin sich mit ihrer Serviette den Mund zuhalten muss, um sich wieder in den Griff zu kriegen. Ihre Schiele-Augen verschwinden fast in ihrem speckigen Schweinsgesicht.

Juliette erstarrt. Sie bemerkt nicht, dass inzwischen das Essen auf dem Tisch steht.

«Ist alles in Ordnung?», fragt Rico.

«Wir müssen gehen, wir müssen weg.» Sie stürzt zur Tür.

Von draußen sieht sie durch das Fenster, dass ihr Vater

Mrs Brennan ein Geschenk überreicht. Die großbusige Mrs Brennan steht auf, beugt sich vor, sodass ihre herabhängenden Titten den Tisch streifen, und küsst ihn auf die Wange.

Wenige Augenblicke später kommt Rico mit einer Papiertüte heraus, in der sich ihr Essen befindet.

«Kannst du mir mal erklären, was das eben sollte?»

«Das ist mein Vater, dadrin.» Sie hyperventiliert beinahe. «Er ist mit einer anderen Frau da, seiner Zahnarzthelferin, und ich glaube, er hat eine Affäre.» Sie schreit: «Nicht hinschauen!»

Rico dreht sich um und schaut hin.

Im Auto beruhigt Rico sie. «Ich kenne deinen Vater nicht, aber ich weiß, wie die meisten Männer ticken, und Tiffany's, ich bitte dich, da kann man es auch gleich als Anzeige in den *Home Reporter* setzen.»

«Das ist es ja. Vielleicht will er es meiner Mutter heimzahlen. Ich glaube, meine Eltern lassen sich scheiden.»

«Ach was, das kannst du gar nicht wissen. Hier bei uns lässt sich keiner scheiden. Der Mann sitzt da bloß.»

«Er ist kein *Mann*. Er ist mein Vater!»

Wäre Juliette länger im Tiffany's geblieben, hätte sie herausfinden können, dass Maureen Brennan gekündigt hat. Sie und ihr Freund Herb Kerry wollen heiraten und nach Queens ziehen. Seit Jack Darling Rainy zum ersten Mal begegnet ist, hatte er stets nur Augen für sie. Aber dass jemand über seine Witze lacht und nicht über ihn, ist schon berauschend.

Rico und Juliette fahren ins Cove, um etwas zu trinken. Juliette muss sich verdammt noch mal abregen. Gefühle sind was Gutes, aber Hysterie ist ein bisschen zu viel des Guten. Zwei, drei Stunden später wird Juliette zu Hause abgesetzt. Ihre Haut strahlt von dem Tag am Strand Hitze ab, und ihr Mund schmeckt nach Erdbeer-Daiquiris.

Juliette schwebt die Einfahrt hinauf. So fühlt es sich also an, wenn man verliebt ist. Jemand ruft aus der Dunkelheit heraus ihren Namen. Mr Haddad kommt von seiner Garage aus auf sie zu.

«Juliette, hast du eine Minute Zeit für mich?»

Juliette ist mehr als nur beschwipst, und das hier ist wirklich das Letzte, worauf sie Lust hat.

«Also, ich wollte eigentlich schlafen gehen.»

«Natürlich», sagt er. «Es dauert nicht mal eine Minute.»

Er geht in Richtung Garten. Sie folgt ihm. Seine Garage steht offen. An den Wänden hängen Werkzeuge an Haken, ganz hinten stehen leere Maxwell-House-Kaffeedosen voller Schrauben, und darüber hängt eine Dartscheibe. Er nutzt die Garage außerdem, um Einmachgläser zu lagern, darin ganz normal Sauerkraut, Gurken und Paprika, aber auch Spargel, Rüben, Fenchel und Ingwer, Pfirsiche und Rhabarber. Alles, was es anzubauen oder zu kaufen gibt, kann auch für die Wintermonate eingelegt werden. «Auf den Sommer folgt immer der Winter», verkündet Mr Haddad, als hätte er die Elektrizität erfunden. In den Regalen aufgereiht große Gewürzbehälter mit handgeschriebenen Etiketten darauf, außerdem Konserven, Plastikdosen mit Schmalz, für den Fall der Fälle sind Trockenfrüchte vorrätig.

«Für welchen Fall?», fragte Juliette einmal.

«Für den Fall, dass etwas Schlimmes passiert, und dann könnten Lebensmittel all deine Probleme lösen, zumindest das Hungerproblem», versetzte Mr Haddad.

«Komm, setz dich.» Er stellt zwei hölzerne Hocker heraus.

Sie setzt sich.

«Was für eine schöne Nacht.» Er blickt zu den Sternen auf.

Auch sie sieht nach oben. Glühwürmchen flitzen und kreiseln durch die Luft wie Sternschnuppen.

«An klaren und wolkenlosen Nächten wie heute sieht man sogar in der Stadt viele Sterne. Bevor David Bücher lesen konnte, habe ich ihm beigebracht, den Himmel zu lesen. Wenn man nämlich den Himmel lesen kann, findet man immer seinen Weg.»

Aus Höflichkeit betrachtet Juliette die Sterne. Sie will wirklich einfach nur allein sein und den Tag im Kopf wieder und wieder durchgehen.

«Wenn man die Sterne anschaut, blickt man in die Vergangenheit, weißt du. Hunderte und Tausende und Millionen und Milliarden Jahre. Und genau in diesem Augenblick erreicht sie uns. Die Vergangenheit holt uns immer ein. Die Vergangenheit holt uns immer ein.»

Sie hat es schon beim ersten Mal gehört, dieser verrückte Mr Haddad.

Er schlägt auf dem Holzhocker die Beine übereinander und stellt sie dann wieder nebeneinander. «Also, Juliette, ich will nicht um den heißen Brei herumreden.»

Sie hört auf, die Sterne anzustarren, und sieht ihn an. Ihr ist nie aufgefallen, dass Mr Haddad hinter seinen Brillengläsern Davids Augen hat.

«Wenn man heiratet, gibt man einander ein Eheversprechen. Ich erinnere mich noch genau, wie ich Mrs Haddad geheiratet habe. Ich, Joseph, nehme dich, Myriam, an als meine Frau. Ich verspreche, dir die Treue zu halten in guten wie in schlechten Tagen, in Gesundheit und Krankheit, bis dass der Tod uns scheidet. Ich will dich lieben, achten und ehren alle Tage meines Lebens. Dazu helfe mir Gott. Juliette, weißt du, warum ich mich an dieses Versprechen erinnere?»

«Weil Sie ein gutes Gedächtnis haben?»

«Weil ich es jeden Abend wiederhole und jeden Tag lebe. Worte und Handlungen, Juliette, Worte und Handlungen.»

Das hier wird immer eigenartiger. Juliette möchte aufstehen und gehen. Wenn David hier wäre, würde er ihre Gedanken lesen und etwas unternehmen.

«David ist mein Sohn», sagt er so fest, als könnte gleich jemand sagen, nein, er ist meiner.

Sie wartet, dass er weiterspricht.

Um Gottes willen, sprich weiter.

Er schweigt.

Nach drei, vier Minuten, nach fünf Tagen vielleicht, redet er weiter, dem Himmel sei Dank.

«Ich habe mir an dem Tag, an dem David geboren wurde, geschworen, ihn immer mit Respekt zu behandeln, ihn zu beschützen und für ihn einzustehen. Niemand wird ihn jemals verletzen. Verstehst du das?»

«Ja.» Sie muss pinkeln.

«Ich würde mein Leben für ihn geben.» Er schluckt laut. «Und ob mein Sohn David hier bei uns ist oder irgendwo anders», er deutet in den Nachthimmel, «ich werde immer nach oben schauen und den Weg wissen. Ergibt das Sinn, Juliette?»

«Ja», sagt sie. Sie hat keine Ahnung, was er da redet.

Damit steht er auf und trägt seinen Hocker in die Garage. Sie steht ebenfalls auf und reicht ihm ihren.

«Gute Nacht, Juliette.»

«Gute Nacht, Mr Haddad.»

Juliette geht in die Küche, um sich ein Glas Wasser zu holen, und erschrickt, als sie ihre Mutter dort im Dunkeln sitzen sieht.

«Mom, was machst du hier?»

«Ich kann nicht schlafen», sagt sie und löffelt Müsli. Juliette hört knurps, knurps.

Zuerst der verrückte Mr Haddad und nun das. Haben sich alle verschworen, um mir den Abend zu ruinieren?, denkt sie.

«Willst du Müsli?», fragt ihre Mutter mit scheuer, leiser Stimme.

Juliette lehnt sich gegen den Tresen. Sie horcht. Die Stimme ihrer Mutter im Dunkeln lässt sie innehalten. Es ist lange her, dass sie so geklungen hat, das hier ist die Stimme, die ihr Gutenachtgeschichten vorgelesen hat, die Stimme, die sie Mäuschen genannt hat, ohne dafür eine Gegenleistung zu erwarten. Die Stimme ihrer Mutter geht ihr normalerweise auf die Nerven. Aber heute Abend klingt sie anders. Wie früher irgendwie, zart und behutsam in der Dunkelheit.

«Mäuschen», sagt ihre Mutter und klingt plötzlich erschöpft. «Kann ich heute Abend bei dir schlafen?»

«Wie meinst du das?», fragt Juliette.

«Ach egal, ich dachte nur, wir könnten so eine Pyjamaparty machen wie früher manchmal», sagt ihre Mutter mit ihrer normalen Stimme und stößt enttäuscht die Luft aus.

«Okay, Mom, also gute Nacht.» Sie geht rüber, ihre in der Nische sitzende Mutter umarmen, und umarmt letztlich ihren Kopf.

Auf dem Weg in den Keller denkt Juliette: Wann haben wir jemals eine Pyjamaparty gemacht?

Sie streckt sich in der Mitte der Matratze aus und nimmt so viel Platz ein, wie sie kann. Wenn alles gut geht, wird Rico morgen hier neben ihr liegen, sie berühren und …

Dies ist ihre letzte Nacht als Jungfrau, da ist sie sich sicher. Bitte lieber Gott, lass alles so laufen wie geplant.

16

Rico möchte ein Mann sein, der zu seinem Wort steht. Er hat Juliette versprochen, sie pünktlich um zwanzig Uhr abzuholen, und es ist richtig scheiße, wenn er auch nur eine Minute zu spät kommt. Sein Vater versucht, seine Pläne zu durchkreuzen, Scheiße, der macht ihm das Leben zur Hölle, Scheiße, er kann das Auto nicht haben, totale Scheiße. Aber dieses Mal lässt sich Rico davon nicht aus der Fassung bringen. Er holt tief Luft. Atmet viermal ein – 1 – 2 – 3 – 4 –, hält die Luft an – scheiße, scheiße, scheiße, scheiße – und stößt sie bei 6 wieder aus.

«Überleg dir gut, welche Schlachten du schlägst, such dir deine verdammten Schlachten gut aus», murmelt er, knallt die Tür zu und tritt in die Hitze auf der Straße hinaus.

Er wird den alten Pizzawagen nehmen. Es gibt schlimmere Dinge im Leben. Enrico D'Angelo ist eines davon, sein bescheuerter Vater, der ihm zeigen will, wo der Hammer hängt. So sei er nun mal erzogen worden, sagt ihm seine Mutter. Tief drinnen sei er ein Teddybär.

Als Rico bei Juliette ankommt, ist er sich nicht sicher, ob er klingeln oder im Wagen warten soll. Er geht die Treppe hoch und späht in der Hoffnung, sie zu sehen, durch die Fliegengittertür.

Nach ein paar Minuten ruft er schließlich: «Hey, Juliette, bist du da?»

Ein großer, schlaksiger Typ kommt zur Tür.

«Kann ich dir helfen?», fragt George.

«Hey, ja, kannst du, danke. Schön, dich kennenzulernen, ich bin Rico. Ich wollte Juliette abholen.»

George mustert Rico von Kopf bis Fuß. Ihm fällt das Polyesterhemd auf, das praktisch bis zum Bauchnabel offen steht.

Er riecht das billige Rasierwasser. Penetrant. Der ungnädige Teil von George registriert den Pizzawagen. Auch der ist kaum zu übersehen.

Er ertappt sich dabei, dass er sich dafür schämt, jemanden rein nach Äußerlichkeiten zu beurteilen. Er hat sich immer gern für einen anständigen Menschen gehalten, jemanden, der auf der richtigen Seite steht, der sich für die Benachteiligten einsetzt.

Ist nicht er es gewesen, George Darling, der in *Die zwölf Geschworenen* den achten Geschworenen gespielt hat? Er hat den Text nicht nur auswendig gelernt wie die anderen Kinder, sondern die Rolle *verkörpert*. Er stand auf der Bühne, schlug mit der Faust auf den Tisch und verteidigte die Unschuld eines Mannes über einen begründeten Zweifel hinaus.

Ist nicht er es gewesen, George Darling, der als Kind keinen Sport schauen konnte, weil er immer für die Verlierermannschaft Tränen vergoss? Auf diese Weise hat er zum Theater gefunden. Im Theater, Darling, gibt es keine Verlierer, nur Gewinner. Step Touch, Kreuzschritt, Drehung.

Ist nicht er es gewesen, George Darling, der erst neulich in der Subway einer extrem dicken Frau seinen Platz angeboten hat?

Was ist nur aus ihm geworden?

An den Drogen kann es eigentlich nicht liegen. George musste verlorene Zeit aufholen. Er war sein ganzes Leben lang in einer Tretmühle. Kaum hatten seine Füße die Londoner Straßen berührt, rannte und rannte er. Er probierte alles aus. Natürlich nur zum Spaß.

Am Sex kann es eigentlich auch nicht liegen. Der Sex in London hat sogar seine wildesten Fantasien übertroffen.

Vor London hatten er und Kathy, seine Highschool-Flamme, fünf-, vielleicht sechsmal miteinander geschlafen. Zwei Ahnungslose, zwei nackte Teenagerkörper, allein das Gefühl, nackt nebeneinanderzuliegen, Haut an Haut, war aufregend. Aber er schloss dabei immer die Augen, was Kathy irritierte, die dem Jungen, den sie liebte, in die Augen sehen wollte. George wusste, dass er sich nur die Zeit vertrieb. Er kam schnell und spürte hinterher kaum Erleichterung. Stattdessen Juckreiz. Kratzen. Juckreiz. Step Touch.

Als er in London ankam, schlief er mit jedem Mann, der ihn nur ansah. Eine Menge Männer sahen ihn an. Der Unterschied zwischen George und Juliette ist der, dass er es bemerkt. Sie tut das nie.

Beim ersten Sex mit einem Mann wusste George nicht einmal dessen Namen. Aber das spielte keine Rolle, denn er fühlte sich zum ersten Mal in seinem Leben grundlegend verstanden. Es war, wie in ein fernes Land zu reisen und dort auf jemanden zu treffen, der die eigene Sprache spricht. Er lebte sein wahres Ich aus, und das alles hätte George zu einem noch besseren Menschen machen sollen.

Rico steht an der Tür und schaut zu George hoch.

Auch er besitzt Urteilsvermögen. Obwohl er sein Geld als Pizzabäcker verdient, ist er sehr gut darin, den Charakter anderer Leute zu erkennen, man könnte sagen, er hätte einen Doktor darin. Selbst die einfachsten Dinge enthalten wertvolle Informationen darüber, wer eine Person ist, zum Beispiel wie viele Stücke jemand bestellt, ob er zusätzlichen Belag möchte, ob er in großen Scheinen bezahlt oder wie ein Geizhals jeden Penny abzählt.

«Keinen Plan, woher ich diese Fähigkeit habe», hat er an dem Tag am Strand zu Juliette gesagt, «vererbt hat sie mir keiner. Mein Vater würde eine Frau, die im Begriff ist, vor seinem Tresen zu verrecken, fragen: Was darf's sein, Lady? Ich dagegen kann Menschen gut lesen. Manchmal weiß ich, was sie wollen, bevor sie es überhaupt selbst wissen. Ich weiß zum Beispiel, dass du deine Jungfräulichkeit verlieren willst. Ich weiß, dass wir beide es am Ende machen, was?» Er zwinkerte ihr zu.

Rico kann nicht aufhören, George anzustarren. Er hat die gleichen Lippen wie Juliette, aber bei einem Mann wirken sie ganz anders. George hat einen Goldring im Ohr, kein Problem für Rico, sogar sein Kumpel Tom hat einen Goldstecker. Aber die kurze, abgeschnittene Jeans gepaart mit einem schwarzen Nietengürtel? Was soll der Mist? Das Schmetterlings-Tattoo auf dem Arm? Ist er ein verdammter warmer Bruder? Dagegen ist ja nichts einzuwenden, aber er muss es mir nicht gleich unter die Nase reiben, denkt Rico.

Höflich und wie zur Erklärung führt Rico aus: «Ich bin verabredungsgemäß hier.»

George mustert Rico lange genug, um ihn zu verunsichern und in ihm die Frage aufkommen zu lassen, ob er das Wort falsch benutzt hat.

«Verabredungsgemäß? Warum hast du das nicht gleich gesagt? Also wenn das so ist, gehe ich sie holen.»

Rico hört einen Wortwechsel, dann erscheint Juliette. Sie ist erhitzt und außer Atem, als hätte sie sich für ihn beeilt. Das gefällt ihm. Sie sieht aus, als wollte sie flachgelegt werden. Und das, lieber Bruder, wird verabredungsgemäß erledigt.

Letzte Nacht hat Rico von ihr geträumt, nichts Schmutziges, es war eher wie im Film, wenn was von früher eingeblendet wird. Sie hielten Händchen und blickten auf den Moraine Lake, den See auf dem kanadischen Zwanzigdollarschein. Er war kristallblau. Die Luft war frisch. Vielleicht ist er dabei, sich zu verlieben.

«Lass uns zum Cannonball Park fahren, die Brücke ansehen und so weiter», schlägt Rico vor.

Das «und so weiter» bedeutet heftiges Vorspiel oder zumindest den Versuch eines heftigen Vorspiels. Er fordert sie auf, sich auf ihn zu setzen. Sie tut es. Ihre langen Beine falten sich unter ihr. Sie ist eine riesige Gottesanbeterin. Er packt ihren Hintern und drückt ihn, zieht sie dichter an sich. Das erregt sie, dann bekommt sie einen Krampf im Bein. Sie wechseln die Position. Juliette sitzt jetzt auf dem Beifahrersitz, ihr T-Shirt ist bis zum Hals hochgeschoben. Rico klappt die Lehne nach hinten, aber da es der Pizzawagen ist und kein Auto, ruckt der Sitz zurück nach vorn, und Juliette wird praktisch stranguliert, ihr T-Shirt verfängt sich im Gurt. Rico sitzt jetzt auf dem Fahrersitz und versucht, sie da unten zu küssen, stößt aber mit dem Hintern gegen die Hupe.

Und dann endet die Komödie der Irrungen und Wirrungen. Sie finden eine bequeme Position. Ein Rausch neuer Empfindungen. Ihre Haut, sie hat ihre Haut nie als erogene Zone betrachtet. Er kennt ihren Körper besser als sie selbst.

Klopf. Klopf. Klopf.

Jemand pocht ans Fenster. Sie greifen beide nach irgendwas, um sich zu bedecken. Es ist ein Polizeibeamter.

Da der Son of Sam immer noch frei herumläuft, ist es nicht ungewöhnlich, dass die Polizei an beschlagene Scheiben klopft und Sexhungrige zum Weiterfahren auffordert.

«Wie geht's euch heute Abend, Kids?»

«Uns geht es gut, Officer», entgegnet Rico mit nacktem Oberkörper und bedeckt Juliette mit seinem Hemd.

«Liefert ihr ein paar Pizzen aus?», scherzt der Klugscheißer und sagt dann streng, als ginge es für ihn um 'ne Beförderung: «Ihr solltet weiterfahren. Das hier ist kein Ort für öffentliche Unzucht.»

Öffentliche Unzucht, ein Begriff, der alle romantischen Gefühle abtötet.

Sie beschließen, die öffentliche Unzucht zu einer privaten zu machen.

«Wir können zu mir gehen», schlägt Juliette vor und versucht, wie eine Frau von Welt zu klingen, die raucht und Männer hat.

Das ist die ganze Zeit der Plan gewesen. Sie hat heute die Kleinmädchen-Bettwäsche mit Blümchenmuster ab- und eine schlichte weiße aufgezogen. Sie hat den Schlüssel in die Tür gesteckt, damit sie abschließen kann. Und sie hat ihr Stofftier versteckt.

«Na gut, aber erst muss ich ein paar Pizzas ausliefern. Komm mit.»

17

13. Juli 1977

20:37 Uhr

In Buchanan South, einem Umspannwerk der Firma Con Ed am
Hudson River, eine Stunde nördlich der Stadt gelegen, fängt es
an zu regnen. «Halleluja», denkt Norm, «endlich wird diese verdammte Hitzewelle gebrochen.» Er nimmt seine Brille ab, öffnet
eine Dose Mountain Dew und hält sich das kalte Metall an Stirn
und Schläfen. Plötzlich hört er einen ohrenbetäubenden Knall.
«Heilige Maria, Muttergottes ...» Zwei Telefone schrillen los, er
stürzt hin, um abzuheben. KNACKS! Er ist auf seine Brille ge-
treten.

20:38 Uhr

«Alles klar, bin fertig.»

Enrico D'Angelo steht mit dem gereinigten Aquarium am Waschbecken. Seine Frau Connie, die Zigarette in der einen Hand, bringt ihm das Glas mit Jack und Jill.

«So», sagen sie beide und drehen sich gleichzeitig um.

KRACH! Das Glas zerspringt. Jack und Jill stürzen zu Boden. Sie sind frei. Dann sterben sie.

20.39 Uhr

Mrs Caramida setzt sich wie jeden Mittwochabend bereit, um *Acht sind genug* anzuschauen. Laut sagt sie in ihr leeres Wohnzimmer hinein: «Acht sind genug? Wie wär's mit: Ein lausiger Ehemann und ein undankbares Gör sind genug?» Jeden Abend trinkt sie ein Glas Hiram Walker's Crème de Cassis, sie nennt es ihren Traubensaft, aber das interessiert keinen.

Sie döst ein, die Hitze, der Tag, das Leben – ihr Glas zerspringt auf dem Boden. BOOM!

21:30 Uhr

Rainy und Jack sitzen im dunklen Wohnzimmer. Ihre Oberschenkel kleben am Plastiküberzug des Sofas.

«Hast du in der Vitrine nachgesehen?»

«Ja.»

«Hatten wir nicht mal zwei Notfalltaschenlampen? Wir hatten doch zwei», sagt Rainy.

«Ja.»

Schweigend sitzen sie da. Die Luft im Raum ist noch gekühlt von der Klimaanlage, die vor einer Stunde zusammen mit dem Strom ausgefallen ist. Sie hört seinen angestrengten Atem. Wieso kann er nicht durch die Nase atmen wie alle anderen Leute auch?

«Jack, suchst du in der Küche nach Kerzen? Ich weiß, wir haben von Chanukka welche übrig.»

«Ich sehe nach.» Er rührt sich nicht. Hier zu sitzen, fühlt sich gut an. Er war den ganzen Tag auf den Beinen.

«Soll ich gehen?»

«Nein, schon in Ordnung.»

Jack Darling springt auf und bleibt in der Dunkelheit stehen. In seiner Jugend galt er als groß. Aber wenn man einen Bauch hat, redet niemand mehr von deiner Größe. «Mein Bagel-Bauch» nennt er ihn.

Es gab eine Zeit, da befand sich Jack Darling auf der Siegerspur. Und obwohl er einen Bauch hat, Flecken auf dem Hemd, sich in der Öffentlichkeit im Ohr bohrt, hat er dennoch das Gefühl – zum Beispiel wenn er sich nach dem Duschen oder Rasieren im Spiegel betrachtet –, dass er noch nicht ganz verschwunden ist. Da ist noch immer der schwache Abglanz dessen, was er einmal gewesen ist, wie bei einem Hamburger, der daran erinnert, dass er einmal eine Kuh war. Es gibt noch Hoffnung.

Jack blickt nach rechts und links, als wollte er eine Straße überqueren, orientierungslos in der Dunkelheit.

«Was ist los? Willst du, dass ich gehe?»

«Ich mache das, Rainy, hab ich doch gesagt.» Er stößt sich am Couchtisch und tastet sich dann an den Wänden entlang in die Küche.

Das Öffnen und Schließen von Schubladen ist zu hören, das Klappen von Schränken, Wühlen. Die Kühlschranktür öffnet sich quietschend.

«Was machst du da?», ruft Rainy.

Lange vor dem Blackout, lange bevor sie bei Tiffany's vorbeigefahren ist und ihren Mann mit seiner Zahnarzthelferin lachend im Diner gesehen hat, hatte Rainy schon beschlossen, die Scheidung zu beantragen. Genug ist genug. Sie kann nicht diese Fassade aufrechterhalten und sich obendrein noch demütigen lassen. Sie kann nicht mehr so tun, als würde sie ihn lieben, obwohl sie ihn kaum erträgt.

«Ich hab sie gefunden!», ruft Jack.

«Du hast die Taschenlampe gefunden?»

Keine Antwort.

«Was hast du gefunden?»

Keine Antwort.

«Hast du die Kerzen gefunden?»

«Besser.» Jacks Stimme klingt gedämpft und eigenartig, als läge er im Kofferraum eines Autos.

Auf allen vieren kehrt er zurück. Er kriecht zum Sofa und hält dabei etwas im Mund.

«Jack!»

Er nimmt das Ding aus seinem Mund und legt es auf den Tisch.

«Was um Himmels willen machst du da auf dem Boden?»

«Es hat seinen Grund, dass Packesel auf vier Beinen unterwegs sind. Ich hab was für uns», sagt er und holt zwei Gläser, eine Flasche Gin und eine Chipstüte aus seinem Hemd.

Er rumst erneut gegen den Couchtisch, dann lässt er seinen weichen Körper aufs Sofa plumpsen. Der Aufprall lässt Rainy ein Stück hochdotzen.

«Meine Güte, Jack, wirklich.»

«Schau, was ich hier habe», sagt er und hält Rainy eine Packung vors Gesicht. Er drückt auf die Lampe an seiner Digitaluhr, damit sie sie sehen kann.

«Was soll das?» Sie schielt mit zusammengekniffenen Augen auf die Packung Pop Rocks.

«Willst du probieren?»

«Nein, Jack, will ich nicht. Die sind für die Kinder.» Einsatz muss auch zählen, sagt er sich immer. Er strengt sich an, was für ihn inzwischen gleichbedeutend ist mit leben.

«Na gut, wie wär's mit etwas für Erwachsene?» Er lehnt sich vor, stützt die kalte Gin-Flasche auf seinem Knie ab und schenkt ihnen zwei großzügige Gläser voll ein.

«Tja, ich schätze …» Rainy mag Gin.

«Prost.» Sie stoßen an.

Der kalte Gin, der heiße Abend, der erste Schluck, aaah. Aber dann kehrt das Schweigen zurück.

Durch die Fenster dringen die Geräusche der Nachbarn, die sich unterhalten und lachen, dazwischen Radiogeplärr. Als er Rainy das erste Mal auf einer Party sah, fühlte er sich von ihrem schlanken Tänzerinnenkörper angezogen und davon, wie sie eine Zigarette rauchte. Aber was ihn schließlich dazu brachte, zu ihr rüberzugehen, war ihr Lachen – ein pfeifendes Geräusch, wie wenn aus einem Heliumballon Luft entweicht. Dann ein lautes «Ho Di Ho Ho», woraufhin sich alle Umstehenden erschrocken zu ihr umdrehten. Es war wie ein Niesanfall, sie hatte keine Kontrolle darüber. Sofort brach der gesamte Raum in Gelächter aus. Wie konnten so gewaltige Laute aus einem so zierlichen Körper kommen? Ein deutlicher Hinweis der Natur, dass die Dinge nicht immer so sind, wie sie auf den ersten Blick erscheinen.

Sie hat seit Jahren nicht mehr so gelacht, denkt Jack. Rainy und Jack gingen miteinander aus, und wer weiß, wie es mit dieser jungen, intensiven Liebesbeziehung weitergegangen wäre, wenn Rainys Eltern nicht bei einem Autounfall ums Leben gekommen wären. Jack fand, ein Mensch sollte grundsätzlich nicht ohne Familie leben.

Es war also ein Samstag im Jahr 1952, Rainys letztem Jahr am Beaver College, einem reinen Frauencollege in Pennsylvania. Sie fuhren in die City, um *Singin' in the Rain* zu sehen, danach wollte er sie bei einem Steak seinen Eltern vorstellen. Nach dem Essen führte er sie hinaus auf die vollen Straßen von New York City, ging auf die Knie und machte ihr einen Antrag. Dabei schenkte er ihr einen zweikarätigen Diamantring. Sie konnte Anitas und Selmas Ahs und Ohs schon hören. Rainy zögerte nicht. Jack war ein guter Fang.

Sie hatte ihre Eltern geliebt, ihre lieben, reizenden, alten, sehr altmodischen und jetzt toten Eltern aus dem Mittleren Westen. Aber sie hatte immer das Gefühl gehabt, in die falsche Familie hineingeboren zu sein. Jetzt würde ihr Leben eine Korrektur erfahren.

Rainy nannte ihre zukünftigen Schwiegereltern beinahe umgehend Mom und Dad. Dabei nahm sie bei ihnen eine spürbare Erleichterung wahr, denn die andere Schwiegertochter der beiden, die kurzhaarige Lois, nannte alle beim Vornamen. Sie hatte sogar ihre eigene Tochter Lee dazu erzogen, wie befremdlich.

Bei ihrer Hochzeit überraschte Jack Rainy damit, dass er die Hochzeitskapelle *You Were Meant for Me* spielen ließ, das Liebeslied von Gene Kelly und Debbie Reynolds. Jack Darling entwickelte die Masche, bei Regen mit einem Regenschirm herumzutanzen. «Was für ein herrliches Gefühl, ich bin glücklich.»

Rainy liebte das an ihm – seine ausgebreiteten Arme, dass er laut sang, obwohl er keine Gesangsstimme hatte. Aber im Laufe der Jahre sind seine großen Träume ausgeleiert und fleckig geworden. Außerdem hat er sie seit Jahren nicht mehr angerührt. Zuerst war sie froh darüber. Es war eine mühsame Angelegenheit. Dass er sich immer noch eine zweite Portion nahm und sich kaum bewegte, ließ in ihr die Frage aufkommen, wozu das Ganze überhaupt gut sein sollte. Sie hatte genügend Zeitschriften gelesen, um zu wissen, dass es mehr im Leben gab als die Missionarsstellung. Ähnlich wie bei einer alten Lampe, die einen neuen Schalter bräuchte, fragte sie sich: Lohnt das noch? Eines Tages bemerkte sie, dass er nicht mehr fragte und sie nicht mehr Nein sagte.

Und dann, eines regnerischen Tages, nahm er einfach den Regenschirm aus dem Ständer, öffnete ihn und ging hinaus. Er war nicht mehr glücklich.

«Woran denkst du, Rainy?», fragt er und kratzt sich hinterm Ohr.

«Ich denke, die beiden Sessel uns gegenüber sind zu wuchtig für den Raum.»

«Du kannst die im Dunkeln sehen?»

«Nein, aber ich weiß, dass sie da sind.»

Schweigen.

Jack gießt sich noch einen Gin ein. «Gibt nichts Besseres, um die alten Rohre wieder frei zu kriegen.» Er schlägt sich auf die Brust wie ein Stammeskrieger in National Geographic.

«Wirst du mich auch fragen, woran ich denke?»

Sie wendet sich ihm zu und fragt entweder extrem interessiert oder aber sarkastisch: «Und woran denkst du, Jack?»

Jack unternimmt den Versuch, zum Scherz einen irischen Akzent nachzuahmen. «Glaube, unser George ist eine Schwuchtel.»

«Jack! Nicht dieses Wort!»

«Soll ich lieber Homo sagen?»

Rainy steht auf. «Das reicht, Jack.»

Er greift nach ihrer Hand. «Bitte bleib sitzen, Rainy-Rain, bitte. Ich weiß bloß einfach nicht mehr, wer er ist.»

Jack kann nicht aus seinem Gedächtnis löschen, was er heute gesehen hat. Sein Sohn George hat sich im Badezimmerspiegel betrachtet und wie ein Mädchen einen Lidstrich aufgetragen. Entgeistert blieb Jack im Flur stehen. George wandte sich zu ihm um und drehte sich dann wieder zum Spiegel, als wollte er ihn provozieren.

Er schüttelt den Kopf. «Ich erkenne überhaupt niemanden mehr wieder.»

«Geht mir genauso», sagt Rainy.

Sie öffnet den Mund, will noch etwas hinzufügen, beschließt aber, es nicht zu tun. Man kann über sie sagen, was man will, aber Rainy Darling kann Geheimnisse für sich behalten. Sie ist sogar stolz darauf, Geheimnisträgerin zu sein, und wünschte sich, mehr Menschen würden ihr ihre geheimsten Gedanken, Gefühle und Träume offenbaren. Es ist, als bekäme sie dadurch die Gelegenheit, mehr als nur ein einziges Leben zu leben.

Sie ist diejenige, der George sein Geständnis gemacht hat. Zuerst dachte sie, er würde sie auf den Arm nehmen, aber er sprach mit seiner normalen Stimme. Dann dachte sie, er hätte sich eine Ausrede für London ausgedacht, einen Vorwand, der es ihm unmöglich machte zu bleiben. Als Kind war George fröhlich und beliebt, er sah gut aus und bezirzte alle mit seinem Charme. Sie meint mit absoluter Sicherheit zu wissen, dass er damals glücklich war. Und dann, als hätte jemand einen Schalter umgelegt, war er plötzlich traurig. Wegen allem und jedem. Traurig wegen

Kambodscha, traurig wegen Erdbeben und Bomben, traurig wegen Patty Hearst, traurig wegen Massakern und Niederlagen. Traurig, dass die Beatles sich auflösten, obwohl er kein einziges Album von ihnen besaß. Die Gleichförmigkeit der Menschen um ihn herum machte ihn auch traurig. Sie hat sich immer nur gewünscht, George glücklich zu sehen, ihre Familie glücklich zu sehen. Sie hat wirklich nicht erwartet, dass alles so schwer werden würde.

Sie trinken jeder noch einen Schluck Gin.

Rainy will Jack sagen, dass sie wirklich ziemlich verärgert ist, verärgert-verärgert!, weil er ihr erzählt, er würde bis spät in die Nacht arbeiten, und dann in einem Diner ihre gescheiterte Ehe zur Schau stellt. Ausgerechnet bei Tiffany's, wo sie mit den Kindern samstagmorgens oft gewesen sind. Falls es jemanden interessiert: Sie ist seit Jahren nicht mehr glücklich, seit Jahren-Jahren!, aber sie hat durchgehalten, wegen der Kinder, weil wir eine Familie sind, weil wir eine Verpflichtung eingegangen sind. Sobald das Licht wieder angeht, wird sie es ihm sagen.

Jack Darling öffnet die Chipstüte und nimmt einen knusprigen Mund voll.

«Bitte verteil hier keine Krümel.»

«Im Dunkeln kann man die sowieso nicht sehen.»

Er hält ihr die Tüte hin. Sie zögert, dann greift sie hinein, nimmt einen Kartoffelchip und beißt ab. Sie kaut langsam und leise. Nach ein paar Sekunden nimmt sie einen weiteren. Einen nach dem anderen.

«Nicht schlecht», muss sie zugeben.

Sie könnte sich locker den gesamten Inhalt der Tüte in den Mund stopfen. Aber in ihren Jugendjahren war der Lieblingsspruch ihrer Eltern: «Alles, aber in Maßen». Mäßigung ist die Formel, um nie zu viel zu essen, nie zu weit zu gehen, in der Spur zu bleiben. Nur fünf Chips und dann die Tüte wegräumen. Stundenlang das Verlangen danach aushalten, den Salzgeschmack auf der Zunge, mit knurrendem Magen, der nach mehr verlangt. Sie hat nie daran gezweifelt, dass ihre Eltern sie liebten, aber sie haben sie so spät im Leben bekommen, dass sie sich nicht mehr auf sie einstellen konnten. Es gab immer nur zwei Küchenstühle. Wenn sie morgens in die Küche kam, wirkten sie überrascht, sie zu sehen. «Wer bist du denn?» – «Wie schön, dich kennenzulernen», scherzten sie mit ihr.

Mindestens eine Stunde lang sitzen Jack und Rainy wortlos da und reichen sich gegenseitig die Chips und den Gin hin und her. Es ist jetzt heiß, die Luft ist nicht mehr frisch, sondern muffig und abgestanden.

Er will ihr sagen, dass er weiß, dass sie nicht glücklich ist. Er sieht das. Er ist nicht völlig stumpf, er nimmt so etwas wahr. An ihrem fünfundzwanzigsten Hochzeitstag im April wollte er sie eigentlich mit einer Nacht im Plaza überraschen, alles geben, aber in letzter Minute hat er storniert. Er fürchtete, sie könnte ihn für albern halten, so wie damals, als er ihr vorschlug, eine Runde auf der Shore Road spazieren zu fahren, und sie bloß die Augen verdrehte. Er hat ihr immer so gern Süßigkeiten, Parfüm, Blumen geschenkt. Einmal, ist gar nicht lange her, hat er ihr Margeriten gekauft, ihre Lieblingsblumen. Sie bedankte sich und gab ihm einen Kuss auf die Wange, vergaß aber, sie in eine Vase zu stellen. Am nächsten Tag lagen sie immer noch in Krepppapier eingewickelt und verwelkt auf der Küchentheke. Er warf sie zusammen mit den leeren Campbell-Suppendosen in den Müll. Es ist schwer, sich immer weiter zu bemühen.

Er liebt sie.

Sie denkt fast zeitgleich ebenfalls an die Margeriten. Er hat mir immer Margeriten mitgebracht, immer. Er wusste, dass ich Margeriten liebe. Einfache Blumen, die wild an der Straße wachsen, fast wie Unkraut. Selbst im Winter fand er einen Blumenladen, der Margeriten hatte, und brachte mir welche mit. Erst letzte Woche hat er mir billige, welke Blumen geschenkt, wahrscheinlich weil er der Witwe die teuren mitbringt. Er liebt mich. Er liebt mich nicht.

Wie sehr ihr fehlt, wie es früher gewesen ist.

Plötzlich schäumt Jack förmlich über vor Energie, er beugt sich vor und reißt die Verpackung der Pop Rocks auf.

«Rainy Ruth Helen Rothstein Darling, machen Sie den Mund auf, dies ist eine notfallmäßige Kontrolluntersuchung, Dr. Darling übernimmt.»

Sie legt den Kopf in den Nacken, und er streut ihr Pop Rocks auf die Zunge.

Augenblicklich beginnt ihre Zunge zu prickeln, das kommt so überraschend, dass sie ein Schnauben und dann ein Quieken ausstößt, und dann fängt sie an zu lachen, ein Wildwest-Lachen, schrill und rau. «Es ist Himbeer, nicht Erdbeer, aber echt gut.» Ihre Stimme klingt ein wenig betrunken. «Du musst auch mal probieren, Jack, das ist echt …»

«Beerenstark», sagt er mit ausgestreckter Zunge.

Das bringt sie wieder zum Lachen. Jacks Herz schlägt sowieso schon Salti.

Sie sieht ihn an und denkt daran, wie er sie im College immer zum Lachen gebracht hat. Er bemerkt, dass sie ihn auf diese Weise ansieht.

Nach ein paar Minuten verebbt ihr Gelächter.

«Das war wirklich lustig», sagt Rainy und nimmt einen weiteren Schluck Gin.

«Rainy, ich muss dich was ziemlich Wichtiges fragen.»

«Was?» Rainy ist besorgt, dass er ihr zuvorkommen und SIE um die Scheidung bitten könnte. Wenn er ihr zuvorkommt, stirbt sie.

Er röchelt durch seine verstopfte Nase. «Ich verschmelze

förmlich mit dem Sofa. Können wir diesen verdammten Überzug abnehmen?»

Rainy prustet los vor Erleichterung und spuckt Gin in die Luft. Das bringt wiederum ihn zum Lachen, was sie zum Lachen bringt, und ehe sie es sich versehen, brüllen sie beide vor Lachen.

«Und?»

«Wenn du versprichst, vorsichtig zu sein, dieses Sofa ist ...»

«Ich weiß, ich versprech's.»

Sie prosten sich noch einmal zu und stellen beinahe genau gleichzeitig ihre Gläser auf dem Couchtisch ab.

«Pass auf die Lampe auf.» Sie stehen auf und nehmen die Sitzkissen ab. «Pass auf das holländische Mädchen auf!» Das Mädchen und die Windmühle haben sie aus Europa mitgebracht, von ihrer Hochzeitsreise.

Im Dunkeln beugen sie sich über die Couch.

«Bist du bereit?», fragt Jack Rainy.

«Und los», sagt Rainy.

Als wäre ihr gemeinsames Leben nur die Vorbereitung für diesen einen Moment gewesen, sind ihre Bewegungen synchron wie die einer Gymnastinnengruppe, anmutig, wortlos, aber erfüllt von dem instinktiven Wissen, was der andere als Nächstes tun wird. Er zieht die Couch ein Stück von der Wand weg. Rainy beugt sich darüber, verschwindet halb dahinter und öffnet den Reißverschluss. Dann ziehen sie beide an dem Plastiküberzug, hoch und heran, hoch und heran, spüren, dass er sich Stück für Stück lockert.

«Er löst sich. Er löst sich», sagen sie wie aus einem Mund.

Sie lassen den Plastiküberzug, der zu groß und steif ist, um gefaltet zu werden, mitten im Wohnzimmer fallen. Der Plastikhaufen sackt raschelnd und knisternd in der Dunkelheit in sich zusammen.

Beide lassen sich auf das Sofa sinken, spüren den weichen

Stoff an den Beinen. Jack schwitzt. Sie lehnt sich an ihn. Er legt den Arm um sie, seine Finger streichen auf ihrer Schulter auf und ab. Er küsst sie auf den Kopf. Arm in Arm schlafen sie auf dem entkleideten Sofa ein. Sie sind in ihrem Wohnzimmer nicht länger Gäste.

18

Davids Blick haftet an dem Fernseher in seinem Zimmer. Es herrschen zweiunddreißig Grad. Er hat den für Krebs typischen Nachtschweiß und keine Augenbrauen, die den steten salzigen Strom abfangen könnten, der an ihm herunterrinnt. Sein gelber Notizblock mit den Baseballstatistiken ist verschmiert.

Aber selbst für diejenigen, die nicht mit Krebs gesegnet sind, ist es eine heiße Nacht. Heute Abend dreht sich alles um die Yankees.

Es ist das zweite von drei Spielen gegen die Milwaukee Brewers in Milwaukee. Die Brewers, ein Team, das unvergesslich ist, weil man es sofort wieder vergisst. Sie haben noch nie eine World Series gewonnen.

Gestern Abend haben die Yankees das Spiel gewonnen, aber heute Abend liegen sie mit sechs Runs zurück.

David stürzt seine Cola hinunter. Kalt, schneidend, prickelnd. Seine Adern ziehen sich zusammen, pressen das kostbare flüssige Gold von seinem Kopf bis in die Zehen. Er ist lebendig. Gott, am Leben zu sein, fühlt sich wunderbar an. Er hat einen Ständer. Er schiebt seine Hand in die Hose, streichelt seinen harten Penis und sieht zu, als hinge sein Leben davon ab.

Der Fernseher gibt plötzlich ein Pling von sich, ein letztes Lebewohl, bevor der Bildschirm dunkel wird. Und dann: nichts.

David haut mit der flachen Hand auf den Fernseher, beugt sich dahinter, zieht kurz den Stecker raus.

«Was soll das? Was soll das?», brüllt David, dass die Wände wackeln.

«Fuck, Fuck, Fuck, warum ich, lieber Gott, warum jetzt?»,

murmelt er, ohne zu wissen, dass seine Dunkelheit die Dunkelheit von allen ist. Ausnahmsweise sitzen alle im selben Boot. Die Gleichheit von Schmerz und Vergnügen. Er hört Schlurfen, Geraschel, seine Eltern sind im Wohnzimmer, zwölf mit Teppich belegte Treppenstufen unter ihm.

«Dein Vater überprüft den Sicherungskasten.»

«Es ist ein Stromausfall!», ruft sein Vater seiner Mutter aus dem Keller zu.

«Es ist ein Stromausfall!», ruft seine Mutter nach oben.

«Wo ist unser Radio? Wo ist unser Radio?» David ist außer sich.

«Wir haben kein Radio», sagt Mrs Haddad. «Oder haben wir ein Radio?», fragt sie ihren Mann.

«Nur im Auto, Sohn.»

Seine Mutter klopft sacht an seine Tür. «Was machst du, Hayati?»

«Ich schlafe!», ruft er.

Er hört die Schritte seines Vaters, der die Treppe heraufkommt, schon auf der vorletzten Stufe ist. Genau, da ist das Knarzen. Er sieht das Taschenlampenlicht seines Vaters durch den Türschlitz.

«Sohn, willst du eine Taschenlampe?»

Die Stimme seiner Mutter. «Psst, er schläft.»

Sie warten.

«Ich schlafe!», ruft David.

Sie schleichen den Flur runter, in ihr Schlafzimmer.

David kneift die Augen zu und konzentriert sich, um nicht total auszuflippen. Er weiß nicht, wie lange er dort schon mit zugekniffenen Augen liegt, aber als er sie öffnet, spürt er, wie sich seine Lunge zusammenzieht, seine Kehle eng wird. Sein Ständer ist weg. Er liegt dort schlaff und welk, ein Nichts, ein Nichts, das es zu nichts bringen wird. Er könnte hier liegen und dann sterben, ohne jemals für irgendwen auch nur den kleinsten Unterschied gemacht zu haben, außer für seine Eltern, und die zählen nicht.

In diesem Moment schnellt David vom Bett hoch. Er weiß, was er zu tun hat.

Er sieht hinaus. Die Dunkelheit ist sehr dunkel und stickig, die Hitze, die Luft. Er ist lebendig begraben, seine größte Angst, so wie die aller anderen auch. Er muss hier raus, und zwar schnell. Er schleicht die Treppe runter und hinaus in die Nacht. Das Auto seines Vaters parkt wie immer direkt vor dem Haus. Wenn er das Auto hinterher wieder an derselben Stelle abstellt, wird sein Vater nicht einmal merken, dass es weg war. Wie stehen die Chancen, dass der Parkplatz bei seiner Rückkehr noch da ist?

Wie stehen die Chancen? Das war die einzige Frage, die sein Vater dem Arzt an jenem Tag gestellt hat. Er schien weniger von Davids Diagnose überrascht zu sein als vielmehr davon, dass sie sich weder nach Alphabet noch nach Größe ordnen ließ und in keine der anderen Kategorien passte, mit denen sein Vater der Welt um sich herum Herr zu werden versucht. David erinnert sich daran, dass der Arzt, als er ihm die Diagnose mitteilte, seine Hand nahm und immer wieder darüberrieb, als wäre er ein Welpe.

Man lebt nur einmal, richtig? *Carpe diem.* David startet den Motor, schaltet sofort das Radio an und findet das Yankees-Spiel. Er fährt langsam und vorsichtig. Er hat die Fahrprüfung mit Bravour bestanden – welche Prüfung hat er nicht bestanden? Das Fahren ist nicht das Problem, aber die verdammte Schwärze. Die Straßen um ihn herum sind leer, aber er sieht Schatten – Leute, die mit Laternen auf den Treppenstufen sitzen, Kinder, die Eis essen, das ihre Mütter eilig aus den abtauenden Kühltruhen geholt und ihnen in die klebrigen Hände gedrückt haben. Weihnachten im Juli.

Während David am Ende seiner Straße rechts abbiegt, finden Rico und Juliette glücklicherweise einen Parkplatz direkt vor dem Haus der Haddads.

22:00 Uhr

«Achter Run, obere Hälfte. Wunder geschehen!», ruft Phil Rizzuto den Zuschauern, den Zuhörern, dem Team, sich selbst und Gott zu. Und sie geschehen in diesem Moment. «Heiliger Bimbam! Ein Triple Run Homerun von Micky Rivers. Die Spieler auf der Spielerbank springen auf. Die Fans jubeln. Manager Billy Martin umarmt George Steinbrenner.» David reißt beide Arme in die Luft und klatscht in die Hände. Dann greift er schnell wieder das Lenkrad. Ein Champion ganz allein im Auto. «Ja, ja, oh Gott, ja», stöhnt er. Sweet Lou Piniella punktet, Roy White punktet, und «Mick the Quick» läuft die Siegesrunde um die Bases, seine Füße wirbeln Staub auf, er hat es nicht eilig, er genießt jeden Moment.

Sie liegen mit einem Run im Rückstand und brauchen einen zum Unentschieden, zwei zum Sieg. Können sie das Blatt noch wenden?

Der Sender unterbricht das Spiel mit den neuesten Nachrichten.

«Hier ist WABC mit einem Bericht über den Blackout. Unfallflucht auf dem West Side Highway. Und Berichten zufolge kommt es in der Gegend von Bed-Stuy entlang der Hauptverkehrsstraßen zu Plünderungen und Ausschreitungen. Halten Sie sich von den Straßen fern. Hier ist Chaos ausgebrochen. Das ist alles, was wir zu diesem Zeitpunkt vermelden können.»

David wechselt den Sender, hört Phil Rizzutos Stimme: «Bucky Dent ist am Schlag, zwei Bälle, zwei Strikes, er holt aus und – langer Weg bis zum Kontaktpunkt, Dent ist raus und rennt, aber für Robin Yount ist das ein einfacher Fang. Zweiter im Aus. Reggie ‹Mr October› Jackson übernimmt das Ruder. Schlagdurchschnitt 297. Kann er das Blatt noch wenden? Reggie hämmert mit seinem Schläger auf die Base. Er warnt den Pitcher: ‹Sieh dir an, wie ich auf den Boden schlage, pass gut auf.› Jim Slaton holt zum Wurf aus. Der nächste Ball kommt herangeflogen, Reggie schwingt und schlägt ihn durch die Mitte, Don Money hechtet danach.» David atmet ein …

«Und es ist vorbei, Leute! Die Milwaukee Brewers siegen mit 9:8. Die Yankees verlieren mit einem Punkt Rückstand.»

BAM!, wie ein Schlag in die Magengrube. Das war's, Leute? Kein Comeback. Keine Wunder. Du kannst mich mal, Phil Rizzuto.

David schaltet das Radio aus. Er hat nichts mehr zu verlieren. Er fährt jetzt nicht mehr langsam. Er fährt in die Richtung, in der Jungen zu Männern werden, in der die Regeln außer Kraft gesetzt sind, vorbei am Sunset Park, vorbei am Greenwood Cemetery, vorbei an 600 000 Gräbern. Bis jetzt hat er mit seinen Eltern noch nicht über das Unvermeidliche gesprochen, darüber, wie alles «geregelt» werden soll, denn wozu das Wochenende ruinieren, indem man gleich zu Anfang über Sonntagabend spricht? Außerdem ging es ihm in letzter Zeit viel besser. Vielleicht ist er wirklich einer der wenigen Glückspilze. Er fährt zum Epizentrum der Aufstände und Plünderungen, zur Ecke Kosciuszko Street und Broadway, parkt das Auto zwei Blocks entfernt von der Stelle, an der er die Menschenmassen sieht. Er befindet sich in Bushwick, an der Grenze zum berüchtigten Viertel Bedford-Stuyvesant. Das Bed-Stuy, vor dem ihn sein Vater gewarnt hat: «Setz dort niemals einen Fuß hinein, die fressen dich sonst bei lebendigem Leib auf.»

Sobald sein Fuß das heiße Pflaster berührt, spürt er, wie das Blut in seinen Adern pulsiert, pocht, puckert. Menschenströme ergießen sich aus allen Richtungen auf den Broadway, und er ist Teil

dieses Stroms, Teil von etwas Größerem als pünktlicher Medika-
menteneinnahme oder guter Noten. Alle, jung und alt, Männer
und Frauen, sogar Kinder, tragen irgendwelche Gegenstände.
Das hier ist der große Exodus. Es ist die Arche Noah. Sofas und
Kommoden, Milchkartons und Matratzen, Fernseher und Regis-
trierkassen scheinen über die Straße zu schweben.

In der Dunkelheit herrscht eine aufgekratzte Silvesterstim-
mung, Fensterscheiben klirren, Gelächter wird laut, in der Ferne
sind Polizeisirenen zu hören. David steht bewegungslos in der
Mitte des Stroms. Immer mehr Menschen gehen an ihm vorbei,
aber niemand rempelt ihn an. Er ist unsichtbar. Die Leute gehen
durch ihn hindurch.

Er erwacht wie aus einem Traum, als ihm ein Mann durch
eine zerbrochene Schaufensterfront zuruft: «Hey, Mann, steh
nicht rum, fass mal mit an, ja?»

David sieht sich um, für den Fall, dass der Typ jemand anderen
meint. Im Inneren eines Möbelladens stellt der Typ ein Plüsch-
sofa hochkant gegen die Wand und zerrt es dann an die Scheibe.
Bevor David überhaupt Zeit hat nachzudenken, hat er schon das
andere Ende ergriffen und hilft dem Typen, es durch das zerbrochene Schaufenster auf die Straße zu bugsieren.

«Danke, Mann», sagt der Typ und wuchtet sich den Zweisit-
zer auf die Schultern, um ihn dann auf dem Kopf zu balancieren
wie der Titan Atlas die Weltkugel.

Er hat «Mann» zu mir gesagt, denkt David grinsend und späht
durch die geborstene Scheibe in den Laden.

«Hereinspaziert, hereinspaziert. Ich bin ganz der Deine»,
lockt ihn der Laden. Er hört Musik, *You've got the best of my love*.
Sein Verstand spielt ihm schon Streiche. Wo kommt die Musik
her? «WABC Radio 77, es ist zehn Minuten vor elf, wenn Sie
einen Notfall melden oder die Polizei rufen wollen, wählen Sie
911.» Die vertraute Stimme von Dan Ingram. Beruhigend zu wis-

sen, dass selbst an diesem fremden Ort Dan Ingram existiert. Er sieht im Ladeninneren Schatten umherhuschen. Schweiß rinnt ihm den Rücken hinunter. David wendet sich wieder der Straße zu, wo ihm die seltsame Parade von Menschen in der Dunkelheit gar nicht mehr so seltsam vorkommt. Er könnte mal einen neuen Weg einschlagen: Er könnte reingehen. Niemand kennt ihn hier. Niemand beachtet ihn. «Ich will nur mal kurz», setzt er an, sich zu erklären, aber er ist allein, ganz allein, «einen Blick reinwerfen», hört er sich sagen, während er bereits einen Satz macht, Beine, die sich abstoßen, über die Hürden fliegen. Der «Mann mit Flügeln».

Es knackt, als er über das zersplitterte Glas läuft, das den Boden bedeckt – es ist eine glitzernde Hollywood-Kulisse. Diamanten. Diamanten. Knirsch. Knirsch. Zerlegte Schrankwände, leere, umgestürzte Bücherregale. Eine Eckcouch ist zerteilt worden. Nur eine Art Ottomane ist davon übrig, die auch bald jemand mitnehmen wird. Die Vitrinen mit den Kristallvasen – futsch, die Porzellanplatte mit den zwei Vögeln auf einem Ast – futsch. Die holländischen Porzellanfiguren mit blondem Pagenschnitt und blauen Latzhosen, die sich küssen – weg. Die hohlen Buchattrappen sind zu Boden gefegt und zertrampelt worden, sie sind jetzt wertlos, wobei sie das mit ziemlicher Sicherheit schon immer waren. Plünderer drücken sich hier drin mit Taschenlampen herum, einige haben sogar Kerzen dabei. Der Geruch von tropfendem Wachs erinnert ihn an seinen Geburtstag, der erst wenige Stunden zurückliegt. Ist das hier wirklich derselbe Tag? Er ist jetzt achtzehn, er ist ein Mann. Jedes Jahr an seinem Geburtstag backt ihm seine Mutter aus einer Duncan-Hines-Backmischung einen amerikanischen Geburtstagskuchen. Das ist ein Ritual, mit dem sie angefangen haben, als sie nach Amerika gekommen sind. Dies ist der einzige Tag im Jahr, an dem David essen darf, was er will. Normalerweise wünscht er sich Makkaroni mit diesem superbilligen orangen Käse, der überhaupt nicht aus Käse besteht.

Heute Nachmittag haben ihm seine Eltern eine elegante silberne Uhr geschenkt, die sie wahrscheinlich ein Vermögen gekostet hat. Er hat sich bedankt. Er wollte nicht undankbar erscheinen, aber er hatte auf eine Digitaluhr gehofft. Die Uhr war sogar mit einer Gravur versehen, was ihm ein noch schlechteres Gewissen machte.

David, Freude unseres Herzen's – David liebt sie, und er weiß, dass sie ihn lieben, aber er ist über den Apostroph und den Singular von «Herz» gestolpert. Ist das ein Grammatikfehler, oder sind sie so naiv zu glauben, bloß weil sie ein Paar sind, hätten sie nur ein Herz? Das kommt ihm lächerlich vor. Ja, David ist Romantiker, aber kein sentimentaler Schwärmer. Juliette hat seinen Geburtstag vergessen, aber das ist okay. Mit Terminen war sie immer schon schlecht. Außerdem hatte er heute keine Gelegenheit, sie daran zu erinnern.

Es ist dunkel im Möbelladen, aber im flackernden Licht der Taschenlampen kann er bald die dichte Dunkelheit von Gegenständen von der leeren Dunkelheit des Raums unterscheiden. Er lässt sich auf das erste Möbelstück plumpsen, das er sieht, eines der letzten im Raum, einen Ohrensessel. Das Polyschaum-Sitzkissen nimmt ihn auf, und seine Beine fliegen in die Luft. Es handelt sich um einen Hercules Power Armchair – den Sessel für große Männer. Er fühlt sich wie im siebten Himmel, genau wie die Werbung es vorhersagt. David hat das sichere Gefühl, dass sich sein Körper erholen würde, wenn er jeden Tag in so einem wuchtigen Teil liegen könnte. Darin könnte er wieder gesund werden, wenn er sich nur nicht alle fünf Minuten fragen müsste, was Juliette denkt, fühlt, tut.

Einmal hat David ein Buch gefunden, das jemand in der City in einen Mülleimer geworfen hatte. Darauf häufte sich der übliche Müll: Dosen, Zeitungen, ein umgestülpter Regenschirm. Über die Hälfte der Seiten war herausgerissen worden, nur mickrige zwanzig, vielleicht fünfundzwanzig, möglicherweise dreißig Seiten klebten noch zusammen. Wieso macht jemand so was? David wird bewusst, dass er sich bezüglich seiner Lovestory mit Juliette vielleicht verkalkuliert hat. Er ist immer davon ausgegangen, das Mädchen im dritten Akt zu bekommen, wird aber möglicherweise feststellen müssen, dass es sich um eine Kurzgeschichte handelt.

Er hofft, er glaubt, er ist sicher, dass sie ihn lieben könnte, wirklich lieben könnte. Endlich lief alles nach Plan. Ihr Pakt in der Silvesternacht, die lange Umarmung danach, der entscheidende Moment, als sie darauf bestand, ihr Versprechen zu erneuern, dass sie ihre Jungfräulichkeit aneinander verlieren würden. Bis dass der Tod uns scheidet. Gott, ist er neuerdings blöd und sentimental? Was ist nur aus mir geworden?, fragt er sich.

Nein, keine Worte mehr, Taten werden gebraucht, er muss ein Mann der Tat sein, wie heute Abend. So muss sie ihn sehen. Sobald er nach Hause kommt, wird er zu ihr sagen: «Komm, lass uns saufen und Sex haben», nein, er wird sie packen und küssen, und zwar nicht wie ihr bester Freund. Er ist sich sicher, dass er ein guter Liebhaber wäre, auch wenn er noch nie Sex hatte und sein Körper kaputt ist.

Aber egal, wie sehr er sich darauf konzentriert, positiv zu denken, er wird das Gefühl nicht los, dass Juliette ihn vielleicht nicht liebt. Als er dieses eine Mal im Kino seine Hand auf ihr Knie legte, zuckte sie zusammen, als hätte sie einen Stromschlag bekommen. Nach ihrem Silvesterpakt, in diesen herrlichen Monaten, bevor er krank wurde, fragte er sie, ob sie zusammen zur Tanzstunde gehen sollten – nur so, wär doch vielleicht lustig, fügte er hinzu. Sie sah ihn an, als hätte er den Verstand verloren. Seit wann tanzen wir denn?, entgegnete sie.

David kaufte ihr die Coolness nicht ab. Er kannte Juliette. Sie war bloß noch nicht in ihren Körper hineingewachsen. Sie bestand nur aus Beinen, wie ein Fohlen. Vielleicht ist er doch ein sentimentaler Schwärmer. Er lächelt. Er sieht ihr Lächeln vor sich, wie es sich auf ihrem Gesicht ausbreitet, als würde man in einem dunklen Haus eine Lampe nach der anderen anknipsen. Ihre Augen sind haselnussbraun, an regnerischen Tagen fast durchsichtig, an sonnigen Tagen jedoch grasgrün. Ihre Brüste, ja, die kennt er auch. Er ist mit ihren Brüsten aufgewachsen. Er kannte sie schon, als sie beide noch oben ohne durch den Rasensprenger gelaufen sind. Er kannte sie bereits, als sie ihren ersten BH mit Wattebäuschen ausstopfte. Er hat nie etwas gesagt, aber er hat es bemerkt. Ihre Brüste wurden runder, voller – er vermutete 75C, aber an dem BH, der an ihrer Stuhllehne hing, war ein Etikett, 70B. Er wusste, wann sie ihre Periode hatte, und hatte gelesen, dass Mädchen zu dieser Zeit des Monats launisch sein konnten. Er hatte dann zufällig Schokolade dabei. Hershey's, Mr. Goodbar, was auch immer. Weil er wusste, dass sie sich in ihrem Körper unwohl fühlte, vermied er es, Aufmerksamkeit auf ihn zu lenken, und machte ihr nie Komplimente. Das war ein großer Fehler. Was für ein Idiot ich bin, denkt David. Er versucht, sich an das letzte Mal zu erinnern, als er etwas wirklich Nettes zu ihr gesagt hat.

Das Nächste, was David wahrnimmt, ist, dass ihm Speichel aus dem Mundwinkel tropft. Er muss für einen Moment weggenickt sein. Er weiß, dass er schon eine ganze Weile in dem Laden sein muss – aber *Whoa whoa, you've got the best of my love* läuft immer noch.

Neue Bewegung um ihn herum, andere Leute sind in den Laden gekommen, und plötzlich schwebt er, weil zwei Männer den Ohrensessel mit ihm darin hochheben. «Halt, stopp!», ruft er. «Ich sitze hier drin!» Sie lachen und lassen ihn herunter. Von draußen Stimmengewirr. Vor seinen Augen blitzt es rot und blau auf. Die Farben einer Migräne. Sein Hirn explodiert. Er legt sich die Hände an die Schläfen, und da hört er die Sirenen. Sein Blick flitzt umher. Im Dunkeln erblickt er einen Gegenstand und hebt ihn auf. Er braucht ein Souvenir, um sich später vergewissern zu können, dass er wirklich hier war.

David springt mit dem Ding, das eine Lampe ohne Lampenschirm zu sein scheint, durch die zerbrochene Fensterscheibe zurück auf die Straße. Er huscht durch eine Seitenstraße und joggt zu seinem Auto. Der Motor springt ohne Probleme an, gutes altes Auto. Die lange Siegestour nach Hause. David beginnt, den Triumphmarsch zu summen.

Over there, over there
Send the word, send the word over there
That the Yanks are coming
The Yanks are coming
The drums rum tumming everywhere

So muss es sich anfühlen, wenn man im heißen Sommer in einen kalten See springt, denkt David, der bisher nur in Schwimmbädern war.

19

Rico ist dort, wo er sich am wohlsten fühlt: auf einem halb nackten Mädchen. Seit seinem vierzehnten Lebensjahr, als er es zum ersten Mal mit seiner älteren Cousine Theresa getrieben hat, weiß er, dass er ein Meister im Bett ist. Theresa hatte es vor ihm bereits mit einem sehr entfernten Verwandten, der vielleicht nicht einmal ein Verwandter war, und mit dem gesamten Footballteam der New Utrecht High School getrieben und sagte ihm, er sei der Beste, «der Größte!». Rico glaubte ihr, auch wenn sie ziemlich trashig und ein bisschen minderbemittelt war, weil sie bei der Geburt zu wenig Sauerstoff bekommen hatte.

Rico mag Frauen. Er mag, wie sauber und frisch sie riechen, wie sie sich anfühlen, wie er sich mit ihnen fühlt. Bei jedem Mädchen, egal wie alt, wie dick oder dünn, Hasenzähne oder nicht, sogar bei dieser Puerto Ricanerin ohne Haare an der Muschi und mit dem verdammten Ohrring in der Klitoris genießt er es, ihren Körper zu erkunden und herauszufinden, was sie anmacht – er ist der Christoph Kolumbus der modernen Zeit, findet er.

Er küsst ihren Hals. Das gefällt ihr offenbar. Er streift sein Shirt ab, zieht ihr ihres aus. Sie hat den BH noch an. Er beschließt, es langsam anzugehen. Gute Dinge brauchen Zeit. Geduld. Sie haben die ganze Nacht.

Rico hat noch nie eine Jungfrau gevögelt. Er hat ein wenig recherchiert, mit den Jungs geredet und sogar in der Bibliothek hinter einem Atlas versteckt in *Unser Körper, unser Leben* geblättert.

Er geht davon aus, dass ein Fick mit einer Jungfrau sowohl Vor- als auch Nachteile hat. Der Nachteil ist, eine Jungfrau weiß nicht, was sie zu tun hat. Deshalb hat Rico die letzten Tage viel

Zeit mit Juliette verbracht, um sie aufzuheizen, sie ein wenig hier zu berühren und ein wenig da. Juliette ist ein kluges Mädchen, sie lernt schnell und hat gute Instinkte. Er fängt an, sie zu fingern, und merkt, dass sie geil ist. Er drückt ihren Kopf nach unten, damit sie ihm einen bläst, aber das will sie definitiv nicht. Sie sagt, das sei total pervers, was ihn zum Lachen bringt. Sie hat Stil, das gefällt ihm.

Einer der Vorteile, eine Jungfrau zu vögeln: Es wird sich enger anfühlen. Mehr als das Körperliche erregt ihn die Vorstellung, der Erste zu sein. Sie wird ihr erstes Mal nie vergessen, und das macht ihn unsterblich. Und vielleicht, denkt Rico, vielleicht liebt er Juliette ja. Also, davon kriegt er definitiv einen Ständer.

Er liegt also auf ihr und küsst sie. Rico hat keine Eile. Er hat alle Zeit der Welt.

Er fängt an, sich in seiner Jeans an ihr zu reiben. Er kann ihre Hitze und ihre Feuchtigkeit spüren. Juliette drängt ihm ihren Unterleib entgegen. Sie will es. So sehr hat sie sich noch nie gehen lassen. Zum ersten Mal in ihrem Leben hat ihr Körper die Kontrolle über ihren Verstand übernommen. Oh, und es fühlt sich so gut an.

Adrenalingeladen kehrt David von seiner Siegestour zurück, er singt Marschlieder und grinst von einem Ohr zum anderen. Er ist endlich ausgebrochen, hat sämtliche Regeln verletzt und dafür den Lohn eingefahren. Er kann es kaum erwarten, Juliette davon zu erzählen. Sie wird ihn anschauen, anders anschauen, wie einen richtigen Mann.

Er wendet den Wagen und will vor dem Haus parken. Plötzlich sieht er, dass DIESER Pizzawagen auf SEINEM Parkplatz steht. Das kann nicht WAHR sein. Er parkt in der Einfahrt. «Hier wird er tot zu Boden sinken. Ha-ooh. Ha-ooh. Ha-ooh», schreit David den Schlachtenruf der Krieger Spartas. Er ist wie im Wahn, hält die Lampe ausgestreckt wie einen Speer. Seine Augen brennen vor Tränen. Ich weine nicht, ich weine nicht, denkt David, während ihm die Tränen übers Gesicht laufen. Es liegt an der Chemo, die schädigt die Tränenkanäle. Heulsuse.

Ricos Stöhnen schwillt an wie Meeresrauschen. Das Geräusch scheint nicht aus seinem Körper zu kommen, es klingt animalisch, irgendwie urwüchsig.

«Oh, oh, oh.»

BAM!

Die Tür fliegt auf. Im Dunkeln hört Juliette Schritte und schweren Atem.

Ist das der Son of Sam?, denkt sie.

Der verfluchte Son of Sam, denkt Rico.

Beide springen sie sofort in unterschiedlichen Bekleidungszuständen auf.

«Aufhören! Sofort aufhören!»

«David, bist du das?», fragt Juliette.

«Was machst du da! Verschwinde!»

Es ist stockdunkel.

David läuft beinahe in Rico hinein, der noch immer einen Ständer hat. Rico stürzt sich auf David, stößt sich aber den Zeh am Metallbein des Bettsofas. «Fuck!»

Juliette, immer noch im BH, tastet den Boden nach ihrem Shirt ab. Sie richtet sich auf, und in diesem Moment trifft das Kabel der Lampe, die David durch die Luft schwingt, sie am Kinn.

«Aua, David, hör auf! Ich blute!»

«*Ich* soll aufhören? Hast du den Verstand verloren?», zischt er sie an.

Rico tritt von hinten an David heran, überkreuzt ihm die

Arme vor der Brust und hält ihn an den Handgelenken fest wie ein Kind, das einen Wutanfall hat.

Vom dunklen Ende des Bettes her hört Juliette Kampfgeräusche.

David windet sich, versucht, sich zu befreien, spuckt und beißt, bis sein Körper erschlafft.

«Lass mich los», wimmert er.

«Ich ergebe mich, sag, ich ergebe mich!», stößt Rico hervor.

Ricos Griff um seine Brust ist fest. David fängt an zu husten und zu würgen. Ein Anfall.

«Lass ihn einfach los», sagt Juliette.

«Zuerst soll er sagen, dass er sich ergibt.»

«Lass ihn los, bist du irre, oder was?», ergreift Juliette plötzlich Davids Partei und reißt Ricos Arme von David weg.

«Ich bin verwirrt, was ist hier los? Sag dem Kleinen, er soll nach Hause gehen. Sag ihm, er stört.»

Rico hebt David hoch, der nicht aufhören kann zu husten, und versucht, ihn Richtung Treppe zu tragen. «Zeit, nach Hause zu gehen.»

«Lass ihn!» Juliette greift nach Ricos Arm.

Rico lässt David fallen, der auf dem Boden liegen bleibt.

«Du musst dich schon entscheiden, Baby, er oder ich? Ich habe heute Abend keine Lust auf einen verdammten Dreier.»

Juliette ist unfähig zu sprechen. Sie ist erstarrt wie in so einem Albtraum, wenn man sich nicht bewegen kann. Vielleicht ist das alles ein Albtraum.

Er wartet kurz ab und sagt dann zu ihr: «Ich bin raus. Auf so was fahr ich nicht ab.»

Sie beißt sich auf die Lippe und schmeckt salziges Blut. Sie hört, wie Rico in der Dunkelheit seine Sachen einsammelt. Er geht die Treppe hoch, er geht wirklich. Bitte komm zurück, möchte sie sagen.

«Geh einfach», hört sie sich sagen.

Oben schließt er sachte die Tür, also kommt er vielleicht zurück. Sie hört den Pizzawagen anspringen und in der Ferne verklingen.

David hockt noch immer auf dem Boden, wo Rico ihn fallen gelassen hat. Sobald klar ist, dass der andere weg ist, krümmt er sich und fängt an zu schluchzen. Juliette geht zu ihm. Sie fängt auch an zu weinen. Sie weint über das ganze Schlamassel, über alles, was schiefgelaufen ist. Sie weint, weil David traurig ist, weil David krank ist, weil Rico gegangen ist, weil sich alles so gut angefühlt hat und sich jetzt so mies anfühlt. Nässe auf ihren Händen, auf Davids Gesicht, sie ist sich nicht sicher, ob das hier seine oder ihre Tränen sind. Sie streichelt durch das T-Shirt hindurch seinen Rücken und spürt seine Wirbelsäule, er ist nur Haut und Knochen.

«Jules?»

«Ja.»

«Ich bin hingefahren. Ich bin im Dunkeln direkt dorthin, im Stockdunkeln. Nach Bushwick. Ich war in Bed-Stuy. In Bed-Stuy, Jules.»

Er erzählt ihr von dem Spiel der Yankees, dass er das Auto seines Vaters genommen und für sie eine Lampe geklaut hat. David versucht, aufzustehen und die Lampe zu suchen, stolpert aber und fällt aufs Bett.

Sie setzt sich neben ihn.

«Da waren überall Leute, auf den Straßen, den Gehwegen, die haben Sachen rumgetragen, herumgeschrien und gelacht, Schaufenster eingeschlagen – die haben alles mitgenommen, einfach so», schwärmt er. «So was habe ich noch nie gesehen.»

Schweigen.

«Weißt du noch, wie Doug mich in der neunten Klasse in den Schulspind gesperrt hat?»

«Na ja, er ist ein Idiot.»

«Und wie Mr Parker den Schlüssel vom Hausmeister holen musste? Ich weiß noch, wie ich in diesem engen Blechschrank steckte. Ich habe gegen die Wände gehämmert, aber alle haben weitergeredet und mich ignoriert.»

Er lässt sich auf den Rücken sinken. Sie legt sich neben ihn.

«Ich habe immer geglaubt, dass sich der Tod so anfühlen muss.» Sie hört, wie er schluckt. «Aber heute Abend, das war es. Ich glaube, der Tod fühlt sich eher so an wie das heute Abend in dem Laden. Ich war ganz leicht. Ich konnte fliegen.»

Sie liegen beide auf dem Rücken und blicken an die Decke.

Schließlich sagt David: «Ich glaube, ich mache mal kurz die Augen zu.»

Er fasst nach ihrer Hand. Juliette zieht sie nicht weg. Sein Atem wird tiefer. Kurz darauf ist er eingeschlafen.

In seinem Traum sagt er Juliette, dass ihm kalt ist. Komm her, sagt sie, komm zu mir, und öffnet weit die Arme. Er kuschelt sich in ihre Armbeuge und bettet den Kopf auf ihre Brust. Er atmet tief ein und aus, versucht, ihren Geruch aufzusaugen, ihren Geruch nicht zu vergessen. Es ist himmlisch.

Juliette spürt, wie sich sein Griff um ihre Hand im Schlaf lockert und wieder fester wird. Die vertrauten Atemzüge ihres Freundes, als Kinder haben sie zahllose Male zusammen übernachtet, die Gliedmaßen verschränkt, diagonal auf dem Bett.

Als sie in den Schlaf sinkt, hat Juliette die Vision einer Sintflut. Wasser scheint durch die Wände zu sickern. Es tropft von der Decke. Sie sieht sich selbst in ihrem Keller, das Wasser steigt. Aus den Asbestrohren rinnt Flüssigkeit. Ist das Babyöl? Sind es Rinnsale von Schweiß? Und dann beginnt Wasser aus der Waschküche zu strömen, die Waschmaschine läuft aus. Zum Glück ist sie eine gute Schwimmerin, aber sie kann sich nicht bewegen, weil David ihre Hand umklammert. Sie denkt: Oh

Gott, Juliette, du musst irgendwas tun. Oder vielleicht denkt sie auch gar nichts. Sie hat einfach nur schreckliche Angst. Sie wird ertrinken.

Sie erwacht und schreckt hoch, entreißt ihre Hand seinem Griff.

Immer noch Dunkelheit ringsum. Es gibt keinen Strom. Die Luft ist stickig und vom Muff der alten Klimaanlage durchdrungen.

Sie zieht ihr Shirt über und rüttelt an ihm. «David, David, bist du wach?»

Sein ganzer Körper dehnt sich in ein befreiendes Gähnen hinein. Er fühlt sich so gut wie schon lange nicht mehr. Seine Juliette. Sie hat sich für ihn entschieden, mehr braucht er nicht zu wissen.

«*Can you read my mind?*», singt David den Superman-Titelsong.
«*Can you picture the things I'm thinking of?*
Wondering why you are
All the wonderful things you are.
You can fly, you belong to the sky
You and I could belong to each other.»

Juliette singt nicht mit. Es gibt auch keine Nebelmaschine. Das hier ist nicht die Traumsequenz bei Superman. Sie springt auf und stellt sich an den Fuß der Treppe.

«Ich glaube, du solltest jetzt gehen, David. Ich muss nach oben und nachschauen, ob meine Eltern okay sind.»

Er steht auf und setzt sich auf die Bettkante, schaut sie an. «Jules, ich möchte dir sagen, dass a) diese Nacht sehr bedeutsam für mich war und ich mich so gut fühle wie seit Jahren nicht mehr, nicht mal, bevor ich krank geworden bin, und b) ich die

Dinge jetzt klar sehe. Diese ganze Idee, miteinander zu schlafen, das erste Mal miteinander zu erleben, unser Pakt, das war ziemlich unreif, geradezu dämlich. Weißt du, ich bin mir nicht mal mehr sicher, dass ich es will. Es kommt mir trivial vor im Vergleich zu dem, was wir haben und was viel, viel größer ist als dieser Quatsch. c) Ich möchte, dass du weißt, dass ich dich ganz und gar außergewöhnlich finde.»

Wie sie ihm so zuhört, hat sie das Gefühl, dass das Wasser wieder steigt. Noch ein Albtraum? Es steht ihr bis zu den Knien.

«Okay», sagt sie freundlich.

Sie setzt den Fuß auf die Treppe, damit er kapiert, dass es Zeit ist, sich vom Acker zu machen.

Er steht auf und geht auf sie zu, greift im Vorübergehen wieder nach ihrer Hand. «Und noch etwas.»

Sie sind nur Zentimeter voneinander entfernt. Ihre Lippen berühren sich fast. Juliette hat sich in dem engen Treppenaufgang in die Klemme manövriert. Ihr steht das Wasser bis zur Taille.

«Dieser Pizzatyp, Rico, der ist nichts für dich. Tu's nicht mit dem. Ich meine es ernst. Ich kenne dich. Glaub mir, du solltest warten. Warte, bis du klar denken kannst. Warte bis zum College. Versprich mir das. Ich kenne dich besser, als du dich selbst kennst. Ich weiß, was du willst. Das ist es nicht. Du und ich, wir waren so sehr Teil voneinander. Ich kann das im Augenblick deutlicher sehen als du. Versprich mir, dass du wartest.»

Das Wasser steht ihr bis zum Hals.

«Na gut, ich verspreche es, okay? Es ist spät.» Schritt zur Seite, bitte geh einfach, denkt sie.

«Also gut.»

Plötzlich umarmt er sie.

Weil der Krebs ihn schrumpft und sie so groß ist, hätte ein Außerirdischer denken können, er wäre ein Kind, das sich von seiner Mutter verabschiedet. Er legt die Arme um ihren Hals und bettet seinen glatten Kopf an ihre Brust.

«Ich kann dein Herz hören, Jules, es ist ein gutes Herz.»

«Danke», antwortet sie, höflich, aber kalt.

Ihr Kopf ist unter Wasser.

David steigt langsam die Treppe hinauf. Sein Körper fühlt sich völlig durcheinander an. Die letzten Stunden haben ihren Tribut gefordert. Er ist verjüngt, aber auch erschöpft, wie nach einem Exorzismus.

David tritt hinaus in die Nachtluft. Er weiß sofort, dass er nicht direkt nach Hause gehen kann. Er muss diese Nacht auf irgendeine Weise kennzeichnen. Er geht nach hinten in den Garten und schaut zum Himmel auf. Den Himmel lesen ist wie ein Buch lesen, danke, Papa, sagt er leise und traut seinen Augen nicht. Die Milchstraße! Milch aus der Brust der Göttin Hera, der Frau des Zeus. Eigentlich ist es unmöglich, am Stadthimmel die Milchstraße zu sehen, aber heute Nacht ist ein dunkler Landhimmel über ihm. Der dunstige Lichtstreifen bildet Schlieren darauf wie Zuckerwatte. Die Nacht offenbart sich als magischer Ort.

Er schaut hinüber und sieht Dr. Darlings Gartenliegestuhl. Offen und aufgeklappt sieht er falsch aus, wie er da allein in der Nacht steht. Fast wie ein Esszimmerstuhl, der rausgestellt wurde. Er setzt sich hinein und legt die Beine hoch. Danke, Dr. Darling, sagt er, war doch gar keine so schlechte Idee. Er schließt die Augen und ist bald darauf eingeschlafen.

Juliette liegt auf dem Rücken und schaut an die Decke, dann springt sie plötzlich auf. Sie zieht ihre Sandalen an und ist fünf Minuten später aus dem Haus.

Es ist spät. Die Straßen sind dunkel, die Häuser schwarz. Sie geht, so schnell sie kann, ohne dass es Rennen wäre. Aus irgendeinem Nachbarhaus dudelt ein Radio. Sie muss Rico finden. Wenn sie dieses Tempo beibehält, wird sie in unter zehn Minuten im Cove sein, der Bar, in der Rico immer abhängt. Vielleicht ist er ja noch da.

Rico sitzt tatsächlich direkt vor dem Cove auf einer umgedrehten Bierkiste und trinkt. Er fühlt etwas, was er noch nie zuvor gefühlt hat. Jahre später wird ihn sein Therapeut fragen: «Können Sie das Gefühl benennen?» Es ist irgendwie ein schlechtes Gefühl, ein sehr schlechtes Gefühl, wird er sagen.

Selbst jetzt während des Stromausfalls hat sich nichts verändert. Sie sind nur eben alle draußen statt drinnen, und das Bier wird warm. Seine Clique ist um ihn herum und labert. Linda lächelt ihn an. Sie verehrt ihn. Er ist ihre absolute Nummer eins, das weiß er.

«Wo hast du gesteckt, Mann?», fragt Big Bobbie.

«Große Scheiße, Leute, ich habe versucht, Juliette die Jungfrau zu vögeln.»

Seine Freunde lachen. Er legt den Arm um Linda. Sie schreckt zurück, als sie Juliette an ihm riecht.

«Du bist echt ein Schwein. Du wirst genau wie dein Vater, das weißt du, oder?»

Das hat gesessen. Rico weiß vielleicht nicht viel, aber eines weiß er: dass er nie wie sein Vater werden will. Er bleibt noch kurz sitzen. Dann steht er ohne ein Wort auf und geht.

Nur drei Blocks weiter zuckt Juliette zusammen, als sie etwas Dunkles unter ein geparktes Auto huschen sieht. Bloß eine Katze. Sie ist nicht abergläubisch. Sie ist jetzt auf der Third Avenue, und in fast jeder Bar stehen die Gäste draußen, überall Straßenfeste mit Kerzen, Laternen, kalten Getränken und lauwarmem Bier, das umsonst verteilt wird. Barhocker und Tische, Stühle und Grills, auf denen Fleisch gegrillt wird, das sonst im Müll gelandet wäre. Sie fragt jemanden nach der Uhrzeit.

«Es ist Blackoutzeit, Süße, fast Mitternacht.»

Einen Block weiter nähert sie sich mit weichen Knien dem Cove. Ist, was sie hier macht, das Richtige?, fragt sie sich. Es ist definitiv das Richtige. Weil sie sich nicht ganz sicher ist, legt sie die Betonung auf «definitiv».

Als sie die Ecke erreicht, hört sie bereits vertrautes Gelächter, Flaschen werden gegeneinandergeschlagen, Lichter flackern. Sie sieht Big Bobbie, Laura und Donna, die ganze Gang.

«Hey, Kleines», ruft Big Bobbie, «wo hast du dich denn die ganze Zeit versteckt?»

«Habt ihr Rico gesehen?», fragt sie und sucht mit den Augen das Durcheinander von Leuten vor der Bar ab, die lachen, rauchen und trinken.

Ihre Augen weiten sich. Sie kann ihn nicht finden.

«Vor einer Minute war er noch da, er hat gesagt, er kommt gleich zurück. Hier, trink was.»

Big Bobbie hat eine Flasche in der Hand und gießt ihr einen Kurzen in ein kleines Glas. Sie schüttet ihn hinunter.

«Auf den Stromausfall!» Alle heben die Gläser und kippen Schnäpse.

Juliette stellt sich mit Blick zur Straßenecke, damit sie sieht, wenn Rico zurückkommt. Ihr Glas wird so oft nachgefüllt, dass sie nicht mehr mitzählen kann. Schweiß rinnt ihr den Rücken hinunter. Einen Kurzen nach dem anderen. Der Druck in ihrem Kopf lässt nach. Ihr Körper entspannt sich. Rico wird gleich zurück sein. Sie kriegen das hin, er und sie.

Fünfzehn Minuten später ist Juliette nicht mehr traurig, sondern wütend. «Er ist einfach abgehauen wie ein Baby, weggerannt, weil er nicht bekommen hat, was er wollte», sagt sie zu Big Bobbie.

«Er ist aufbrausend, so viel ist sicher. Außerdem hat er keinen Respekt vor Frauen.»

«Wie meinst du das?», fragt sie.

Er holt ein Päckchen Kaugummi heraus und faltet die Alufolie so vorsichtig auseinander, als würde er eine Operation am offenen Herzen durchführen.

«Jetzt stoßen wir erst mal auf dich an, du bist nämlich eine wunderschöne Frau.»

Ihre Gläser klirren gegeneinander, und sie nimmt einen Schluck.

«Ich liebe Rico wie einen Bruder, aber ich glaube nicht, dass er dich besonders nett behandelt hat.» Er nimmt ihr Handgelenk zwischen Daumen und Zeigefinger. «Du hast zarte Handgelenke.»

«Wie meinst du das?», fragt sie.

«Die passen zweimal in meine Hand.»

«Nein, das andere. Er ist nett zu mir. Glaube ich jedenfalls.»

Big Bobbie lehnt sich vor. Sie riecht seinen Juicy-Fruit-Atem. «Rico hält sich für was Besseres, hat keinen Respekt vor niemandem. Die ganze Zeit über, als ihr zusammen wart, hat er mit anderen Mädchen geschlafen, wusstest du das?»

Wie bei einer Vollbremsung reißt es ihr den Kopf nach hinten. Ihre Augen füllen sich mit Tränen. Sie fängt an zu schluchzen: «Das wusste ich nicht.»

«Er ist heute Abend sogar hierhergekommen und hat allen verkündet, dass du noch Jungfrau bist. Nennst du das Respekt?»

Ihr Glas fällt zu Boden.

Sie hört sich sagen: «Ich glaube, ich gehe jetzt nach Hause.»

«Ich begleite dich. Komm.» Seine große Handfläche auf ihrem unteren Rücken geleitet sie von den anderen weg.

«Wenn ich du wäre, wäre ich stinksauer.»

«Bin ich auch!»

«Man muss ihm eine Lektion erteilen. Der hat dich doch gar nicht verdient.»

Einen Block weiter bleiben sie auf einem leeren Parkplatz stehen.

«Ich bin anders, ich weiß, dass man eine junge Dame wie dich mit Respekt behandeln muss, wie eine Königin. Ich würde dich gern küssen, darf ich?»

Verwirrt steht sie da, wird in der Dunkelheit rot. «Ich weiß nicht.»

«Komm her.» Er lehnt sich an die Wand, zieht sie in seine Arme. Er spuckt seinen Kaugummi auf den Boden und küsst sie. Sie küsst ihn zurück. Sie ist so betrunken, dass sie ihre Zunge kaum noch bewegen kann.

Er dreht sich mit ihr um, sodass nun sie mit dem Rücken an der kühlen Wand lehnt. Das fühlt sich gut an. Er presst seinen Körper an ihren, küsst sie auf den Mund. Mund auf Mund.

«Ich schlage vor, du rächst dich an ihm.» Er streichelt ihren Hals. Sie drückt sich an ihn. Seine eine Hand greift nach ihrem Hintern, er küsst sie noch heftiger, dann schiebt er seine Hand zwischen ihre Beine.

«Willst du mich?»

«Ich weiß nicht», sagt sie und küsst Big Bobbie, während sie sich daran erinnert, wie Rico ihren Körper berührt hat. Sie will aufhören, aber an diesem Punkt wäre es schwieriger aufzuhören, als einfach weiterzumachen.

«Sag es, sag mir, dass du mich willst.»

«Was?», fragt sie.

«Sag, dass du mich willst.»

«Ich will dich», sagt sie.

Mit einem Ruck dreht er sie um. Sie hebt die Hände, um nicht mit dem Gesicht gegen die Mauer zu knallen. Es muss so aussehen, als würde sie von der Polizei gefilzt, denkt sie. Sie spürt, wie er sich von hinten gegen sie drückt. Sie verliert den Halt, ihre Knie schrammen an den Ziegeln entlang. Mit einer schnellen Bewegung zieht er ihr die Shorts herunter und rammt seinen erigierten Penis in sie hinein. Rhythmisch stößt er in sie. Wieder und wieder und wieder. Wand, Knie, Wand, Knie, Gesicht. Sie hat das Gefühl, dass etwas in ihr zerrissen ist. Flüssiges Brennen rinnt ihr die Beine hinunter. Hat sie gepinkelt? Schmerz und Pochen und Fremdes, alles auf einmal, alles so unmittelbar, dass Juliette nicht weiß, worauf sie sich konzentrieren soll. Ihr Verstand ringt darum mitzukommen. Nach drei weiteren Stößen explodiert er.

«Ohhhh, aaah», bricht es aus ihm hervor.

Er lässt sie los und sackt zu Boden, zieht sie zu sich herunter.

«Willkommen in der Welt der Erwachsenen, Kleines.» Er küsst ihren Scheitel. «Jetzt hast du es hinter dir.»

20

George kommt gerade von seinem Mitternachtsspaziergang zurück, als er ein Tier im Garten hört. Er stolpert beinahe über David, der auf allen vieren irgendwohin kriecht.

«David! Was machst du da?»

«Juliette», bringt David keuchend hervor.

«Nein, ich bin's, George. Komm, ich helfe dir wieder in den Stuhl und hole deine Eltern.»

«Ich habe Angst, Juliette ...»

«Alles wird gut», sagt er, hebt den sich windenden, federleichten Körper hoch und hämmert bei den Haddads an die Tür, bis sich drinnen etwas regt. George weiß nicht recht, was eigentlich passiert ist und was er sagen soll.

Mrs Haddad öffnet im weißen Bademantel, sie sieht verängstigt aus. Mr Haddad geht mit zwei Taschenlampen in den Händen voraus. George trägt David ins Wohnzimmer.

«Danke, danke», rufen beide Haddads, als George wieder geht.

Juliette sitzt mit entblößtem Unterkörper auf dem Boden des Parkplatzes, auf kleinen Steinchen und Kies. Ihre Shorts haben sich um ihre Knöchel gewickelt. Klebrige Flüssigkeit rinnt aus ihr heraus. Sie rückt ihren BH zurecht. Sie stützt die Hände auf den Boden, um sich aufzurichten. Big Bobbie bleibt sitzen. Sie zieht ihren nassen Slip hoch, ihre Shorts.

«Ich glaube, ich gehe jetzt. Tschüs, Big Bobbie», sagt sie, ohne ihn anzusehen.

Sie spürt ein Zucken in den Beinen, taumelt und schwankt, ist noch nicht wieder sicher auf den Füßen. Sie geht am Cove vorbei, an Rufen, die sie nicht hört, taucht in die dunklen Straßen ein, die nach Hause führen.

Die Dunkelheit ist nicht länger bloß ein Teil der Nacht oder das Wort, das die Stunden vor dem Tageslicht beschreibt. Sie ist nicht länger ein Ort, an dem man einfach nichts sehen kann. Sie ist ein Ort ohne Licht, ohne Menschlichkeit, ohne Herz. Sie ist bösartig und wimmelt von Albträumen über gruselige Gestalten. Jede ist der Son of Sam. Straße um Straße liegt leer vor ihr. Die Straßen haben sich verschworen, um ihr den Heimweg zu einem Weg des Grauens zu machen.

Juliette ist zwei Blocks von zu Hause entfernt, als sie Schritte hört. Sie bildet es sich nicht ein. Als sie sich umdreht, sieht sie eine Gestalt. Sie geht weiter und dreht sich noch einmal um. Sie sieht einen Schatten hinter einen Baum huschen und geht so schnell, wie sie gehen kann, ohne zu rennen. Die Schritte kommen näher, sie hört ein Klapp-Klapp-Klapp, aber jedes Mal, wenn sie sich umdreht, ist da nichts. Nun beginnt sie doch zu laufen, ihr Herz ist lauter als die Schritte. Im Laufen hört sie, dass jemand hinter ihr herrennt. Gerade als sie schreien will, ruft die Stimme: «Frohes neues Jahr!»

Sie dreht sich um und bleibt stehen, es ist Gary der Große. Mit ganz normaler Stimme ermahnt der Irre des Viertels sie, es sei für eine junge Frau gefährlich, alleine hier draußen herumzuspazieren. Was sie sich nur dabei gedacht habe. Er wolle bloß sicherstellen, dass sie gut nach Hause käme.

«Ich komm schon klar, danke, Gary der Große.»

Gary der Große, der seine übliche Armeeuniform unbestimmter Epoche trägt, antwortet: «Okay, Miss, aber bitte seien Sie vorsichtig, bitte seien Sie vorsichtig, die Welt ist ein gefährlicher Ort. Frohes neues Jahr.»

Dann dreht er sich um und geht zurück zur 3rd Avenue. Juliette setzt ihren Heimweg fort. Die asphaltierten Straßen bergen Erinnerungen an Baseballspiele und Straßenfeste, an Unschuld und sichere Zeiten. All das ist vorbei, für immer vorbei, und ihr Körper schmerzt wie der eines alten Menschen.

George hat David gerade bei den Haddads abgeliefert, als er seine Schwester die Einfahrt heraufstapfen sieht.

«Sieh mal einer an, wer da mitten in der Nacht heimkommt.» Als sie sich nähert, erschrickt er. «Was ist denn mit dir passiert?», fragt er und breitet die Arme aus. Juliette lässt sich weinend hineinsinken.

Er tätschelt ihr den Kopf. «Ich hoffe, ich habe dir nicht den falschen Rat gegeben, als ich gesagt habe, man muss Versprechen nicht halten.»

Gemeinsam betreten sie den Keller. Es ist stockdunkel. Behutsam zieht er sie aus, wirft ihre Kleider in die Wäsche, ihre Unterwäsche in den Müll. Er wäscht ihr das Gesicht und die blutigen Knie. Sie zittert. Er sucht ihr ein T-Shirt und eine Jogginghose heraus und wickelt sie in die Decke, obwohl die Hitze draußen immer noch unerträglich ist.

«Geh nicht weg», sagt sie leise.

«Mache ich nicht, versprochen», sagt er und bleibt neben seiner kleinen Schwester sitzen, bis die schrägen Strahlen der Morgensonne durch die Kellerfenster fallen.

21

Warum warst du mitten in der Nacht draußen, mein Sohn?

«Ich habe die Milchstraße gesehen, Papa. Alles war ganz klar.»

22

Am Morgen gehen Rainy und Jack Darling barfuß in die Küche, treten in die Pfützen, die sich um den Kühlschrank und die Gefriertruhe herum gebildet haben. Jack öffnet alle Fenster und die Seitentür. Langsam kommt die Luft in Bewegung, die Vorhänge bauschen sich. Sie fangen an, den Kühlschrank auszuräumen und wegzuwerfen, was nicht mehr zu retten ist.

George und Juliette kommen von unten hoch.

Die vier Darlings mustern einander, als versuchten sie, auf einem Klassentreffen einen alten Freund zu erkennen.

Open your heart to me

MADONNA

TEIL III

23

Tower Records beschallt die Straße mit Madonnas Single *Open your Heart*. Ronald Reagan ist Präsident, und Juliette Darling ist siebenundzwanzig Jahre alt. Nach allen gängigen Maßstäben ist sie eine Erwachsene. Sie spendet Geld fürs Tierheim, stellt rechtzeitig den Müll raus und macht ihren Doktor.

Sie spurtet zum Bus und verpasst ihn um zwei Sekunden, zwei verdammte Sekunden. Mitten auf dem Broadway fängt sie an zu weinen. Sie weint so sehr, dass ein Obdachloser sie fragt: «Wollen Sie etwas, Miss, wollen Sie eine Limo?»

Bleib im Gleichgewicht. Passiert etwas Schlimmes, dann sorge dafür, dass etwas Gutes geschieht. Und wenn etwas Gutes geschieht, gewöhne dich nicht daran.

Explosion in Tschernobyl. Du findest zehn Dollar auf dem Boden.

Dein Schwarm aus dem Theologieseminar hat eine Freundin. Kauf dir einen Sony Walkman.

Sie besteht die Führerscheinprüfung und verpasst dann den Bus. Im Leben hält sich alles die Waage, also bleib verdammt noch mal im Gleichgewicht.

Manche sagen, Vergessen wäre schwer. So ein Blödsinn. Vergessen ist ganz leicht: die Pflanzen zu gießen, Geburtstagskarten zu verschicken, Fleisch aufzutauen. Du vergisst einfach. Schwer ist es, sich zu erinnern.

Wenn sie Kaugummi kaut oder im November dem Heulen des Windes lauscht oder Eichhörnchen dabei beobachtet, wie sie sich gegenseitig den Baum hinaufjagen, erwischt es sie manchmal noch unvorbereitet. Dann erinnert sie sich auf einmal daran, wie es ist, wenn alles außer Kontrolle gerät. Sie muss dann hastig in die nächste Bäckerei. Einen Kaffee bestellen. Ein Stück Kuchen. Egal, das da bitte. Oder sie muss so lange mit jemandem Small Talk machen, bis die Erinnerung wie eine Welle von Morgenübelkeit vergeht.

Erst letzte Woche hat sie vor ihrem Vortrag über Lukrez so viel Xanax genommen, dass sie gelallt hat. Hinterher hat ihr jemand einen Handzettel der Anonymen Alkoholiker zugesteckt.

Sie schreibt über die Liebe. Sie *studiert* Liebe in lateinischen und altgriechischen Schriften, verdammt noch mal, aber selbst hat sie sie immer noch nicht gefunden. Sie hat sich an ihre Abwesenheit gewöhnt. Und man kann nicht vermissen, was man nie hatte, stimmt's?

Spät in der Nacht, wenn das Universum die Geheimnisse der Welt in seinem tiefdunklen Saphirhimmel birgt (wären da nicht die Straßenlaternen und die Leuchtreklame auf der anderen Straßenseite), hört sie Taxis hupen, von irgendwo heiseres Gemurmel, eine Frau, die lacht.

Sie starrt an die Decke und flüstert mit winziger Stimme: «Bin ich unliebbar?» Die Decke antwortet: «Ja.»

24

Am Morgen des 15. Juli 1977 sitzt Juliette auf dem Rücksitz des Bronze Stardust Metallic Lincoln Continental ihrer Großeltern, und sie fahren auf dem Harlem River Drive aus der Stadt.

Es wird mir guttun, für ein paar Wochen weg zu sein und woanders als in meinem Kopf, sagt sie sich.

Ein Jahr ist es jetzt her, dass der Son of Sam seine Mordserie begonnen hat. Die Spannung steigt, man erwartet, dass er jederzeit wieder zuschlagen wird. Der Stromausfall hat eine Stadt aufgerissen, die ohnehin schon am Ausbluten war. Und es ist immer noch so verdammt heiß.

«Wozu ein Risiko eingehen», unkt Tata. «Wenn du in der Hölle bleibst, könnte der Teufel auftauchen. So ist das.»

Sie sind auf dem Weg ins Grossinger's in den Catskills, einem fast ausschließlich jüdischen Ferienresort (in den anderen sind Juden nicht erwünscht) an der Route 17, bekannt als Borschtsch-Gürtel, Sierra Saure Sahne, die Jüdischen Alpen. Wer unter achtzig ist, wird dort mit «Kindchen» angeredet.

Ungläubigkeit trägt Juliette durch die ersten schwierigen Tage, gefolgt vom stärksten Gegenmittel gegen die Trauer – Bogenschießen mit Max, einem wortkargen Mann Ende dreißig mit Vollbart und Geheimratsecken. Hinterher Sex im Gebüsch. Mambo mit Pepe, einem sonnengebräunten verheirateten Kubaner mit goldener Uhr und strahlendem Lächeln. Hinterher noch mal quick, quick, slow – und eins, zwei, drei beim Sex in dem fensterlosen Raum, wo sie den Schnaps lagern. Tennis mit Terry, einer Frau. Warum eigentlich nicht? Hinter den Plätzen während eines Doppel-Turniers. Null-vierzig. Was ist der G-Punkt? Mitten in der Hitzewelle frostet das Hotel einen seiner Außenpools, um daraus eine Eislaufbahn zu machen. Juliette läuft im Badeanzug Schlittschuh, und Tony, ein sechzigjähriger ehemaliger ungarischer Freiheitskämpfer, gafft sie an und sagt «Akar dugni», was so viel bedeutet wie «Lass uns ficken». Was sie dann auch tun.

Juliette lechzt danach, von jedem Körper, an dem sie vorübergeht, berührt zu werden. Dicke und dünne, alte und junge, mit Doppelkinn und Haaren in den Ohren, Männer und Frauen. Finger, Zungen, Penisse. Sie schaltet ihren Verstand aus und ihren Körper ein. Einen ganzen Monat lang liest sie nicht und hält auch keinen Stift in der Hand, außer sie unterschreibt am Pool für ihre Mai Tais.

Ihre Großeltern sind begeistert, weil sie von morgens bis abends unterwegs ist.

Juliette hat noch nie so viel Sport getrieben wie jetzt. Sie spürt, dass sich ihr Körper verändert wie eine Schlange, die sich häutet.

Und am letzten Abend, beim Dinner in dem riesigen Speisesaal, unterbricht der Zeremonienmeister Stan mit seiner schwangeren Frau Silvia an der Hand die Kapelle.

«Meine Damen und Herren und ihr anderen, ich habe eine Ankündigung zu machen.»

Jemand von Tisch neun ruft: «Du bist nicht der Vater, oder was?» Hahahaha.

«Es stellt sich raus, dass der Mistkerl, der mir den Schlaf geraubt und dafür gesorgt hat, dass diese Dame hier» – er deutet auf seine Frau – «über Nacht erblondet ist ...»

Silvia schneidet ihm das Wort ab: «Ich wusste gar nicht, dass ich blond bin, ich dachte, ich wäre bloß blöd.» Hahahaha, Stan und Silvia, das beste Duo seit Burns und Allen.

«Um es kurz zu machen: Man hat den Son of Sam geschnappt. Der Spuk ist vorbei.»

Der ganze Saal erhebt sich, um zu applaudieren, bravo, bravo.

Alle prosten sich zu. Juliette schaut sich Max und Pepe, Terry und Tony, ihre Gamma und Tata und den Typen mit der Akne vom Minigolf an, dessen Namen sie nicht weiß.

«Auf das Leben, auf das Leben, L'chaim!»

25

Als Juliette mit den Großeltern zurück ist, hat sie nur noch wenige Tage Zeit, um sich auf die Abreise zum College vorzubereiten.

«Juliette, während du weg warst, ist das hier für dich mit der Post gekommen.»

Es ist ein brauner Umschlag, auf dem in Kinderhandschrift «Juliet» steht. Sie öffnet ihn. Darin befindet sich eine zerlesene Ausgabe von *Die Möwe Jonathan*. Auf die Innenseite des Umschlags steht gekritzelt: «Ich bin weg. Dein Freund Rico», und über dem i ist ein Herz. Und da ist ein Pfeil, der nach oben zeigt, auf ein N für Norden.

Ihre Mutter, die vor Neugierde umkommt, schüttelt die Sofakissen auf und tut dann so, als würde sie Staub wischen.

«Was ist das?»

«Nichts.»

«Von wem ist es?»

«Von niemandem.»

«Du solltest dich von David verabschieden», sagt sie wie zur Strafe dafür, dass Juliette ihr nichts verrät.

Zwei Tage später sieht Juliette, wie ihre Mutter ihren Vater anstupst. «Hey, Kleines», sagt er, «warum gehst du nicht rüber und verabschiedest dich von deinem Freund?»

Dann kommt der letzte Abend vor ihrer Abreise zum College. Juliette bringt gerade den Müll raus. Da taucht wie aus dem Nichts Mr Haddad auf.

«Du bist wieder da? Komm mit rüber. David hat nach dir gefragt», sagt er und legt wie ein Entführer seine Hand unter ihren Ellbogen.

Juliette ist braun gebrannt, hat definierte Arme und muskulöse Beine. Sie betritt Davids Haus. Es riecht eigenartig. Nach saurer Milch. Sie wird fünf Minuten bleiben und dann wieder gehen.

Sobald sie die Tür zu Davids Zimmer öffnet, fängt er wie aufgezogen zu reden an. «Ich hab mir überlegt, welche Bücher du mit ins College nehmen solltest.»

Sein Zimmer sieht aus, als wäre eine Bombe explodiert. Auf seiner J.-C.-Penney-Stereoanlage aus walnussfarbenem Kunststoff turmhohe Bücherstapel. Seine Plattensammlung: 542 Vinylplatten, die immer in Kisten auf dem Fußboden stehen, sind seltsamerweise durcheinander.

Keith Jarrett, *The Köln Concert* liegt auf der S–Z-Kiste, *Indiscreet* von den Sparks und *Pretzel Logic* von Steely Dan stecken nicht in ihren Hüllen, sondern liegen auf dem Boden. Eine Dose Cola steht auf Pink Floyd, *Wish You Were Here* auf seinem Schreibtisch.

Rote, gelbe, blaue, grüne Oldtimer auf dem Weg nach nirgendwo schweben im weißen Raum auf der Tapete. Naturwissenschaftliche und Mathe-Bücher sind auf dem Schreibtisch verteilt. Socken. Zerknitterte T-Shirts. Belletristik und Gedichte neben seinem Bett. Überall glänzen und glitzern die Aluminiumverpackungen von Hershey's Kisses. Überall Stifte. Überall Notizblöcke. Cola-Dosen. Schon bevor David krank geworden ist, hat er mehrere Bücher gleichzeitig gelesen. Er fand es spannend, zu verfolgen, wie sie sich in seinem Kopf fremdbestäubten. *Helter Skelter*, das Buch über die Manson-Morde mit der *Odyssee*, *Middlemarch* mit *Die Watergate-Affäre*, *Der unsichtbare Mann* mit *Fiesta*. Aber jetzt sind es mehr geworden, jetzt liest er mit Dringlichkeit.

Sie hat ihn seit einem Monat nicht gesehen, und die Umrisse seines Gesichts und seines Körpers sind ihr weniger vertraut. Er wirkt, als wäre er im Begriff, sich in Luft aufzulösen.

Er wedelt mit dem gelben Block wie mit einer Kapitulations-fahne. «Ich habe eine Liste gemacht», sagt er, und die Seiten flattern.

Er liest vor: «Zwingend sind: Dostojewski, *Die Brüder Kara-masow*, du hast das, aber diesmal lesen, nicht wie in der elften nur mit dir rumtragen, Vergils *Aeneis* hast du natürlich auch. *Der ewige Quell* von Ayn Rand, das hast du nicht. *Gesammelte Gedichte* von E. E. Cummings, ich hab eine Ausgabe, die will ich aber behalten, also bitte kaufen. *Der stumme Frühling* von Rachel Carson, interessant, solltest du wegen unserer Unterhaltung vom 17. April 1976 lesen, du erinnerst dich? *Der weibliche Eunuch* wirst du kaufen wollen, ist naiv, aber wichtig.»

Er schnappt nach Luft, um dann ohne Pause fortzufahren: «Und die folgenden Bücher solltest du im Regal stehen haben, um andere zu beeindrucken: Dantes *Göttliche Komödie*, fesselnd und schwer wegzulegen, ich hab's trotzdem getan, Augustinus' *Bekenntnisse*, ein schönes, ehrliches, dichtes Werk, ich nehme an, du wirst es nächstes Jahr sowieso lesen, Miltons *Paradise Lost*, mach, dass du wegkommst, wenn jemand behauptet, er hätte es gelesen, Alexander Solschenizyns *Archipel Gulag*, traurig, depri-mierend, gut geschrieben, ich habe es nicht gelesen. Fühl dich nicht verpflichtet, die alle wirklich zu lesen, aber kauf sie, lies ein paar Seiten, mach ein paar Eselsohren rein und schreib was an den Rand. Du wirst mir später dafür danken.»

Sie tut so, als würde sie sich auf ihrer Handfläche Notizen machen.

«Ich habe das alles für dich», er tippt auf den Block, «ich habe es zweimal aufgeschrieben.»

Juliette setzt sich auf den Boden und lehnt sich gegen eine Plattenkiste. Sie sieht zu David auf, der zwei Schritte in eine Richtung läuft, kehrtmacht, dann zwei Schritte in die andere Richtung.

«Was unsere Korrespondenz angeht, machen wir es folgendermaßen: Du schreibst mir sonntags, ich schreibe dir mittwochs, dann ist es fast wie ein richtiges Gespräch. Jeder Brief sollte eine Frage enthalten, einen Witz, etwas, das du gelernt hast, das ist ganz dir überlassen.»

Er bleibt stehen, verschränkt die Arme und mustert sie. «Was ist anders an dir? Irgendetwas ist anders.»

«Meine Zahnspange ist raus.»

«Verstehe», sagt er.

Er starrt sie mit gespannter Aufmerksamkeit an. Er geht sogar vor ihr in die Hocke und kneift die Augen zusammen. Sie wird verlegen. «Ich meine was anderes, aber gerade Zähne sind wichtig, schätze ich.»

Während er sie mustert, macht es in Juliettes Ohren plopp. Wie nach dem Schwimmen spürt sie, dass Flüssigkeit aus ihren Ohren rinnt. Sie ist wieder in der Lage, ihre Gedanken zu hören. Und ihre Gedanken sind nicht gut. Wer ist dieser Mensch? Es ist wie in diesen Horrorfilmen, in denen jemand, den man kennt, sich die Maske abreißt, und darunter kommt ein Monster zum Vorschein. Sie bemerkt, wie hohlwangig er ist, seine Augen sind wie offene Fleischwunden, keine Wimpern, keine Augenbrauen.

«Hör mal, ich muss noch packen.» Sie macht Anstalten aufzustehen.

«Nein, wir müssen uns unterhalten. Das ist eine ernste Sache, von größter Wichtigkeit», sagt er und klingt dabei wie sein Vater. «Wenn du Prüfungswoche hast oder die Arbeitsbelastung sehr groß wird, sag mir bitte Bescheid. Ich bin hier, um zu helfen; ich will dir helfen.»

«Ich bin nur gekommen, um mich zu verabschieden. Ich muss los.»

Er blickt sie ausdruckslos an, dann redet er hektisch weiter, holt zwischen den Sätzen keuchend Luft.

«Ich habe die Zug- und Busfahrpläne im Hinblick auf deinen Semesterplan überprüft. Der Bus fährt täglich, an den Wochenenden sogar dreimal täglich, die Züge fahren häufiger. Aber ich finde, du solltest den Bus nehmen. Da die Belastung des Pendelns aus offensichtlichen Gründen bei dir liegen wird, bin ich bereit, die Fahrkarten zu bezahlen. Ich habe Geld im Überfluss, und das muss ausgegeben werden. Wir sollten mindestens einmal pro Woche miteinander reden. Noch mal, falls Geld ein Problem ist, ruf per R-Gespräch an. Meine Eltern wollen mir jeden Tag so schön machen, als wäre es mein letzter.»

Als Nächstes betet er die Details aus den World Series herunter, er hoffe, dass die Yankees es schafften, dass unser Team uns stolz macht. Du musst daran glauben, Juliette. Konzentrier dich mit aller Kraft darauf. Glaube daran. Ich meine das völlig ernst. Zwischen dem elften und achtzehnten Oktober wird unser Traum wahr werden. Er deutet auf den Yankees-Wandkalender, wo er die Daten angestrichen hat. In dieser Woche, der heiligen Woche, der Haddsch, der Pilgerfahrt, wird sie a) das College schwänzen müssen, b) aber keine Sorge, er hat jetzt Kontakte zu Ärzten und könnte einen von ihnen dazu bringen, ein Attest zu schreiben, c) besteht eine kleine Chance, aber mach dir keine zu großen Hoffnungen, dass er vielleicht sogar über einen befreundeten Arzt Karten für eines der Spiele bekommen kann. d) Die einzige Entschuldigung für Nichterscheinen ist Tod. Hat sie das verstanden?, fragt er.

Die Vision, die sie in der Nacht des Stromausfalls hatte, dass sie ertrinkt, kommt wieder hoch wie unverdautes Essen. Sie kann nicht schlucken. In ihrem Mund sammelt sich so viel Speichel, dass sie sicher ist, sie wird an ihren eigenen Körpersäften ertrinken.

David ist in Wirklichkeit nicht ihr bester Freund, er ist überhaupt kein Freund. Das war er nie. Er zieht sie runter und hindert sie am Leben. Und das tut er schon die ganze Zeit, er hindert sie daran, ein normales Leben zu führen, er hält sie zurück. Sie sieht ihn als das, was er wirklich ist.

«Ach so, und dingdong, die Hex ist tot, Mrs Caramida hat ins Gras gebissen. Wie sich herausgestellt hat, ist sie vor zwei Wochen gestorben, aber niemand hat es gewusst, denn wer besucht die schon? Der Postbote hat die sich ansammelnden Briefe und den Gestank bemerkt.»

«Wie furchtbar, so was zu sagen.»

«Wieso furchtbar? Sie war ein schlechter Mensch. Sie hat jahrelang Kinder terrorisiert, deren einziges Verbrechen darin bestand, einen Ball von ihrem erbärmlichen Stück Rasen zurückholen zu wollen. Wenn gute Menschen sterben, ist das ein Verlust. Wenn schlechte Menschen sterben, ist es ein Gewinn.»

«So was darfst du über Tote nicht sagen.»

«Soll ich, nur weil sich das angeblich so gehört, Trauer vorgaukeln über einen Menschen, den ich für ein Stück Scheiße gehalten habe?»

«Weißt du, ständig urteilst du über andere. Du denkst immer, du bist besser als alle anderen. Für dich ist doch jeder ein Idiot oder Abschaum. Und du hast mich dazu gebracht, auch so zu denken. Früher habe ich die Menschen gemocht. All die Jahre hast du mich davon abgehalten, ein guter Mensch zu sein. Du wolltest mich für dich alleine, wie eine fette Spinne. Im letzten Monat ohne dich habe ich mich besser gefühlt als je zuvor. Mir geht's gut. Ich bin glücklich. Und ich bin sicher, du hättest mir gern noch ein paar mehr Versprechungen abgerungen, um mich in deinem Spinnennetz festzuhalten. Nur weil du stirbst, heißt das nicht, dass ich aufhören muss zu leben. Und jetzt, wo du krank bist, fällst du nur noch mehr Urteile, weil niemand es wagt, dem kranken Jungen zu widersprechen. Niemand wagt es, ihm zu sagen, dass die Menschen seinen Tod vielleicht auch als Gewinn betrachten werden. Also, David, fang endlich an zu leben, solange noch Zeit dazu ist.»

«Wow.» David klatscht einmal in die Hände. «Ich hätte nicht gedacht, dass das in dir steckt.»

«Fick dich.»

«Fick du dich auch.»

Sie geht, ohne sich noch einmal umzudrehen.

Als Mrs Haddad den Mixer ausschaltet, schaut sie zuerst aus dem Küchenfenster, um zu sehen, woher das Geschrei kommt. Es kommt von oben. Aus ihrem Haus. Sie eilt zur Treppe, gerade als Juliette herunterstürmt. Sie stoßen praktisch zusammen. Sie sehen einander nicht an.

Mrs Haddad rennt hinauf in Davids Zimmer. Er hält sich mit beiden Händen den Kopf und hat die Augen geschlossen.

«Was ist los? Was ist los, Habibi?»

Er redet wirr.

Seine Lippen sind verzerrt, die Mundwinkel zucken. Sein Kopf, der nicht zu seinem Körper gehört, knallt gegen das Kopfteil des Betts.

«Albi, albi!», ruft sie ihren Mann Joseph. «Komm, komm, komm.»

Sie nimmt Davids Kopf in beide Hände. Sie reibt und küsst sein Gesicht, immer und immer wieder. Ihre Lippen berühren die Lebendigkeit seiner Haut.

«Hayati, Hayati», sagt sie, «mein Leben, mein Leben», und versucht so, sich einen Reim auf eine Welt zu machen, die vor sechs Monaten aufgehört hat, Sinn zu ergeben.

Mr Haddad betritt das Zimmer und rennt dann gleich wieder hinaus.

Jahre später wird Mrs Haddad auf diesen einen Moment zurückblicken. Mit ihrer geheimsten Stimme wird sie sich eingestehen, dass sie von da an wusste, dass ihr Sohn sterben wird. Sie konnte sehen, dass es keine Unmöglichkeit mehr war. Dieser eine Moment, dieser Gedanke soll Mrs Haddad für den Rest ihres langen Lebens verfolgen. Sie hatte die schlechten Gedanken nicht stark genug verdrängt.

26

Der Krankenwagen ist innerhalb von zehn Minuten da. Sirenen durchdringen die Stille der Nacht. Als sie an der Ecke der 89. Straße ankommen, stellen sie sie ab.

Kein Grund, alle aufzuwecken. Blinkende rote Lichter. Die müssen anbleiben. So will es das Gesetz.

Die wirbelnden Lichter erzeugen einen Stroboskop-Effekt.

Zwei Männer steigen aus.

Dunkelheit.

Blitzlicht.

Ein Sauerstofftank.

Dunkelheit.

Standbild.

Mrs Haddad im Bademantel, wild fuchtelnd. Mit imaginären Orangen jonglierend.

Blitzlicht. Standbild.

Mr Haddad trägt David wie ein Baby.

Blitzlicht.

Eine Krankentrage.

Blitzlicht.

David verschwindet im Krankenwagen.

Mr Haddad verschwindet im Krankenwagen.

Knall.

Mrs Haddad. Ist sie barfuß?

Auf dem Vordersitz.

Knall.

Blitzlicht.

Dunkelheit.

Rot blinkende Lichter entfernen sich.

Juliette kniet auf dem Wohnzimmerboden, George und ihre Eltern stehen neben ihr und schauen durch die Rillen in den Jalousien nach draußen.

27

W arte, ich hab noch was vergessen!»
Juliette kommt mit der kleinen Lampe in der Hand aus
dem Haus gerannt, die David ihr in der Nacht des Stromausfalls
geschenkt hat.

Im selben Moment wollen die Haddads ihr Haus verlassen.
Die Tür klemmt. Sie müssen von innen dagegendrücken, um
sie aufzuschieben. Vielleicht liegt es an der Feuchtigkeit. Aber
eigentlich benutzen sie die Vordertür nie. Vielleicht, weil sie so
schwer zu öffnen ist. Heute tun sie es, weil der Dodge Dart der
Darlings in ihrer Einfahrt parkt und sie unmöglich daran vorbei-
gehen und wie üblich Hallo und Wie geht's rufen können, und
Was für ein schönes Wetter heute. Heute ist nichts schön. Die
Haddads hassen Juliette jetzt, zumindest Mrs Haddad.

«Sie ist nur ein Mädchen», versuchte Mr Haddad sie zu be-
sänftigen und legte seine Hand auf ihre. Sie schlug sie weg. Sie
glühte vor Zorn. Mr Haddad erkannte sie nicht wieder.

«Dieses *Mädchen* hätte um ein Haar unseren Sohn umgebracht.»

Dann brach die ganze Geschichte aus ihr hervor, bis ihr Mund
ausgetrocknet war und sie keine Worte mehr fand. Das Einzige,
was sie ausließ, war der Teil, als David zurückschrie, und zwar
dieses schreckliche Wort, das sie nicht wiederholen wollte. Der
Einfluss dieses Mädchens war schuld daran.

David hatte eine Hirnblutung. Im Krankenhaus führten sie einen Scan durch und konnten das Blut ableiten, sodass er keinen
Schlaganfall erlitt.

Mrs Haddad wollte von den Ärzten wissen, ob ein Streit so
etwas auslösen konnte.

«Sicher, jede Art von Stress kann der Auslöser sein. Wir sind nur froh, dass Sie ihn hergebracht haben, bevor weitere Schäden entstehen konnten.»

Die Haddads stehen auf ihrer Eingangstreppe. Sie tragen beide Sonnenbrillen. Es ist kein sonniger Tag. Mr Haddad schaut geradeaus und geht auf seinen vor dem Haus geparkten Wagen zu. Die Sonnenbrille von Mrs Haddad dreht sich in Juliettes Richtung. Juliette kann nicht erkennen, welche Sorte Blick ihr Mrs Haddad zuwirft. Sie bleiben beide stehen. Juliette will zu ihr gehen und sie umarmen und sich verabschieden. Doch sie hat die Lampe in der Hand. Es ist mehr als klar, dass sie einander nie wieder berühren werden. Mrs Haddad geht zum Wagen. Juliette ist sich nicht sicher, glaubt aber, gesehen zu haben, dass sie missbilligend den Kopf geschüttelt hat.

«Was sollte das denn?», fragt Rainy Darling, sobald Juliette auf dem Rücksitz sitzt.

«Nichts.»

«Es ist ja nicht so, dass der arme Junge wegen dir Krebs bekommen hat, sie braucht dich nicht so rüde zu behandeln. Im Grunde ist es gut, dass du weggehst.»

Die Darlings fahren ihre Straße hinunter, vorbei an Mrs Caramidas Haus, das jetzt nur noch irgendein Haus ist. Allein zu sterben und zwei Wochen lang weiß niemand davon, das ist traurig. Jahre später haben die Japaner sogar ein Wort dafür erfunden, *kodokushi*, ein einsamer Tod. Juliette ist sich ziemlich sicher, dass ein einsames Leben genauso traurig ist.

28

Zweieinhalb Stunden später kommen die Darlings in Yale an. Dr. Darling warnt Juliette, die Innenstadt von New Haven sei voller Schwarzer, und sie solle auf dem Campus bleiben.

«Daddy, hör auf», sagt Juliette.

«Du liest doch Zeitung. Ich bin so liberal, wie man nur sein kann. Aber man kann nicht ungesehen machen, was man gesehen hat. Das sind Tiere.»

«Dein Vater hat recht», sagt Rainy Darling, und Juliette verschluckt sich fast an ihrer Spucke.

Juliettes Zimmer befindet sich im Haus Connecticut Hall, es ist ein Eckzimmer mit zwei identischen Betten und Schreibtischen, einem Waschbecken mit Spiegel. Über den Flur ist ein Gemeinschaftsbad mit Duschen und Fußpilz.

Als sie das Zimmer betreten, springt ihre zukünftige Mitbewohnerin Mel vom Bett auf und umarmt sie alle. Juliette hat selten so eine spontane Zuneigungsbekundung erlebt. Die Darlings sind keine Familie für Gruppenumarmungen.

Mel Porter hat glattes blondes Haar, das ihr auf die athletischen Schultern fällt, dazu ein durchs Internat und viele Sommer mit Segeln und Hummer gestähltes Selbstbewusstsein.

Sobald Juliettes Eltern weg sind, sagt Mel zu Juliette: «Lass uns kiffen und dann alle mit französischem Akzent ansprechen.»

Juliette erfährt, dass Mel auf den Händen laufen und mit den Füßen Klavier spielen kann. Es scheint nichts zu geben, was Mel nicht kann. Wichtig ist aber eigentlich nur, dass sie Juliette auf Anhieb mag und ihre Zähne bewundert.

«Deine Zähne sind so gerade, es ist *incroyable*», sagt die bekiffte Mel. «Du musst lächeln, hör nie auf zu lächeln.»

29

Eine große rote 6 schwebt in einer Wolke über dem Wort Motel. Motel 6 erhielt seinen Namen, als seine Gründer 1962 berechneten, dass sie mit sechs Dollar pro Zimmer Gäste anlocken und trotzdem noch Gewinn machen konnten. «Wir lassen für Sie das Licht an» wird später zu ihrem Slogan werden, und viel, viel später erwerben sie sich dann den Ruf, bei Gästen ohne Papiere die Einwanderungsbehörde zu rufen.

Aber als Rainy und Jack Darling dort einchecken, haben sie nur eines im Sinn. Sie holen sich Twinkies und Cola aus dem Automaten am Ende des Flurs und schlafen zum ersten Mal seit zwei Jahren wieder miteinander. Auf kalten Laken, unter dem lauten Summen der Klimaanlage, ficken sie, um den entsetzlichen Sommer zu vergessen, die Hitze, den Son of Sam, ihr Alter, die Schulden, die ganzen Enttäuschungen, und sie beginnen, sich daran zu erinnern, wer sie einmal gewesen sind.

Rainy und Jack Darling kommen nach Hause. Auf dem Küchentisch liegt ein Zettel von George.

Ade, lebt wohl, auf Wiedersehen, adieu.
Adieu, adieu, nun ist's genug, ich gehe.
In Liebe, George

«Haben wir was falsch gemacht?», fragt Rainy, den Tränen nahe.

«Schatz», Jack küsst sie auf die Stirn, «weißt du, als junges Mädchen wollte meine Mom nach Paris und ein aufregendes Leben führen. Und dann bekam sie Kinderlähmung, und alles sah auf einmal anders aus.»

«Willst du damit sagen, wir sind die Kinderlähmung?»

Er nimmt sie in den Arm. «Ich will damit sagen, Georges Paris ist London. Lass ihn gehen. Er kommt schon irgendwann zurück.»

30

David wälzt sich zwanzig Tage und zwanzig Nächte lang hin und her.

Sein Körper hat ihn verraten.

David weiß, dass er stirbt, weil:

a) alle seine Ärzte, Kinderärzte, Radiologen, Onkologen, pädiatrische Onkologen, Allgemeinärzte, Chirurgen, Psychiater, alte wie junge, weiße und sogar Dr. Patel aus Indien, der nie einen Witz macht und niemals lächelt, plötzlich mit heiterer Stimme sagen: «Mach dir ein schönes Leben, geh ins Kino, sieh dir Baseballspiele an.» Dr. Patel sagte an Davids Eltern gerichtet: «Vielleicht können wir sogar arrangieren, dass er einige der Spieler treffen kann. Wir haben da Beziehungen»,

b) seine Eltern ihn amerikanisches Junkfood essen lassen,

c) er sich seine Krankenakte angesehen hat.

Am 21. Tag haben die Ärzte ihn ausreichend beobachtet. David darf nach Hause.

Dr. Lito, der Onkologe, sagt den Haddads mit Flüsterstimme, kaum hörbar, wie ein Bibliothekar: «Ich fürchte, wir können hier nichts mehr für Sie tun.»

«Wie bitte?», sagt Mr Haddad.

«Ich fürchte, wir können hier nichts mehr für Sie tun.»

«Entschuldigung, könnten Sie bitte lauter sprechen?»

Dr. Lito folgt seinem Wunsch und schreit nun beinahe: «Wir können hier nichts mehr für Sie tun.»

«Hier in diesem Krankenhaus, meinen Sie, Doktor?» Mr Haddad bleibt hartnäckig.

Er wird sterben. Ihm bleibt nur noch eine begrenzte Zeit. Monate, Tage, Stunden. Vielleicht noch ein Jahr. Nein, kein Jahr. Wenn er Glück hat, ein paar Monate. Der berühmte Pickle.

31

Schlafenszeit. Myriam Haddad beginnt mit ihrem abendlichen Schönheitsprogramm. Sie betupft ihre immer sorgenvollen Augen mit in Kamille getränkten Pads, sprüht Rosenwasser auf ihr Gesicht, reibt sich Dekolleté und Hals mit selbst gemachter Mandelcreme ein. Ein Klecks Sheabutter für die Ellbogen und Hände.

Sie bürstet ihr langes dunkles Haar aus und bindet es zu einem lockeren Knoten. Das tut sie jeden Abend, egal wie müde sie ist, egal ob ihr Herz vor Furcht rast, ich flehe dich an, Gott, oder ihr Magen sich vor Angst aufbäumt, bitte nimm mir nicht meinen Sohn, egal ob sie draußen die Nachbarn streiten oder die Katzen miauen hört. Bitte. Bitte. Bitte. Sie wollte doch immer nur ein einfaches Leben.

Joseph liegt in seinem sommerlichen Leinenpyjama bereits im Bett. Die Fenster sind geöffnet, der Deckenventilator surrt über ihnen.

«Komm, komm zu mir», sagt er und breitet die Arme aus.

Sie steigt ins Bett und lehnt sich an seine Brust. Er streichelt ihre Wange.

«Du hörst nie auf, schön zu sein.»

«Ich bin fett.»

«Du bist fett und schön.»

Sie fährt hoch und hebt die Hand, um ihm einen Klaps zu geben. Er lächelt und fängt ihr Handgelenk auf. Dann küsst er jeden Finger und saugt sanft daran. Sie lehnt sich zurück. Er fährt über ihren Hals und unter ihr Nachthemd.

Ihre Hände schlüpfen unter sein Pyjamaoberteil, sie kreist mit den Fingernägeln, zupft an seinem Brusthaar. Leises Liebesgemurmel, während sie beide ineinander aufgehen und immer neue Wege finden, sich fallen zu lassen.

Es gäbe so viel zu sagen, aber sie können nicht. Sie wissen beide, wenn sie jetzt reden, fangen sie an zu weinen und können nie wieder damit aufhören.

David, ihr David, ihr Habibi, ihr Baby, ihr Liebstes, ihre ganze Freude, er wird sterben, und sie wissen es. Sie wissen es, aber sie verbieten sich, es zu denken oder zu fühlen. Denn der Gedanke, dass er nicht mehr existieren könnte, erschreckt sie so sehr, dass sie sich in dieser Sommernacht aneinanderklammern, um sicher zu sein, dass sie selbst noch da sind.

32

Die ersten Wochen in Yale. Einführung hier und Einführung da. Bücher kaufen. Junkfood essen. Alles ist neu, neu, neu. Sie kann sich einen Ruf aufbauen. Juliette wird zu dem stets gut gelaunten Mädchen, das für alles offen ist. Mel ist von Natur aus so, also tut Juliette einfach, als wäre sie es auch. Jede Nacht findet eine andere Party statt, immer gibt es jemanden, der sich betrinken oder zudröhnen will. Sogar LSD probiert sie. Unglaublich. Bewusstseinserweiternd. Wahnsinn. Wenn man einfach Ja sagt, gehört man dazu. Sie schläft wenig, lebt hinter einem sanften Dunstschleier. Der permanente Jetlag macht alles noch traumähnlicher.

Sie hört nie wieder von David. Nichts. Es kommt kein einziger Brief. Gut, dass sie ihn los ist. Eines Tages überlegt sie, ihm zu schreiben, nur um ihm einen Gruß zu schicken, aber sie schläft vorher ein. Beim nächsten Mal kommt Mel und will ihr Kopfstand beibringen, dann passiert wieder irgendetwas anderes. Sie vergisst es.

Die Wochen gehen ins Land, und Juliette wird das erste Mal aufgerufen. Kein Grund zur Panik, nur ein Referat in Einführung in die Alte Geschichte mit der Fragestellung: *Warum bist du hier?* Der leicht überengagierte Doktorand Gilbert Marshall will seine Studenten kennenlernen.

«Sag uns, warum du hier bist, Juliette.»

Als Mädchen, dem es schwerfällt, vor Leuten zu sprechen, liebt Juliette Latein gerade deshalb, weil sie dabei unsichtbar bleiben kann. Juliettes Bühne liegt hinter den Kulissen. Wenn sie Catull oder Vergil, Horaz oder Ovid liest, hört sie deren Stimmen, lernt ihre Gedanken und Gefühle kennen. Es ist, als schlüpfte sie in einen anderen Menschen, das kommt ihr intimer vor als Sex.

Sie geht nach vorne. Es ist ein kleiner Kurs, vielleicht zwanzig Studierende. Auch der Raum ist nicht groß, man hört das Kratzen von Stiften und wie Leute die Beine übereinanderschlagen. Sie stellt sich auf, lächelt und versucht anzufangen. Sie sucht nach Worten. David hatte recht, ohne ihn kann sie wirklich nicht denken. Sie schaut in die Gesichter, die sie anstarren. Sie versucht, den Mund zu öffnen, aber ihr Kiefer ist verkrampft. Sie merkt, wie sie rot wird. Schweiß rinnt ihr den Rücken hinunter. Ihr Magen zieht sich zusammen. Sie hat das Gefühl, die Kontrolle über ihren Darm zu verlieren.

Endlich spricht sie. Sie sagt, dass sie tote Dinge mag. Sie sei fasziniert davon, Texte von Toten zu lesen. Und sie sei gut darin. Die Leute im Kurs wechseln Blicke, sie sind sich nicht ganz sicher, ob sie gerade mit unbewegtem Gesicht ihren trockensten Witz zum Besten gibt, was brillant wäre, oder ob sie das ernst meint, in diesem Fall wäre sie eine Spinnerin.

Juliette schafft es innerhalb von zehn Minuten, ihren Ruf zu zerstören.

33

Tage werden zu Wochen, Wochen zu endlosen Zeitblöcken, weit und breit nichts, worauf man sich freuen könnte – bis die Yankees es in die World Series schaffen.

18. Oktober 1977. Das sechste Spiel der World Series. Die Yankees haben drei gewonnen, die LA Dodgers zwei. Wenn die Yankees an diesem Abend gewinnen, steht es fest, dann haben sie gewonnen. Gänsehaut am ganzen Körper. Im Stadion sitzen alle angespannt auf der Kante vom Sitz. Wie lange können wir noch durchhalten?

Drei Abende zuvor machte Linda Ronstadt Schlagzeilen, weil sie in Jeans und einer Satin-Aufwärmjacke der Dodgers die Nationalhymne sang. Die ganze Welt spricht darüber. Alle außer David. Er hat es verschlafen. Medikamente, die ihn schmerzfrei und gleichzeitig wach halten könnten, sind noch nicht ausreichend entwickelt. Er schläft die ganze Zeit.

Davids Zimmer ist wegen all der Gerätschaften, die er braucht, ins Wohnzimmer verlegt worden.

«Im Wohnzimmer ist viel mehr Licht. Es ist einfach der beste Raum im Haus», hat Mrs Haddad verkündet.

«Wir sollten das Obergeschoss vermieten und alle hier unten schlafen», scherzte Mr Haddad.

Sie haben einen Luftbefeuchter, damit die Luft angenehmer für ihn ist. Er nimmt Medikamente zur Vermehrung der Blutplättchen, damit sein Nasenbluten und die Blutergüsse aufhören. Allerdings juckt davon seine Haut. Kratzen darf er sich aber nicht, weil sein Blut nicht gerinnt. Es ist ein zermürbender Kampf zwischen den Medikamenten, die ihn am Leben erhalten sollen, und den Medikamenten, die ihn praktisch umbringen. Der Toilettenstuhl wird immer näher an Davids Bett herangeschoben. Zuerst stand er im Esszimmer hinter einem von Mr Haddad gebauten Sichtschutz. Aber im Laufe des letzten Monats ist er an sein Bett herangerückt. Mrs Haddad hat eine hübsche Decke darübergeworfen. Sie tun so, als wäre alles ganz normal, zählen Tabletten und verdrängen den Tod aus dem Wohnzimmer.

Heute weigert David sich, Morphium zu nehmen. Die Yankees in der World Series – das wird er nicht verschlafen. Er vermisst Juliette. Er wünschte, sie würde sich das Spiel mit ihm zusammen anschauen.

Als er als ganz kleiner Junge mal eine Sternschnuppe entdeckte, sang sein Vater ihm ein Lied vor:

> Starlight, star bright, first star I see tonight: I wish I may, I wish
> I might, have this wish I wish tonight.

«Wünsch dir was, wünsch dir was», sagte Mr Haddad aufgeregt und zeigte in den Himmel, David saß auf seinen Schultern. Er erinnert sich noch, dass er größer war als sein Vater und auf die kahle Stelle auf dessen Kopf hinabschaute, einen Halbmond.

Jedes Mal, wenn er an Juliette denkt, wünscht er sich was.

Er trinkt eine Cola, um wach zu bleiben. Sein Vater hat Kentucky Fried Chicken zum Abendessen mitgebracht. «Das ist tatsächlich sehr lecker», sagt Mr Haddad.

Seine Mutter rümpft die Nase und isst mit Messer und Gabel. Aber dann stimmt sie ihm zu: «Es ist lecker.»

David kaut an einem Flügel, kann aber nicht viel davon essen. Er behält ihn in der Hand. Manchmal führt er ihn zum Mund, um den Geschmack zu riechen.

Es ist das sechste Spiel. Die Yankees haben die Chance, heute Abend zu gewinnen, sonst wird die Qual des bangen Wartens noch größer. Wenn die Yankees heute Abend gewinnen, haben sie vier Siege auf dem Konto. Es wäre das erste Mal seit 1959, als die Dodgers die White Sox geschlagen haben, dass eine World Series in nur sechs Spielen entschieden wird.

Außerdem ist dies das erste Spiel der World Series in New York. Im neu gebauten Yankee-Stadion. Vollgepackt mit über fünfzigtausend Fans. Joe DiMaggio, der «Yankee Clipper», kommt in Hemd und Krawatte und Kaugummi kauend heraus, um feierlich den ersten Pitch auszuführen.

«Das Wetter hat sich in nur einer Nacht dramatisch verändert», verkündet Phil Rizzuto, «aus Sommer ist Winter geworden.»

ABC Sports Exclusive wird Ihnen heute Abend von Gillette, General Motors und Chevrolet präsentiert. Sehen Sie nach, was es heute bei Ihrem Chevrolet-Händler Neues gibt.

Mr und Mrs Haddad verstehen nichts von Baseball. Sie stellen zur falschen Zeit Fragen, jubeln der gegnerischen Mannschaft zu, wenn sie einen Ball im Outfield fangen, und als Reggie Jackson, der beste Schlagmann der Yankees, mit einem Intentional Walk übergangen wird, wirft Mr Haddad die Hände in die Luft: «Wie wollen sie denn gewinnen, wenn sie ihre Hintern nicht bewegen?»

«Er sollte seinen Hintern so bewegen wie John Travolta», lacht Mrs Haddad, steht auf und macht einen übertriebenen Disco-Move.

Sie haben alle den Verstand verloren. Es gibt nichts Besseres, als zusammen zu sein.

Das Publikum der Yankees tobt bei jedem einzelnen Out. Erstes Inning: Die Dodgers führen zwei zu absolut gar nichts. Die Dodgers sind gesund und munter, bereit für den Moment. Baker wirft in den Schoß von jemandem, um das erste Out zu erzielen. Die Dodgers starten stark mit einem Two-Run-Triple über das rechte Feld. Die Yankees schaffen im zweiten Inning den Ausgleich. Bälle werden geworfen und gefangen, Knuckleballs, Fastballs ins linke Feld, ins rechte Feld, Hit und Foul, klock, wenn der Schläger den Ball trifft.

Im dritten Inning bringt Reggie Smith die Dodgers mit 3:2 in Führung.

«Das geht aber wirklich lange», sagen die Haddads, die immer noch nicht den leisesten Schimmer vom Baseball haben. Aber im Grunde sind sie dankbar dafür, wie langsam die Zeit vergeht. Noch ein Inning und noch ein Inning, immer wieder kommen die Teams in einem eigenartigen Volkstanz aufs Spielfeld und verlassen es wieder. Langsam ist der neue Homerun.

David ist müde, aber fest entschlossen, wach zu bleiben. Er bittet um eine weitere Cola. Sein Vater öffnet die Dose für ihn, in der Zwischenzeit ist seine Mutter bereits mit einem Strohhalm aus der Küche zurück. Sie sind eine gut geölte Maschine.

Die Yankees liegen 2:3 zurück, als Bucky Dent alles riskiert. Er verlässt die Sicherheit der ersten Base und versucht, zur zweiten Base zu sprinten. Aber er hat sich verkalkuliert. Er ist zwischen den Bases gefangen, steckt in der Klemme. Ein Pickle. Steve Garvey von den LA Dodgers auf der ersten Base wirft zu Davey Lopes auf der zweiten, es geht hin und her, hin und her, sie kommen immer näher und näher, um ihn zu erwischen. Aber urplötzlich tut Dent das Undenkbare: Er rast mit voller Geschwindigkeit auf die zweite Base zu. Er springt praktisch in die Luft, um Lopes zu täuschen, und schafft es bis zur zweiten Base. Safe!

Zum Schluss des Innings steht es 4:3, die Yankees führen.

Untere Hälfte des 5. Innings, Reggie Jackson steht wieder auf der Plate. Bevor er seine Position einnimmt, zwinkert er David direkt zu. Niemand sonst scheint es zu bemerken. Er schlägt einen Homerun ins rechte Feld. Die Yankees führen jetzt 5:3.

Zu Beginn des achten Durchgangs muss Reggie Jackson das Spiel unterbrechen, um sich zum Schutz einen Helm aufzusetzen, denn die Fans, die den Sieg der Yankees bereits wittern, lassen Feuerwerkskörper und Cherry Bombs hochgehen.

«Warum sollten sie ihren Lieblingsspieler verletzen wollen?», fragt Mr Haddad fassungslos.

David erklärt, dass sie so glücklich sind, dass sie ihre Begeisterung nicht zügeln können.

«So möchte ich mich nie fühlen», sagt Mrs Haddad.

Die LA Dodgers sind durch ein Double Play mit einem erstklassigen Wurf zur zweiten Base Out. Out und Double Play, Out, Out.

Es wird spannend, auch für die Haddads, als am Ende des achten Spielabschnitts Reggie Jackson zur Plate schreitet. Neun Runs hat er in den World Series bisher erzielt und damit gleichgezogen mit den legendären Babe Ruth und Lou Gehrig. Du bist mit deiner Vergangenheit verbunden. Sie sind ein Teil von dir.

Die Fans beginnen zu skandieren: REG-GIE, REG-GIE. Mr und Mrs Haddad und David, der noch immer den Hühnerflügel in der Hand hält, rufen mit den Fans auf dem Bildschirm: REG-GIE, REG-GIE. Alle spüren die Magie, die in der Luft liegt.

Der erste Wurf, er holt aus, die Kontaktmöglichkeit kommt, er trifft und schlägt einen Homerun aus dem Baseballstadion auf die leere, geschwärzte Mauer, die man *Batter's Eye* nennt.

Nach dem nächsten Inning gewinnen die Yankees ihre einundzwanzigsten World Series, und Tausende von begeisterten Fans stürmen auf das Spielfeld. Polizei, Sicherheitskräfte, Pferde. Reggie Jackson flitzt buchstäblich mitten durch die Menge davon und reißt dabei Fans um. Eine seltsame Feier ist das.

Nach dem Spiel sitzen die Haddads zusammen. David ist selig. Sein Traum ist in Erfüllung gegangen. Es ist beinahe unwirklich. Mr und Mrs Haddad haben keine Ahnung, welchem Ereignis sie da gerade beigewohnt haben. Da ist das warme Licht des Fernsehers, dazu der Geruch von Brathähnchen und der süße Geschmack des Sieges.

Sie sind zu dritt. Die magische Drei.
- Die Heilige Dreifaltigkeit
- Die Erde, der dritte Planet, von der Sonne aus gesehen
- Vergangenheit – Gegenwart – Zukunft
- Ein Dreieck
- Ein Dreibeinstativ
- Die drei kleinen Schweinchen, Die drei kleinen Bären, Die drei Musketiere, Die drei blinden Mäuse
- Erster Akt, zweiter Akt, dritter Akt

«Mein Sohn.» Aus dem Nichts fängt Mr Haddad an zu weinen. «Es tut mir so leid, dass wir dir nie einen Hund geschenkt haben.»

Mr Haddad ist berühmt für seinen Ausspruch: «Wenn Tiere dazu bestimmt wären, in Häusern zu leben, hätten wir Kühe als Nachbarn.»

«Oh Papa!»

Das Schlimmste am Sterben ist, dass er mitansehen muss, wie traurig es seine Eltern macht. «Der hätte doch nur ein riesiges Chaos veranstaltet. Außerdem wollte ich nie einen Hund, weißt du nicht mehr? Eigentlich wollte ich ein Pferd.»

Es war Weihnachten. David war sechs Jahre alt, sie waren in die City gefahren. Es war vielleicht ihr erster oder zweiter Winter in Amerika. Sie gingen im Rockefeller Center Schlittschuh laufen, wobei man es eher fallen nennen musste als laufen. Dann machten sie im Central Park eine Kutschfahrt. Eingemummelt in karierte Decken, saß er zwischen seinen Eltern eingezwängt, der Central Park funkelte voller weißer Lichter. Sein Gesicht war kalt, sein Körper warm.

Nach der fünfundvierzigminütigen Runde durch den Park stiegen sie aus, und David ging nach vorne, um sich das Gesicht des Pferdes anzusehen. Er blickte in die dunkelbraunen, seelenvollen Augen mit den langen Wimpern und sah Liebe. Wenn man noch nie an einem kalten Weihnachtstag in New York in die Augen eines Pferdes geblickt hat, kann man das wahrscheinlich kaum nachvollziehen. Er sah die Scheuklappen und dass das Pferd nur nach vorne schauen konnte, nur in eine Richtung für den Rest seines Lebens. Das erzeugte in ihm eine Traurigkeit, wie er sie noch nie zuvor empfunden hatte. Verloren und ohnmächtig trudelte er durchs grenzenlose All.

David flehte seine Eltern an, bitte, bitte das Pferd zu kaufen. Er hätte sogar geweint, um sie dazu zu bringen. Aber alle lachten nur, auch der Kutscher, der David hochhob, damit er die Nüstern des Pferdes streicheln und es füttern konnte.

Das ist diese verdammte Chemo, die zieht seine Tränenkanäle in Mitleidenschaft.

Jetzt laufen nicht nur dem Vater, sondern auch David Tränen übers Gesicht. Und seine Mutter fängt an zu weinen, weil es zu viel für sie ist, ihren Mann und ihren Sohn gleichzeitig weinen zu sehen. Obwohl sie nicht glücklicher sein könnten, schließlich haben die Yankees gewonnen, die Yankees haben endlich gewonnen, sitzen sie zu dritt im Wohnzimmer und weinen.

Und da klingelt es. Die Tür steht immer offen. Wer kann das sein, um diese Zeit?

Juliette betritt das Wohnzimmer.

34

In dem Moment, als Joe DiMaggio den ersten Ball pitchte, wandte sich Juliette ihrer Mitbewohnerin zu und fragte: «Kann ich mir dein Auto ausleihen, Mel?»

«Ich dachte, du kannst nicht fahren.»

«Fahren kann ich, ich kann nur nicht einparken.»

«Klar, aber bring es heil und in einem Stück wieder, okay?»

Juliette fuhr ohne Pause durch, die Hände auf zehn und zwei Uhr am Lenkrad. Sie hörte sich das Spiel im Radio an. 88,9 Meilen, zwei Stunden und fünfundzwanzig Minuten, fast genau die Dauer des Spiels.

Die Haddads sind überrascht. Mrs Haddad ist misstrauisch. Das letzte Mal, dass sie Juliette gesehen hat, hätte das Mädchen beinahe ihren Sohn umgebracht.

Aber sie sieht, wie Davids Augen aufleuchten, und es gibt nichts, was sie nicht tun würde, um ihn glücklich zu machen. Mr Haddad ist sogar ausgesprochen erfreut. Das hier ist genau wie die Szene in *Singin' in the Rain*, in der Gene Kelly und Donald O'Connor den Vorhang zurückziehen, als Lina «singt», um zu enthüllen, dass Kathy der «wahre Star des Films» ist. Er hat es von Anfang an gewusst. Dass die Dinge oberflächlich betrachtet anders wirken, als sie es in Wirklichkeit sind. Davids beste Freundin Juliette ist seine große Liebe. Und sein Gespräch mit ihr unter dem Sternenhimmel hat vermutlich auch nicht geschadet. Die Haddads lassen Juliette und David allein.

«Hi», sagt sie, als sie neben seinem Bett steht.

«Jules, ich wusste, dass du zurückkommst.»

Sie will sich auf den verhängten Toilettenstuhl setzen, da macht David schnell Platz auf seinem Bett. Juliette scheint gewachsen zu sein, aber in Wirklichkeit ist es David, der noch kleiner geworden ist, zerbrechlich.

Sie quetscht sich neben ihn auf das Krankenhausbett.

Eine Zeit lang liegen sie schweigend nebeneinander. Worte sind wie verwöhnte Kinder, die die gesamte Zeit Aufmerksamkeit einfordern, dabei sind die Gefühle das Eigentliche. Vielleicht war das ihr Problem. Sie haben zu viel geredet. Aber wenn sie anfangen würden, über das Reden zu reden, würde das den schönen gemeinsamen Moment zerstören, den sie gerade erleben. Wenn sie so lange wie möglich schweigen, können sie die Gedanken des jeweils anderen lesen.

Und fast wie in einer Choreografie wenden sie sich einander gleichzeitig zu und sagen: «Es tut mir leid.»

«Ich bin so ein Wichser», sagt David.

«Nein, ich», sagt Juliette.

«Ich weiß nicht, ob du regulär ein Wichser sein kannst», sagt er, «aber wir können eine Ausnahme machen.»

Sie lachen mit der Ungezwungenheit von Freunden, sind erleichtert, dass alles wieder ist wie früher.

Juliette und David bleiben die ganze Nacht wach. Nichts bleibt unausgesprochen. Sie erzählt ihm von Big Bobbie und dem ganzen Rest. Er fragt, wie es war. Es war schrecklich, sagt sie, aber ich bin froh, dass ich es hinter mir habe. Bestimmt wird es immer besser, beruhigt David sie. Wenigstens glaube ich das. Ich meine, ich kann mir nicht vorstellen, dass uns von den alten Griechen bis hin zu Donna Summer alle angelogen haben.

«Es tut mir leid, dass wir nie …», setzt sie an.

«Sieh mal, Jules, wenn mein T-Rex und deine Barbiepuppe verschmelzen können, gibt es auch für uns noch Hoffnung. Nur vielleicht nicht dieses Mal.»

«Was denkst du, was ist dieses ‹uns›?», fragt sie.

Sie halten sich in seinem Einzelbett in dem Wohnzimmer, in dem sie aufgewachsen sind, an den Händen.

«Ein Märchen von platonischer Liebe», sagt er.

«Ja, und sie leben auch glücklich bis ans Ende ihrer Tage», sagt sie.

Das ist, was hätte geschehen sollen. Ist es aber nicht. Außer dem Teil mit den Yankees. Die haben wirklich die World Series gewonnen.

ey, Darling, Anruf für dich.» Rob klopft an ihre Tür.
Das Münztelefon befindet sich gegenüber den Waschmaschinen. Der Flur riecht nach Blumen und nassem Hund. Unter dem Telefon steht ein weißer Plastikstuhl aus dem Speisesaal, auf dem man sitzen kann, während man telefoniert. Ringsum sind jede Menge Graffiti: Jemand hat seinen Namen an die Wand geschrieben, dazu:

Wer das liest, ist doof.
Der Wind bläst. Jen B. bläst besser.

«Mäuschen, wie geht's dir?», säuselt ihre Mutter.

Mäuschen? Was will sie von mir?, fragt sich Juliette.

«Wo bist du gerade?», fragt ihre Mutter, als hätte sie den Verstand verloren.

«Wo ich bin? Ich telefoniere mit dir, Mom, was glaubst du, wo ich da bin?»

«Oh, natürlich, aber wo ist das Telefon? Ich meine den Standort, ich habe dich nie danach gefragt.»

Ihre Freundin Annie kommt vorbei und bittet Juliette um ein bisschen Geld. Juliette zeigt auf die leeren Taschen in ihrer Jogginghose.

«Mom, ich sitze im Flur. Hör mal, ich bin gerade am Lernen. Warum rufst du an?»

36

David ist müde, so, so müde, er schließt die Augen und lässt sich zurücksinken, weit, weit zurück gegen das Kopfteil. Aber sein Körper sinkt weiter und weiter, endlos, bis sein Kopf auf der Matratze aufschlägt, und die Matratze bewegt sich ebenfalls fort.

Er zieht die Knie an die Brust und macht einen Rückwärtssalto auf dem Trampolin. Höher und höher. Juliette kreischt. Arme in den Himmel gestreckt, ein Durcheinander an Gliedmaßen.

Juliette hält seine Hand. Sie rennen durch den Rasensprenger. Sie rennen durch die Fontana di Trevi. Sie rennen durch die Niagarafälle, das Wasser donnert auf sie herab.

Sie rennen, kichern und klauen Hershey's Kisses aus Johns Süßwarenladen.

Die Sonne ist heiß.

Komm raus, komm raus, wo immer du bist.

T-Rex streckt die Hand aus, um Barbie zu berühren, seine kurzen, stummeligen Arme beginnen zu wachsen.

Er lächelt. Endlich kann David die Arme um sie schlingen. Er bewegt sich auf sie zu und klettert auf sie. Er sieht sie an, Darling, Juliette von oben betrachtet. Er küsst ihre Nase, ihre Stirn, die schönen Lippen. Er kitzelt sie mit seiner Zunge, sie lacht, er lacht auch. Große klaffende Münder. Er dringt in sie ein, er fließt in sie, was für eine Wonne, und nun sind sie eins, er ist sie, sie ist er, und er ist sie beide.

Peter Pan und Wendy. Sie fliegen durch den Nachthimmel über Manhattan. Die Freiheitsstatue, die gelben Taxis, das Empire State Building, die Zwillingstürme. Superman neben ihnen. Weißt du noch, flüstert er David im Vorbeifliegen zu.

Und ob er das noch weiß. David erinnert sich an Dinge, die ihm passiert sind, und an Dinge, die er nie erlebt hat. Aus allen Epochen, von der gesamten Menschheit.

Mach dir um mich keine Sorgen, ich kann auch im Dunkeln sitzen, so geht der Witz weiter.

Und David sitzt in einem Beiruter Kino, es duftet nach Orangenblüten und Gardenien, ich hatte diesen Geruch ganz vergessen, die Lichter gehen aus, und im Dunkeln läuft er an der Decke entlang und die Laternenpfähle hinauf, singt und tanzt im Regen ...

Wie im Aufwachen streckt er seine Arme und Beine aus.

Er kann nichts sehen. Er kann nur hören.

Und er hört seine Mutter weinen, sein Vater eilt an ihr Bett, und eine Stimme sagt: «Es ist ein Junge, es ist ein Junge.»

37

Juliette rührt sich nicht. Sie hört das Rauschen des Telefons, das Schleudern der Waschmaschinen, sie sieht eine Spinne am Wort «doof» entlangkrabbeln.

Sie atmet aus und spürt an ihrem Ohr, dass der Plastikhörer nass ist. Ihr Kinn ist nass. Ihre Ohren sind warm. Winzige rote Beulen bedecken ihre Arme, als hätte sie gerade eine allergische Reaktion.

«Danke, dass du angerufen hast», sagt sie mechanisch zu ihrer Mutter.

Sie drückt sich vom Stuhl hoch und hängt den Hörer auf. Ihr Fuß ist eingeschlafen. Es kribbelt und sticht. Autsch, autsch, autsch. Sie humpelt los und hält den Blick auf den Boden gerichtet. Auf dem perfekt symmetrischen, schwarz-weißen Linoleum zu dunkelgrauen Flecken getretener Kaugummi.

Ein Gedanke. Juliette gestattet sich einen einzigen Gedanken. Das Leben wird so weitergehen wie bisher, aber für alle Zeiten wird nichts mehr so sein, wie es war.

Sie lebt jetzt in einer David-losen Welt.

Und das war der Moment, in dem für Juliette die Lichter ausgegangen sind.

Kriegszittern?! Wovon zum Teufel reden Sie? Sie war in keinem Krieg. Sie hat eine Ivy-League-Schule besucht, die zwanzigtausend Dollar im Jahr kostet!», fährt Jack Darling den Arzt an.

Die Darlings befinden sich in Juliettes Zimmer im Krankenhaus von New Haven und sprechen mit Dr. Rubin. Man hat alle möglichen Untersuchungen angestellt, gemessen und gescannt. Die gute Nachricht ist, dass Juliette vollkommen gesund ist – körperlich. Dr. Rubin, der leise Arzt mit dem leichten Lispeln, hält inne, bevor er das Wort «körperlich» ausspricht.

«Wollen Sie damit sagen, dass sie von einem Tag auf den anderen plötzlich verrückt geworden ist?» Jack Darling regt sich schon wieder auf.

Rainy Darling reibt ihm über den Arm. «Jack, ich glaube, Dr. Rubin versucht, uns zu helfen. Wann wird es ihr wieder besser gehen?»

«Früher hat man diese Art von Verhalten tatsächlich als Kriegstrauma diagnostiziert. Sie haben gesagt, Juliettes Freund sei gerade gestorben, also ist das, ohne dass wir mehr über die Umstände wissen, der wahrscheinlichste Auslöser.»

«Die zwei waren Freunde, sicher, aber das war schon vor Monaten vorbei, als sie ihr neues Leben hier am College begonnen hat», sagt Rainy.

Juliette liegt starr da. Die reden, als wäre sie nicht im Zimmer. Das kennt sie jetzt schon. Sie haben ihr ein leichtes Beruhigungsmittel gegeben, damit sie schlafen kann. Sie schläft aber nicht. Sie ruht mit geschlossenen Augen, denn wenn sie die Augen öffnet, bestätigt sie damit, dass sie wirklich anwesend ist.

In den folgenden Tagen wird sie von Psychiatern besucht, sogar von einem Krankenhausclown. Es gibt keine Menschen, die Clowns mögen. Keinen einzigen. Nicht einmal Juliette.

Nach über einer Woche Behandlung wird den Darlings mitgeteilt, dass man hier nichts mehr für sie tun könne. Sie sollten Juliette mit nach Hause nehmen und sie in psychiatrische Behandlung geben.

Plötzlich setzt Juliette sich auf und spricht zum ersten Mal seit acht Tagen. «Mommy, Daddy, ich kann nicht nach Hause.»

Dr. Rubin sieht die Darlings an. Die Darlings sehen Juliette an.

Erst als die Großeltern Juliette besuchen kommen, findet sich eine Lösung.

«Ich will den Chef sehen, den Big Boss, ich will den klügsten Mann in diesem verdammten Gebäude sprechen. Er soll mir sagen, was mit meinem kleinen Mädchen los ist. Ich habe Geld. Ich kann das bezahlen. Holen Sie mir den Mann!», wütet Hy Darling auf dem Krankenhausflur. Hinterher sind wieder nur die Geräusche von Fernsehern und von Einsamkeit zu hören.

Er wird tatsächlich zum Krankenhausleiter gebracht.

Gamma bleibt bei Juliette. Sie küsst sie auf die Stirn und setzt sich ans Fußende des Bettes. Sie schlägt die Decke von Juliettes Füßen zurück, öffnet ihre Handtasche und holt ein kleines Fläschchen heraus. Daraus gibt sie ein paar Tropfen in ihre Hände und reibt sie kräftig aneinander. Dann fängt sie an, Juliettes Füße zu massieren. Der holzige Moschusduft des Baldrianöls vermischt sich mit dem antiseptischen Geruch geschrubbter Böden.

«Als ich Polio bekam, das war 1921», beginnt Gamma. «Da war ich zuerst sehr aufgeregt, wir hörten, dass Präsident Roosevelt gerade daran erkrankt war. Und nun ich auch, dachte ich. Ich bin etwas Besonderes, so etwas wie eine Auserwählte. Ich war siebzehn und noch nicht ganz ausgewachsen. Ich sah immer noch aus wie ein Junge. Hast du je ein Foto von mir gesehen aus der Zeit?»

Juliette schüttelt den Kopf.

«Ich habe nur ein paar wenige Fotos von mir mit zwei schönen langen Beinen. Bevor das da passiert ist.» Sie klopft sich kräftig auf den rechten Oberschenkel. An dessen Ende kommt Gammas verkümmertes Bein und dann der klumpige Fuß.

«Es war mein letzter Sommer auf der Highschool. Mir lief die Nase, und ich hatte hohes Fieber. Eine geschlagene Woche lag ich schon flach. Die Leute hatten Angst, es war eine beängstigende Zeit. Trink nicht aus den Trinkbrunnen an der Straße. Wer weiß, woher ich es hatte? Als Einzige in meiner Familie. Vielleicht bin ich barfuß in eine Pfütze gesprungen oder habe am Eis meiner Freundin geleckt. Ich weiß es nicht. Unser Arzt, Dr. Gilner, kam auf Hausbesuch und sagte, es sei ganz sicher Polio. Ob ich eine Lumbalpunktion machen lassen wolle? Meine Eltern sagten Nein, denn was hätte das auch für einen Unterschied gemacht. Zwei Monate lang lag ich im Bett, es war der letzte Sommer auf der Highschool, wie bei dir, mein Goldschatz. Ach, wie ich es gehasst habe. Ich wollte ausgehen. Ich wollte tanzen. Meine Mutter kam jeden Tag und rieb meine Füße mit diesen Ölen aus der alten Heimat ein. Als es September wurde, war das Fieber weg. Mir ging es wieder gut – abgesehen davon, dass ich nur noch ein schönes Bein hatte. Das eine Bein wollte erwachsen werden, das andere Kind bleiben.

Die Sache ist die, mein liebes Mädchen, ich war lange, lange niedergeschlagen. Schon wenn ich aus der Badewanne kam und meinen Fuß abtrocknen musste, habe ich mich für ihn geschämt. Ich begriff nicht, wie dieses Ding ein Teil von mir sein konnte. Dieses Gefühl, etwas Besonderes zu sein, weil Roosevelt Polio gehabt hatte, war nach fünf Minuten verflogen. Seitdem fragte ich mich immer wieder: Warum ich? Warum ich? Warum ich –

den ganzen Tag lang. Mein Vater konnte es nicht mehr hören. Schließlich antwortete er: ‹Warum nicht du?›

Da machte es in mir klick, und kurz darauf konnte ich das Bein ohne besonderes Gefühlsaufkommen ansehen, es war weder gut noch schlecht, das Bein war einfach ein Teil von mir. Und das hier, was auch immer es ist, was auch immer dir zugestoßen ist und dich unglücklich gemacht hat, eines Tages, eines fernen Tages vielleicht, wird es ein Teil von dir sein.»

Hy Darling stößt die Tür weit auf. Bam. Er stürmt ans Fußende und küsst seine Frau, geht dann ums Bett herum und drückt seiner Enkelin einen schmatzenden Kuss auf die Stirn.

«Nennt mich ein Genie, nennt mich einen Schmock, aber der Direktor und ich haben die Lösung. Du kommst aus diesem meschuggen Krankenhaus raus. Hier würde selbst ich depressiv werden. Du ziehst bei uns ein, wir haben einen erstklassigen Arzt, der sich um dich kümmern kann.»

Und so ist es beschlossene Sache, dass Juliette entlassen wird und in die City zu ihren Großeltern zieht.

Juliettes Eltern protestieren natürlich, um zu zeigen, dass sie ihre Tochter lieben und ALLES für sie tun würden. Tatsächlich aber sind sie ziemlich erleichtert, dass sie bei den Großeltern einzieht. Es ist besser so. Rainy und Jack verleben gerade ihre zweiten Flitterwochen. Allein sein, keine Kinder, keine Ablenkung. Sie übernimmt die Stelle von Mrs Brennan in Jacks Praxis. Sie schlafen wieder miteinander.

Juliette wird für den Rest des akademischen Jahres von Yale beurlaubt. In ihrem Zeugnis wird der «Zusammenbruch» keine Erwähnung finden. Sie wird nie nach New Haven zurückkehren. An diesem Freitag verlässt sie das Krankenhaus. Am Montag sitzt sie in der eleganten Wohnung an der Upper East Side bereits Roz gegenüber.

39

Die wöchentlichen Sitzungen bei Roz Hirsch kosten je achtzig Dollar. Damals war das eine Menge Geld.

«Für eine Stunde? Ich hätte Psychiater werden sollen!», ruft Hy Darling aus.

Und auch wenn er nicht an dieses ganze Meschugge-Geschäft glaubt – «Warum sich mit dem aufhalten, was falsch gelaufen ist?» –, liebt er seine Enkelin, das tut er wirklich. Sie sieht aus wie seine tote Schwester Sara.

SITZUNG 1

«Warum sind Sie hier?», fragt Roz.

Sechzig Minuten und achtzig Dollar später verlässt Juliette den Raum.

SITZUNG 2

«Möchten Sie reden?»

«Nein.»

«Möchten Sie ein Bonbon?» Sie zeigt auf die Schüssel auf dem Tischchen.

Juliette wickelt einen Brauseball aus und lutscht ihn.

IrgendwieVerschwommenWieEinLangerNichtEndenWollender-
Tag

Tage werden zu Nächten. Nächte werden zu nicht enden wollendem Erinnern. Dienstage und Donnerstage, von Natur aus leicht zu verwechseln, werden eins. Sie sieht Leute auf der Straße Knish essen und schmeckt es. Bücher, Filme, Fernsehen und all ihre Lebenserfahrungen sind eng miteinander verwoben, eng verflochten wie Gammas gehäkelte Tischdecke, schneeweiß auf weiß, mit Flecken von vergangenen Pessachfesten, als Schüsseln und Vasen darauf standen. Ich war in Vietnam. Ich war nie in Vietnam. Ich bin Mitglied eines Heroinschmugglerrings in Marseille. Ich liebe Schwimmen. Ich ertrinke. Ich trinke Schierling. Mein Atem riecht nach Zwiebeln.

«Muss ich damit weitermachen?», fragt Juliette ihre Großeltern.

«Ja.»

Ihre Eltern: «Ja.»

Sie fragt ihren Gott. Sie hat nie wirklich an Gott geglaubt. Keine Antwort.

Sie fragt Cicero, Catull, Ovid, Vergil, Lukrez, ihre geliebten Dichter, deren Stimmen sie besser kennt als ihre eigene. Sie alle antworten: «Ja.»

SITZUNG 11

«Wie geht es Ihnen?»

Es gibt so viel, was sie sagen könnte. Und doch sitzt sie schweigend da. Sie zählt bis hundert und dann wieder rückwärts bis null. Sie verzählt sich und fängt von vorne an.

Juliette vermisst ihren Baum. Den Baum in ihrem Garten. Mommy, warum habt ihr ihn fällen lassen? Er war krank. Sie vermisst David. Warum hast du mir nie geschrieben?

«Ich hab ehrlich gesagt ein bisschen Verstopfung», sagt Juliette, als die Stunde fast um ist.

«Trinken Sie, wenn Sie wieder zu Hause bei Ihren Großeltern sind, Pflaumensaft. Alte Leute haben Pflaumensaft.»

«Wird es wieder gut?», fragt Juliette.

«Ihre Verstopfung? Oder alles?»

«Alles.»

«Ja», antwortet Roz.

«Woher wissen Sie das?»

«Ich weiß es nicht. Aber was ist die Alternative?»

Sitzung 12 und 13 vergisst sie. Roz setzt ihre Antidepressiva ab, damit sie nicht mehr so viel vergisst.

«Wollen Sie es aufschreiben?» Roz reicht ihr einen gelben Schreibblock.

Juliette nimmt ihn und legt ihn sich auf den Schoß. Sie sitzt auf der Couch, die Hände neben sich. Sie sieht den Block an, als hätte ihr gerade jemand einen Haufen auf den Schoß gesetzt. Natürlich ist sie angewidert, aber auch verblüfft.

Roz mustert ihr Gesicht. Dann sagt sie mit einer Stimme, die so vertraut und gleichzeitig so untypisch für Roz ist, dass Juliette nicht sicher ist, ob es vielleicht ihre eigene Stimme ist: «Manchmal muss man sich durch die Scheiße hindurchschreiben.»

«Kann ich einen Stift haben?»

Sie beginnt.

Meine Mutter ist Rainy Darling. Ihr richtiger Name lautet Ruthie Fishbein. Ich habe mal ein gerahmtes Foto im Wäscheschrank gefunden. Es war hinter die Handtücher und Klopapierrollen gerutscht. Darüber stand in geschwungener, altmodischer Handschrift:

«Die Abschlussfeier unserer Ruthie.»

Ich habe unter der Dauerwelle aus dem Mittleren Westen das Gesicht meiner Mutter erkannt. Sie war es, aber irgendwie war sie es auch nicht. Und dann meine Großeltern: Sie hatten Körper. Ich glaube nicht, dass ich jemals zuvor die Körper meiner Großeltern gesehen hatte. Es gab nur die gerahmten Porträts auf dem Nachtschrank meiner Mutter. Ich kannte bloß ihre Köpfe. Mein Großvater stand in der Mitte. Er trug einen Hut und einen Trenchcoat, obwohl alle drei blinzelten, also wohl die Sonne geschienen hat. Meine Großmutter, ich glaube, sie hieß Celia, hatte eine Omafrisur und eine eckige Hornbrille auf der Nase, wie eine Bibliothekarin aus einem Film. Ihr Sonntagskleid reichte über ihre voluminöse Körpermitte steif bis hinunter zu den Knien. Dazu Omaschuhe der elegan-

ten Art. Meine Mutter in Hut und Talar am Rand des Fotos, das aus dem Rahmen rutschte.

«Oh, ich habe im College meinen Namen geändert, ich dachte, das wüsstest du», sagte meine Mutter, als ich ihr das Beweismittel vor die Nase hielt.

Helen Greenblatt, ihre Zimmergenossin am College, fragte meine Mutter am ersten Tag nach ihrem Namen. Meine Mutter schaute aus dem Fenster, in den sonnigen Septembertag hinaus, aber in der Ferne erblickte sie Wolken.

«Nenn mich Rainy», sagte sie.

«Rainy, was ist das denn für ein Name?!»

«Das ist die Abkürzung für Lorraine, meine Eltern waren Anthropologen und haben viel Zeit in Frankreich verbracht.»

«Wie entzückend», antwortete Helen.

«Du kannst sein, wer du willst», hat meine Mutter mir mal gesagt, «du musst dich nur dafür entscheiden.»

Niemand ist, wer er oder sie zu sein scheint.

Zu Beginn der nächsten Sitzung übergibt Juliette Roz den Block. Roz liest, was sie geschrieben hat.

«Möchten Sie reden?»

«Nein.»

«Möchten Sie weiterschreiben?»

«Ja.»

Und das tut sie. Sie schreibt einen Block nach dem anderen voll. Sie schreibt sich von Hand durch die Scheiße.

Ich habe einen sterbenden Jungen umgebracht. Dieser sterbende Junge war zufällig mein bester Freund, David. Er war der Mensch, der mir auf der ganzen Welt am nächsten gestanden hat. Wir waren

praktisch ein und dieselbe Person. Er hat mir nie geschrieben. Er war
wütend und hatte auch allen Grund dazu. Es hat in einem dummen
Streit geendet, einem dummen, dummen Streit. Wegen Mrs Carami-
da, die wirklich ein schlechter Mensch war. Er ist an gebrochenem
Herzen gestorben.

Roz liest Juliettes letzte Seiten und sieht zu ihr auf.

«Glauben Sie wirklich, man kann an gebrochenem Herzen sterben? Ich meine, wenn das der Fall wäre, wären wir samt und sonders lebende Tote.» Roz fängt an zu lachen. «Vielleicht sind wir das, vielleicht sind Sie da einer großen Sache auf der Spur.»

Juliette sieht ihre fünfundsechzigjährige Therapeutin in ihrem Kaschmirrollkragenpullover an, die gegen Sodbrennen Bonbons lutscht, und muss sich anstrengen, nicht mitzulachen. Sie schließt die Augen und hält den Atem an. Das ist nicht zum Lachen. Es ist nicht einmal lustig. Aber sie kann es nicht länger unterdrücken. Nur wenige Sekunden vergehen, bis es aus ihr herausplatzt und sie aus vollem Hals losprustet. Sie bekommt Schluckauf und schnappt nach Luft, während ihr Lachanfall an- und abschwillt und schließlich verebbt.

«Erzählen Sie mir von Ihrem Freund David.»

40

Und damit beginnt die Heilung. An einem ganz gewöhnlichen Tag zu einer ganz gewöhnlichen Uhrzeit. An einem Dienstag oder Donnerstag vielleicht. Juliette kann nicht genau sagen, wann es anfing, sich anders anzufühlen. Heilung ist öde und zäh. Man setzt nicht einfach einen Fuß vor den anderen. Heilung besteht aus Sprints und tiefen Gräben, schwarzen Krähen und Regenbögen, an einem Tag erklimmt man mit Skistiefeln endlose Treppen, am nächsten kann man fliegen.

Juliette wechselt an die Columbia University. Sie holt die verpasste Zeit nach, indem sie die Sommer durchlernt. Die Jahre vergehen. Alle werden älter. Sie wohnt immer noch bei ihren Großeltern, studiert immer noch Klassische Philologie und geht einmal die Woche zu Roz.

Und dann bekommt Juliette einen Anruf.

«Mäuschen», sagt ihre Mutter, «ich glaube, du solltest wissen, dass die Haddads wegziehen. Du weißt ja, dass das Haus schon seit einiger Zeit zum Verkauf steht. Ich dachte, das wirst du bestimmt wissen wollen.»

Juliette ist seit College-Beginn nicht mehr in Bay Ridge gewesen. Das war oft Thema zwischen ihr und Roz.

«Sagen Sie mir, warum», fordert Roz sie auf.

«Nein.»

Der Gedanke, die Haddads zu sehen, ihre Einfahrt, die Pizzeria in der 3rd Avenue. Wegen Rico kann sie keine Pizza mehr essen. Dabei haben sie nicht ein einziges Mal zusammen Pizza gegessen. Aber sobald Roz die Sprache auf ihn brachte, hat sie dichtgemacht. Dreh den Schlüssel im Schloss und wirf ihn weg.

«Roz, was soll ich machen, was soll ich machen?», hyperventiliert sie ins Telefon.

«Was wollen Sie denn machen?»

«Ich weiß es nicht.»

«Sie wissen es.»

«Ich fahre hin.»

41

Juliette borgt sich das Auto ihres Großvaters aus und fährt nach Hause. Sie ist nicht nervös. Sie fühlt sich als Herrin der Lage. Sie ist kurz vorm Durchdrehen.

Das letzte Mal hat sie die Haddads an dem Tag gesehen, an dem sie ins College gefahren sind. Nicht einmal auf Davids Beerdigung war sie. Die Ärzte hatten es für keine gute Idee gehalten. Sie hat eine Beileidskarte gekauft und unterschrieben. Die Darlings legten den Haddads Blumen vor die Tür. Unser tiefstes Mitgefühl. Das ist eine Familienangelegenheit. Am besten lassen wir sie in Ruhe.

Von da an reduzierte sich die «Guten Morgen»- und «Sieht nach Regen aus»-Beziehung zwischen den Darlings und den Haddads auf bloßes Lächeln und Winken. Manchmal spähten die Darlings durch die Ritzen der Jalousien und warteten, bis die Luft rein war, bevor sie hinaustraten. «Das ist alles so furchtbar traurig und furchtbar unangenehm.»

Sie parkt in der Einfahrt und geht rüber.

Sie klopft am Seiteneingang der Haddads.

«Es ist offen!», ruft die vertraute Stimme.

Juliette geht rein.

Sie erinnert sich, wie sie als Grundschülerin einmal zu Anfang der Weihnachtsferien im Schulgebäude war. Sie war gekommen, um Fred, die Wüstenrennmaus, abzuholen, um die sie sich während der Ferienzeit kümmern sollte. Die vertrauten Flure. Ihr Klassenzimmer. Sogar Fred. Aber in der Stille erkannte sie nichts davon wieder. So geht es ihr auch jetzt.

Sie zieht sich die Schuhe aus und bleibt stehen. Nichts ist

mehr wie früher. Ihr Atem verklemmt sich zwischen Hals und Herz. Mrs Haddad kommt zur Treppe in den Garten, um zu sehen, wer …

«Juliette?»

Juliette sieht Mrs Haddad an. Stürzt auf sie zu. Sie fallen sich in die Arme und weinen. Ich wusste, dass du zurückkommen würdest. Es tut mir so leid. Es tut mir so leid. Mrs Haddad umarmt David, ihren Jungen, ihr Baby. Juliette umarmt ihren besten Freund. Sie halten einander ganz fest. Sie lassen nicht los, nicht für eine Sekunde, aber dann tun sie es doch. Und es ist vorbei.

Mrs Haddad hat viel an Gewicht verloren, sie sieht älter aus. Sie kocht ihnen Tee. Sie schneidet ihnen Scheiben von gekauftem Kuchen ab. Sie erzählt Juliette, dass sie umziehen müssen.

«Wir konnten nicht für immer die Leute bleiben, deren Sohn gestorben ist. Mr Haddad hat einen Job in Kalifornien.»

«Kalifornien!»

«Ja, er will in die Sonne. Er will ein berühmter Hollywood-Regisseur werden», lacht sie.

«Wie geht es ihm?»

«Er verbringt jetzt seine ganze Freizeit mit unseren alten Super-8-Filmen. Er will einen Film über Davids Leben drehen, stellt mir ständig Fragen und filmt mich mit dieser blöden Kamera.» Nach einer Pause fügt sie hinzu: «Er hält sich beschäftigt, damit ihn die Trauer nicht einholt.»

Juliette wartet.

Mrs Haddad schiebt mit der Gabel den Kuchen auf ihrem Teller herum. «Und ich? Ich habe den ganzen Tag nichts zu tun, also bin ich traurig. Weißt du, ich wollte nie mehr sein als eine Mutter und eine Ehefrau. Wirklich. Das hat mich erfüllt. Mehr wollte ich nicht.»

Nachdem sie etwa eine Stunde beieinandergesessen haben, tritt eine natürliche Stille zwischen ihnen ein. Das erste echte Atemholen, seit Juliette angekommen ist. Die Luft zwischen ihnen ist bereinigt.

«Juliette», sagt Mrs Haddad mit zittriger Stimme, «ich muss dir etwas gestehen. Ich habe schlimme Dinge getan.»

«Nein, das haben Sie nicht», widerspricht Juliette und nimmt ihre Hand.

Mrs Haddad steht auf. Sie bewegt sich langsam, gebeugt, mit gesenktem Kopf, als würde sie sich gegen mächtigen Wind stemmen.

Sie öffnet die Schublade, in der früher Davids Tabletten lagen, nimmt einen Stapel Briefe heraus, die mit einem roten Band ordentlich verschnürt sind, und reicht sie Juliette. «Ich hoffe, du kannst mir verzeihen.»

Juliette sieht ihren Namen auf dem obersten Umschlag. Sie erkennt Davids Schrift. Ihre Hände beginnen zu zittern. Sie versteht nicht.

«Ich habe seine Briefe nie an dich abgeschickt. Ich konnte es nicht. Er hat so gelitten, ich wollte nicht, dass er noch mehr aushalten muss. Er ist ein Teil von mir gewesen. Ich musste ihn doch beschützen.» Sie ringt die Hände. «Aber ich habe meinen eigenen Sohn belogen. Ich habe Mr Haddad belogen. Er weiß nichts davon. Ich habe etwas sehr, sehr Schlimmes getan, Juliette. Bitte verzeih mir.»

Tränen kullern über ihre Wangen, tropfen von ihrer Nasenspitze und fallen auf den Küchentisch. Sie wischt sie nicht weg.

«Alles wird gut», sagt Juliette, küsst Mrs Haddad mütterlich auf den Scheitel und wischt ihr die Tränen ab.

«Woher weißt du das?»

«Ich weiß es nicht. Aber was ist die Alternative?»

Juliette steckt sich wie ein Drogenkurier den dünnen Stapel Briefe in den Hosenbund. Sie fährt zurück in die City, hat vergessen, bei ihren Eltern vorbeizuschauen.

Zurück in ihrem Studio-Apartment an der Ecke 110th Street und Broadway, zieht sie das Brief-Päckchen heraus. Die Tinte auf dem untersten Umschlag hat auf ihrem verschwitzten Bauch blaue Schlieren hinterlassen. Sie hält die Briefe vor sich hin. Sie kann sie nicht öffnen. Es ist, als versuchte man, einen Apfel zu pflücken, bevor er reif ist. Sie räumt sie weg.

Juliette legt sie in ihren Schuhkarton, auf den sie *Schätze* geschrieben hat: graue Steine vom Strand, Ricos zerlesenes Exemplar von *Die Möwe Jonathan*, die signierte Theaterkarte von *Der König und ich*, der Verlobungsring ihrer Gamma, für später, wenn sie heiratet, ein paar Milchzähne, ein Zweidollarschein und ein Stück Schale von den Vogeleiern, deren Babyvögel nie gefunden wurden.

42

John Lennon wird vor dem Dakota erschossen.
Sie öffnet die Briefe nicht.

Die Geiseln im Iran werden freigelassen.
Sie öffnet sie nicht.

Ihr Tata hat einen Herzinfarkt. Er überlebt. Diese alte Pumpe hat noch Garantie.
Sie macht sie trotzdem nicht auf.

43

L iebe im alten Rom – Erkundung der Dynamik klassischer ästhetischer Poesie und Prosa, die unsere Gegenwart prägen»

Morgen ist Juliettes erste Vorlesung als Professorin.

Professor *Darling* über die *Liebe*. Ja, sie hat alle Sprüche zu ihrem Namen schon gehört.

Sie sitzt an ihrem Schreibtisch und überlegt, wie sie die Vorlesung beginnen soll. Sie hatte geplant, mit der Liebe in Platons *Symposion* zu starten.

Aber das fühlt sich nicht richtig an. Irgendwie kann sie keinen klaren Gedanken fassen. Sie löffelt Erdnussbutter aus dem Glas. Hat immer noch keine Idee, trinkt einen Schluck Wein. Steckt ihr Haar hoch. Löst es wieder. Mittlerweile ist es spät in der Nacht. Es ist Winter, die Heizung läuft auf Hochtouren. Es ist so heiß, dass sie die Fenster ihrer Einzimmerwohnung öffnen muss. Im Fenster zur Straße klemmt ein Buch und hält es offen. Das hintere Fenster mit Blick auf den Luftschacht steht auch offen, aber kein Lüftchen regt sich.

Sie arbeitet im Licht der Lampe, die David in der Nacht des Blackout gestohlen hat, nackt, ohne den Schirm. Sie hat sie von Wohnung zu Wohnung mitgeschleppt. Es ist eine gute Lampe. Sie erfüllt ihren Zweck.

Plötzlich kommt ein Windstoß von der Seite des Belüftungsschachts. Mit einem *Wusch* stößt er die Lampe um, die Glühbirne zerspringt. Juliette sitzt im Dunkeln.

«Scheiße», sagt sie.

Sie schaltet die Neonröhren an der Decke ein, kehrt die Scherben der Glühbirne auf und fragt sich, ob sie jetzt eine Quecksilbervergiftung kriegt. Sie öffnet den Schrank, in dem sie ihr Toilettenpapier aufbewahrt, ihr Waschmittel, ihre Steuerunterlagen und in Müllsäcken ihre Sommerkleidung. Als sie die 60-Watt-Glühbirne herausholt, sieht sie den Schuhkarton.

Sie nimmt ihn und hebt den Deckel ab. Und dort im Flur, einem Flur, der winzig ist, weder ein Hier noch ein Dort, nur ein Weg hierhin oder dorthin, lässt sie sich zu Boden gleiten. Sie öffnet die Briefe einen nach dem anderen und liest sie.

44

Der Geruch von Zwiebeln erfüllt die Luft in der Hamilton Hall. Dabei ist dies der Ort, in dem die donnernden Stimmen der Großen wie Gilbert Highet oder John Romaine durch die Flure hallten. Vergils *Aeneis* und Homers *Odyssee*. Seit vielen Jahren ist die Kenntnis der griechischen und lateinischen Sprache eine wichtige Voraussetzung für die Aufnahme an der Columbia.

Der Leiter des Instituts für Altphilologie, Professor Andrew Kidd mit seinen buschigen grauen Augenbrauen und aus den Ohren ragenden Haarbüscheln, hat Juliette ermahnt, wie wichtig es sei, sich als Autoritätsperson einzuführen, zumal sie jung sei und eine Frau.

Und nun hat Professor Darling an ihrem allerersten Vorlesungstag Kartons voller Bagels in diesen altehrwürdigen Saal geschleppt.

«Bitte nehmen Sie sich einen Bagel und setzen Sie sich», bemüht sie sich, das Geplauder der eintretenden Studierenden zu übertönen.

Jeder schnappt sich einen Bagel und sucht sich einen Platz, vorzugsweise ein paar Reihen weiter hinten. Behälter mit Frischkäse werden herumgereicht. Fröhliches Stimmengewirr. Daumen heben sich, und es wird gegrinst, das hier wird ein leichter Kurs, die Studierenden kommunizieren mit den Augen über die Sitzreihen hinweg.

(Sie geht zum Podium, tippt auf das Mikrofon.)
Hallo, können mich alle hören?

(Die Studenten nicken, einige essen konzentriert ihre Bagels.)

Mein Großvater hat mich früher manchmal gefragt: Schmeckt der Bagel besser, weil er ein Loch hat? In der Tat ist das eine schwierige Frage, und ich habe Jahre gebraucht, bis ich die Antwort darauf hatte.

Ein Bagel ist nur *deshalb* ein Bagel, weil er ein Loch hat.

(Höfliches Gelächter.)

Hallo und willkommen zu unserer ersten Vorlesung. Ich bin Professor Darling.

(Sie holt tief Luft, wegen des Mikrofons hallt ihr Ausatmen als Echo durch den Raum.)

Ich wollte die heutige Vorlesung eigentlich mit Platons *Symposion* beginnen, Ihnen von den zwanglosen Zusammenkünften bedeutender Männer erzählen, Aristokraten, einem Juristen, einem Arzt, einigen Dramatikern und Sokrates. Wie sie sich alle bei verdünntem Wein getroffen haben, um Reden über die Liebe zu halten. Ich wollte damit beginnen, wie der Komödiendichter Aristophanes die folgende Geschichte erzählte.

Früher gab es drei Geschlechter: männlich-männlich, weiblich-weiblich und männlich-weiblich. Die ersten Menschen hatten beide Geschlechtsorgane und außerdem zwei Gesichter, vier Hände und vier Beine. Diese Kreaturen bewegten sich sehr schnell voran – man muss sich das in etwa so vorstellen, dass sie Räder schlugen –, und die Götter fühlten sich bedroht. Und was hat uns die Geschichte über Götter gelehrt, die sich bedroht fühlen? Richtig! Sie sind unzufrieden. Zeus, der griechische Götterkönig, war da keine Ausnahme. Um das Menschengeschlecht zu schwächen, teilte er jede dieser Kreaturen in zwei Hälften. Dann nahm er den Erdball auf, schüttelte ihn kräftig, und die halben Menschen wurden durcheinandergeworfen. Seither bedeutet Liebe, seine andere Hälfte wiederzufinden, den Menschen, der

einen vervollständigt. Seither bedeutet Liebe, seinen Seelenverwandten zu entdecken.

Ich glaube allerdings, dass das Blödsinn ist. Um aus der Vergangenheit zu lernen, einen Sinn daraus zu ziehen, kann man
nicht nur darüber lesen, man muss sie gewissermaßen erleben,
sie sich aneignen. Ich werde Ihnen eine Geschichte erzählen,
eine Liebesgeschichte – was sonst?

Professorin Juliette Darling feiert. Ihre erste Vorlesung. Abge-
hakt. Jetzt Anstoßen mit Champagner und Verteilen der übrig
gebliebenen Bagels. Vielleicht machen wir daraus eine neue Tra-
dition, sagt Professor Kidd. Toasts auf die neue Professorin werden ausgebracht, außerdem Toasts auf Vergil, auf Ovid, Horaz
usw. Es wird viel getrunken.

«L'chaim!», ruft Juliette.

Alle wenden sich ihr zu.

«Auf das Leben», antworten sie.

Sie verlässt die Hamilton Hall. Es ist der 24. Februar 1987, kurz
nach achtzehn Uhr. Anstatt nach rechts abzubiegen und nach
Hause zu gehen, wendet sie sich nach links zum Morningside
Park.

Obwohl es dunkel ist, hat sie keine Angst. Am Himmel steht
eine Mondsichel. Und gerade als Juliette aufblickt, zieht ein
blendend helles Licht über den Himmel. Die Supernova. Von den
Zeitungen angekündigt. Seit 1604 die erste, die mit bloßem Auge
zu erkennen ist.

So etwas entsteht, wenn ein Stern das Ende seines Lebens
erreicht hat. Er explodiert in einer fulminanten Explosion von
Licht. Innerhalb weniger Sekunden stößt er mehr Energie aus,

als unsere Sonne über ihre gesamte Lebensdauer hinweg ab-
strahlen wird.

Sie hebt die Hand zum Mund und wirft eine Kusshand gen Himmel. Zum ersten Mal in ihrem Leben ist Juliette Darling auf sich
allein gestellt. Sie lächelt und geht nach Hause.

DANKSAGUNG

An meine Freunde und meine Familie, die mich in außergewöhnlichen Zeiten bei Verstand und glücklich gehalten haben. Danke.

Dank geht auch an die folgenden Personen:

Dr. Anna Maria Storniolo und Dr. Luis Lasalvia, die ihre medizinische Weisheit mit mir geteilt haben.

Die Rowohlt-Familie und insbesondere Ulrike Beck, der ich dankbar bin für ihre Begleitung.

Meinen Agenten Marcel Hartges, dass er an mich geglaubt und mich dazu gebracht hat, überhaupt einen Roman zu schreiben.

Fürs Lesen, die klugen Anregungen und die Ermutigungen danke ich:

Friederike Ablang, Holger Volland, Deb DeFuria, David Serlin, Brian Selznick, Marcia Sanders Loughran und Daniel Steinmetz.

Vielen Dank an Henry, Elliot und EB – ihr seid mein Ein und Alles.

QUELLENVERZEICHNIS

S. 60: A Love Supreme, John Coltrane – Text: Will Downing, David Byron Cole

S. 111: Grashalme, Walt Whitman – Deutsche Übersetzung «Welt», Der Mann, der die richtigen Worte für Amerika fand, von Hannes Stein, 2019

S. 112: When Johnny Comes Marching Home – Text nach Patrick Gilmore

S. 122: I Can See Clearly Now – Text: Johnny Nash

S. 127: Promises, Promises – Text: Hal David/Burt F. Bacharach

S. 148: Can You Read My Mind, Maureen McGovern – Text: John T. Williams, Leslie Bricusse

S. 192: Over There – Text: George M. Cohan

Weitere Titel

Das Jahr ohne Worte

Es war einmal in Brooklyn